当代著名作家美文自选集

生命是用来绽放的

王静 著

中国社会出版社

国家一级出版社·全国百佳图书出版单位

图书在版编目（CIP）数据

生命是用来绽放的／王静著 . —北京：中国
社会出版社，2019.2

（当代著名作家美文自选集／凌翔主编）

ISBN 978-7-5087-6102-2

Ⅰ . ①生… Ⅱ . ①王… Ⅲ . ①散文集—中国—当代
Ⅳ . ①I267

中国版本图书馆 CIP 数据核字（2019）第 030185 号

丛 书 名：当代著名作家美文自选集
丛书主编：凌　翔
书　　名：生命是用来绽放的
著　　者：王　静

出 版 人：浦善新
终 审 人：王　前
责任编辑：张　迟

出版发行：中国社会出版社　　邮政编码：100032
通联方式：北京市西城区二龙路甲 33 号
电　　话：编辑室：（010）58124856
　　　　　销售部：（010）58124848
网　　址：www.shcbs.com.cn
　　　　　shcbs.mca.gov.cn
经　　销：各地新华书店

中国社会出版社天猫旗舰店

印刷装订：北京楠萍印刷有限公司
开　　本：165mm×230mm　1/16
印　　张：18.5
字　　数：250 千字
版　　次：2019 年 5 月第 1 版
印　　次：2019 年 5 月第 1 次印刷
定　　价：49.80 元

中国社会出版社微信公众号

王静， 中国中央电视台军事节目中心副主任， 正师职， 大校军衔。 冰心散文奖、 解放军"长征" 文艺奖获得者， 著有《大漠的女儿》， 先后获各类新闻、 文学奖百余次。

毕业于原南京政治学院军事新闻系， 历任部队新闻干事、 连、营、 团级单位主官， 原总政歌舞团党委秘书、 协理员， 原总政歌剧团政治部主任， 中央电视台军事节目中心政治部主任， 多次荣立三等功。

担任国家唯一军事视频互联网站《中国军视网》 负责人， 解放军新闻奖评选委员会委员， 中国新闻奖初评评委，《中华英才》 专家委员会委员，《解放军报》 长征副刊专栏作家， 多家中央级报刊美文专栏作家，《苦难辉煌》《烽火 1937》 等多部军事电视专题纪录片策划与制作。 腾讯《天天快报》"企鹅号"、 阿里大文娱"大鱼号" 专栏作者， 个人公众号《书香女兵》 被评为"百名网络正能量榜样"。

不端 不装
有趣 有梦

前　言

许我一帘笔墨，不负这锦瑟时光。

这本书，收录了"书香女兵"公众号的部分原创文章。

突然，有一点小小的感动，为自己。

有句谚语：一个好记性，不如一个烂笔头。

千真万确。我用这"烂笔头"，在文字的田园里荷锄耕种，这三年来，竟然有几十万字了。

说容易也不容易。

不容易是因为，写文与减肥相似，必须长期对自己有要求才会见效。减肥必须少吃，写文只能少睡。这些作品基本都是利用中午休息和下班后的业余时间写出来的。于是，很少看电视，几乎没有在夜里十二点之前睡觉……

容易是因为，那些或听之于庙堂，或闻之于江湖，或读之于鸿儒大著，或阅之于报刊，或辑之于手机信息的片段启发，所感所悟、所思所想，我都会用"烂笔头"随时记下来。久而久之，读书思考成习惯，写作撰文成习惯。

我就像一个农妇，面对一畦菜园，渴望着种瓜点豆，让心田繁茂新鲜。

日子很琐碎，如果用庸庸碌碌去堆砌，一辈子也就成了琐碎。如果用一点自己喜欢的爱好去堆砌，平凡的日子，便有了不一样的色彩。

莫叹光阴如流水，饱读诗书度平华。

生活中，有一种幸福就是读读闲书，写写闲字。

读一读，写一写，消除了疲惫，排遣了无聊，调整了情绪，抒发了情感。

读一读，写一写，每天就不一样了，每天不一样了，一辈子就不一样了。

人会老去，也会离去，无论你长一张什么样的脸。但你留下的文字，会寿比南山。有文字陪伴的人生，是快意的人生，是惬意的人生。

诗经有曰：悠悠苍天，此何人哉？

虽已到知天命之年，依然不谙世事。所以，永远要做一个勤奋的人，一个安静的人，一个善于思考的人，一个勤于动笔的人，一个热爱生活的人……

写作于我，已成为一种呼吸，一种生活方式，一种自我拯救，一种抗衡灰暗，一种锻炼身心的装备。

一颗小小的心，轻盈律动。

在这个世界上，谁也不比谁聪明，我只是多用了几回"烂笔头"。

写作是一个人的千军万马。在这个不易被感动的年代，我是一个时常被感动的人。一个小人物的成长；一句暖心的话语；一段喜欢的文字；一封远方的来信；一阵清新的花香；一杯浓郁的香茗……这些小而明确的美好，都是尘世的幸福，都可以在笔下得到永生。

对文字的成全，也是对自己的成全！

写作也是一个人的情怀，既有大女人的小心情，惜花怜月、吟咏清风，又有西北女人的胸怀，勇敢而又温和、倔强而又洒脱。

这些拙文，表达的是我对这个世界的善良、宽容、慈悲、怜悯和期许。在我的文中，屏蔽戾气，心向阳光；不沾狭隘，拒绝负累。

人生旅程，谁都有艰辛、委屈和无奈，我不愿意抱怨，因为，那于事无补，只能让自己的心情更糟。

我宁愿，笔下是乐在其中的随遇而安和达观从容，是美在其中的恬静疏宕和怡然自得。

文品也是人品！

与人为善，以文结友！

既不伤人，又能益己，何乐不为?！

要特别感谢我的先生，他永远都是我的铁粉。这些文稿，都是他一篇篇校对纠错，标出存在的问题，以便我修改润色。

也许，婚姻就是这样，在平平淡淡中，互相疼惜，彼此包容，守望相助，用自己内心最真切、最深厚的爱，去滋养着对方吧……

王　静

目 录
Contents

第一辑　书香有痕

　　我们寻觅精神的家园，我们皈依灵魂的第二故乡，我们的身躯从那里走来，我们的精神在与第二故乡的依恋中，寻找着、期望着新的洗礼。

　　如果有谁因为在人生痛苦的旋涡里长久沉浮、反复挣扎而感到难以支撑、力量殆尽，那么，就去看一看胡杨吧！

　　如果有谁因为挫折和不幸的打击，对生活感到迷茫，对前途感到失望，那么，就去看一看胡杨吧！

　　如果有谁因为痛恨尘世、厌倦人生而感到生命无助、走投无路，那么，就去看一看胡杨吧！

戎装女人的西藏情结 / 003

和田啊和田 / 019

精神是生命的真正脊梁 / 026

千年"老人" / 030

心中的那个王 / 034

心有清荷，生命无冬 / 039

英雄播种，不参加收获 / 042

绝望中诞生的强者 / 047

血性柔情 / 051

梦中白哈巴 / 055

昂然之气 / 059

盈一抹微笑，与最美丽的她邂逅 / 061

第二辑　最美人间

文化是烛照人心、点燃思想、引爆激情、导引方向的火炬。

一个有着深厚文化底蕴支撑的民族是不可战胜的！

有了吃亏是福的定力，自会修炼博大胸襟，倾听大地箫声，淡看褒贬荣辱，追求自我圣境！

思想的原野，有了光明的占领，就不会杂草丛生；心灵的空间，有了阳光的播洒，就不会滋生霉菌。

人生不过三万天，爱我所爱，行我所行 / 067

这世界，没有一个人可以独自成功 / 070

文化的力量 / 073

生死交情，千载一鹗 / 077

一个英雄的国家，不会忘记自己的英雄 / 080

人要趋光而行 / 083

低调是底气，更是自信 / 086

有一种智慧是宽广的胸怀 / 088

在吃亏吃苦中成长起来的人，一辈子都会坚强 / 091

所谓能耐，就是能力+耐心 / 094

靠天靠地不如靠自己 / 097

当善良遇见善良，就会开出最美的花朵 / 101

做好一件事，就很了不起 / 104

因为不快乐，所以更要快乐 / 106

一个防身药方的"三味药" / 109

每一代人的青春都不会岁月静好 ／ 112

当你战胜了苦难，它才是你的财富 ／ 115

信念不死，生命年轻 ／ 118

第三辑　人物彩照

茶的一生，需要水来诠释，才能得以极致地展现，让人有余音绕梁、回味悠长之感。好的水，若遇到那味对的茶，才会使它的内涵、外延得到最好的发挥。

人的一生，更需要彼此懂得的人来诠释，生活才会更有色彩，更加完美。

这位新闻大家前无古人后无来者 ／ 123

一个大艺术家的小乐趣 ／ 126

女人的美丽秘诀 ／ 130

这对艺术伉俪，把自己活成了一个小太阳 ／ 134

愿你，遇到懂你的那杯水 ／ 139

是的，我更喜欢精神灿烂的人 ／ 145

犹太女人的中国"绿卡" ／ 149

出马一条枪，要亮得出，镇得住 ／ 154

那个没脸的民国先生 ／ 158

梅花香自和田 ／ 162

我的"女皇"闺密 ／ 166

一个有颜值，更要用实力证明自己的特战女兵 ／ 171

冰山上的来客 ／ 175

第四辑　微人微语

坚持是一种品格，坚持是一种力量，坚持更是一种智慧！

越坚持，越进步；

越勤奋，越幸运！

没有大胸襟、大抱负、大志向，就不可能有大才华、大手笔、大篇章！

只有相信梦想，梦想才会回馈我们！

岁月送给我们苦难，也一定会馈赠我们清醒与冷静。

真名说假话，假名说真话 / 183

坚持，是生命的一种智慧 / 186

回避逢迎，怀念真情 / 188

女人，男人 / 191

桃花源在心中 / 193

人要活得自然本真 / 196

生命是用来绽放的 / 199

防火防盗防小人 / 202

幸福就是不断的重复和忍耐 / 206

谁也不用自卑，谁也不要骄傲 / 209

那些很牛的人，往往喜欢突破惯性思维 / 211

生活最好的状态是丰富的简单 / 214

年龄不同，各守其分 / 216

善待自己的心 / 219

呼吸着学习着 / 221

平衡中的生存智慧 / 223

明媚着，便是快乐 / 225

所有没能杀死你的东西，都会让你变得更强大 / 229

小善成就大业 / 232

第五辑　爱有余香

由父辈们用青春岁月撑起来的那方洒过汗水泪水、耕耘过收获过的天空，由父辈们抛家舍子、埋头奉献铸就和光大了的那份故土精神，在远行的儿女心中，总是一份沉甸甸的记忆。

每一个离开故乡远行的人，无论飘得多高多远，终有一天，还是要踏上回家的路。

在这个世界上，有一种简单的浪漫，就是陪伴；有一种动听的誓言，就是遇见你，走到底；有一种暖心的相处，就是好好说话……

幸福的味道 / 237

三种鱼的感人故事 / 241

你的情绪你做主 / 245

成长·责任·追求 / 248

来生，让我们再爱您 / 251

对家里人，更要好好说话 / 255

拥有一个健康的身体，是第一要务 / 259

对自己满足是最大的满足 / 262

野心和梦想，是永恒的特效药 / 265

诗书藏在心，岁月不败人 / 268

你可以高看自己，但不要小瞧别人 / 272

只有奔驰着，才能有诗和远方 / 274

每个人都有自己的发展时区 / 278

书香有痕

　　我们寻觅精神的家园，我们皈依灵魂的第二故乡，我们的身躯从那里走来，我们的精神在与第二故乡的依恋中，寻找着、期望着新的洗礼。

　　如果有谁因为在人生痛苦的旋涡里长久沉浮、反复挣扎而感到难以支撑、力量殆尽，那么，就去看一看胡杨吧！

　　如果有谁因为挫折和不幸的打击，对生活感到迷茫，对前途感到失望，那么，就去看一看胡杨吧！

　　如果有谁因为痛恨尘世、厌倦人生而感到生命无助、走投无路，那么，就去看一看胡杨吧！

戎装女人的西藏情结

西藏，我来了

"天地有大美而不言，万物有成理而不说"，大自然才是默默的有心人，不信，你就来西藏吧！

——题记

早七点还在北京，四小时的云端生活。一杯红茶，几块点心，美丽的云朵，万米空中没有留下翅膀，我已飞到拉萨……

高高的红山上，垒砌着气势雄浑的布达拉宫，大昭寺的金顶在太阳的照耀下透着恒定的秘境，那些四处可见的印着密密麻麻经文的各色布条，装饰着一条条虔诚的到圣地的叩拜之路。拉萨，像一片图腾，在我的向往里站着。无数次，我在心中想象着它的模样；无数次，我在战友的摄影作品中，欣赏着它的莫测。它就像一匹汗血宝马，无数次地，奔跑在我的心旌上。

远眺，我似乎望见了那匹汗血骏马，不息的蹄声把澎湃的心踩出了一道风景：马儿跑着，汗血淋淋，那些滴落的，成为高原上亘古流淌的大河；那些溅起的，成为蓝天上永远飘不断的云彩！

这就是西藏。一块可供灵魂歇脚的土地，一块生长传奇与神话的土地，一块被凡俗生活所累的疲惫的心想要抵达的土地。

西藏的阳光十分公正，不趋炎附势欺强凌弱；西藏的天空坦荡磊落，包容万物又一目了然；西藏的群山骨骼正直，虽贫瘠却自甘寂寞；西藏的河流自然质朴，虽粗野却激情满怀；西藏的空气纯净童贞，虽缺氧却没有污染……西藏，你真的净化人的灵魂啊！

如果有谁因为在人生痛苦的旋涡里不能自拔，那么，就到西藏来；

如果有谁因为挫折和不幸，失去生活的信心，那么，就到西藏来；

如果有谁因为憎恶尘世而内心空虚灵魂孤独，那么，就到西藏来。

"天地有大美而不言，万物有成理而不说"，大自然才是默默的有心人，不信，你就来西藏吧！

一块硕大无比的文物，

被世界的目光擦亮。

一部厚重的书籍，

被世人用朝圣的方式传阅。

灵魂之水在经幡上飞舞，

情愫之风在转经筒上飘逸。

连绵的群山怀抱着你执着的理想，

矫健的雄鹰点缀着你炽热的爱情。

高耸的冰山是你静美的壮语，

狂奔的野马是你雄壮的誓言。

我始终无法进入你偌大的宽广，

也无法敲响进入你胸襟的钟声。

我始终难以抵达你静穆的热情，

也难以抵达被雄鹰激活的长空。

英雄在这里止步，

豪杰在这里跪拜。

崇高在这里渺小，

烦琐在这里简洁。

普通的历史埋入地下，

精粹的历史刻在山巅。

洪亮的历史发出声音，

壮丽的历史喷出光泽。

噢！西藏，我来了……

最美情郎

你见，或者不见我

我就在那里，不悲不喜

你念，或者不念我

情就在那里，不来不去……

谁的情诗能像仓央嘉措的诗，这样乱我心，它就是真的。

拉萨八廓街，我终于找到了那幢著名的黄房子，是一个三层小楼，就在街区的拐角处。这是流传着六世达赖仓央嘉措和玛吉阿米动人爱情故事的地方，如今已成为充满着浪漫情调的"玛吉阿米"藏餐吧。餐吧很小，只能容纳不到二十人就餐，许多情侣宁肯排队等待四个小时，就是为了感受这一刻的卿卿我我，那景象甚是迷人。

"从那东山顶上，升起皎洁的月亮，玛吉阿米的面容，时时浮现我心上。"仓央嘉措写给玛吉阿米的情诗，就印在餐吧菜单上，餐桌上的留言簿被来自世界各地的情侣们写满了柔情甜腻的情话。这里成了情侣们的圣地，这里成了情侣们的天堂。著名作曲家张千一为这首诗谱写了歌曲《在那东山顶上》。音乐回荡在餐吧小小的空间中，更为餐吧增添了一丝浪漫气氛。

"白天是布达拉的法王，晚上是八廓街的情郎。"仓央嘉措用直率坦白的语言和态度写出来的诗句，直抵人心，让人难拒这文字的美色。这位八廓街的最美情郎，有着炽热的爱情，执着的真情，忠贞的苦情，无缘的深情。为了玛吉阿米，纵然最终只是一场梦，可他宁愿为她狂，为她癫，为她痴，心甘情愿是一种多么美的状态啊！

由爱生癫，由爱生痴，由爱生念。一别后，癫痴念，皆化作寸寸相思。

三百多年了，六世达赖，这个八廓街最美情郎，从来没有走出过人们的视野，他谜一样的情，谜一样的人生，连同他的诗，被反复地吟诵着。

情只一字，让人变得那么甜蜜，又那么痛苦；那么温馨，又那么残酷；那么美妙，又那么诡谲。情到底是什么？不是玫瑰钻石，不是豪车别墅，不是山盟海誓，而是倾听、是感受、是陪伴、是静默。真正的爱，不是非要找一个一起生活的人，而是找一个没有他你就会精神萎靡的人。最美的情不在乎远近，而是深埋在心中，深藏在灵魂里……

仓央嘉措，八廓街最美的情郎哟，红尘因为有了你，便有了一支永远唱不尽的情歌，一本永远读不完的情书，一段永远感动流年的传奇！

美丽的格桑花儿

此时此刻，她们站在我的面前。虽然高原的风，吹黑了原本粉嫩的小脸，但在我心中，她们是那样美丽，犹如盛开在雪域高原的格桑花儿。

小刘顿的微信留言："第一批走边关……西藏段结束，意味着离别的时候到了。感动伴随着全程。从林芝地区的察隅，一直到山南地区的浪卡子，72 天；海拔高度 500~6300 米；行程 16000 多公里，全程五分之二路程；高清素材 10000 多分钟；交通工具：骡马、自行车、汽车、船舶、摩托车、徒步；行程路况：高山、密林、峡谷、沼泽、泥石流、山体滑坡、急流险滩、悬崖、搓板路、芭蕉林、沙山、石山、冲沟……一天四季的变化，让我们感受到了大自然的神奇力量。

这是一次挑战自我的修行，也是一场震撼心灵的旅行。我们走进了一个个戍边军人的内心，探究属于他们的动人故事。路再远，我们不断前行。身再累，我们愿意坚持。大美边关，至真兵情，只因有他们，感动同在。

第二批记者已在拉萨集结，日喀则、阿里等着他们。兄弟姐妹们，接下来将会迎来更大的挑战，我们等待你们归来！祈福平安！

"美丽的西藏，我相信还会再次与你相会。"

在西藏军区招待所，我听了"走边关"摄制组第一批人员的工作汇报。汇报的姐是王寒凝，小丫头沉稳内敛，那些与生命擦肩而过的危险，被她轻轻淡淡的叙述一带而过，似乎不曾发生。但我知道，她和小姐妹们是在用生命的体验，感受并努力去反映西藏边防一线官兵卫国戍边的豪情，她们是在用自己心灵中最美好的情结，丰富与延长着戍边官兵无私奉献祖国的价值与意义，同时完美自己，感动世人……我曾看过寒凝写的不少编导手记，有一段是写新疆康西瓦的："第一次去康西瓦，G219 路烂得出奇，我从叶城买了一盆仙人掌，一路抱到了康西瓦，我不希望烈士长眠的地方只有漫卷黄沙。第二次，我从北京带了几包中南海，在缺氧的康西瓦，和三位男士一起，为了点烟吸到头晕眼花，给一百零六座坟茔每座都敬上了一支来自首都的烟。我想我还会去康西瓦看他们，下一次，该给他们带些什么呢？"小伙伴们开玩笑说寒凝，"有受虐倾向，对艰苦的地方执着。"我敬佩这个小丫头，有这样执着的军事电视人，何愁事业不发展？

"走边关"摄制组的几个帅哥彭超、王敬涛、李后林、钱世奇、高子坤，每一个人都充满了故事。可我为何偏偏特别去写妞们？是因为，许许多多个像她们一样年龄的女孩子们，三分之一做着白富美的梦，以为背个奢侈品牌的包包就是幸福；三分之一的在恋爱中，连矿泉水瓶都懒得开，因为有男朋友伺候；还有三分之一的努力实现着自己的梦想，奋斗在人生路上。"走边关"摄制组的妞们就是那些奋斗在路上的"女神"。她们，已不再是父母倍加呵护的小女子，在追求军事电视事业的漫漫征途上，坚持自己的理想，追逐自己的梦想，用生命挑战极限，用奉献书写青春，她们的人生正在走向精彩。第一批走边关的王寒凝、刘頔、马滢蕊、王芳、张天阳，还有刚刚出征的第二批岳昶、李慧丹、吴珊。在这个竞争的世界里，谁也不能低估妞儿们的力量！

我心中美丽的格桑花儿啊，高原的风韵被你们独占，有一千种风情，吸引我去构思你们的绚丽；有一万种想象，诱惑我去描绘你们的妖娆。空旷的高原，因你们的色彩而丰富；沉重的步履，因你们的微笑而轻捷。

哦！格桑花，我的风流妩媚的格桑花哟！我的勇敢坚强的格桑花！

你们是痛苦奋争后那一片灿烂的笑容；你们是历经风雨洗礼的女子所有的浪漫。在这个氧气都吃不饱的地方，你们妍然吐蕊，将五彩驻入灵魂，将奔腾的热情流泻在镜头中，不埋怨处世的孤独，不诉说跋涉的寂寞。

格桑花，我的格桑花啊，走近你们，我倾倒在你们的美丽中，把生命舒展成一个大字，傻呆呆地仰望蓝天，贪婪地嗅吸那青草的沉香。风不吹，鸟不鸣，浩浩的原野屏声敛息，天边的夕阳凝定不动，只有心儿在怦怦跳。仿佛，大地深处涌起了春潮，将我轻轻托起，冉冉飞升……

享受吧！这难以名状的自由天地里，驰奔的想象和豪情！

我为你们深深骄傲！

我为你们深深自豪！

美丽的格桑花儿……

爱你爱到天边边

真高呢！

海拔 4400 米的乃堆拉哨所似乎住在云彩里。这个被中央军委表彰为"硬骨头六连"的边防哨所，离印度边境最近距离只有 27.5 米。

汽车在云遮雾罩的山路上扭来扭去，感觉连车带人都被抛弃在山巅似的。陪同我们的亚东边防六团石政委一脸淡定，他说："习惯了，今天还算不错。有时候，雾大时车灯大开才能看到一两米路。"太危险了，如果不小心，油门给大一些，会直接掉下山涧！一想到这些，后脊背都发凉。可看到司机小兄弟开车的熟练劲儿和石政委的沉着，我们立马放心了。

沿着盘山道不知扭了多少个弯，终于到了哨所。

父亲是个老边防军人，曾经常年在阿里边远艰苦地区工作，参加过1962 年的对印自卫反击战，现在身上还有那时留下的弹片。作为一个老边防军人的后代，我似乎与边防军人有着一种天然的亲近感。来到哨所，握着战士们粗糙的双手，听他们喊一声"首长好"时，忍不住鼻子发酸，眼底湿润，强忍着不让自己落泪……

我和副连长范海博聊天，他讲起自己远在成都老家的爱人和孩子，眼里满是幸福。说今年回去探亲，孩子死活不认他，为了和孩子培养感情，没少下功夫。范副连长喜欢文学，还经常写点小诗，他给我看了一首打油诗："藏在云端里，守在冰峰间。人若问我苦不苦，我说这里满园春。"多么乐观的革命精神，这就是我们边防军人的家国情怀。藏族战士次仁是入伍后才开始学汉语的，现在已讲得很流利了。我问他"你信佛吗？"他神秘一笑："我每月都交党费。"小伙子很聪明，也很幽默。我们聊起西藏文化，聊起他的家乡那曲。"我们军人修炼的是和平，那些信徒修炼的是来世。"次仁的话让我对他刮目相看，简直就是圣哲点津，多么有思想的战士啊！罗曼·罗兰曾说过：信仰不是一种学问，信仰是一种行为，它只在被实践的时候才有意义。的确，一个人有学问，并不等于有信仰。没有很深学问的次仁和他的边防战友们，却用自己的行动诠释了信仰的意义。

这就是我们可爱的战士——他们从来不会讲条件，只要一息尚存，他们就会坚持到底……

曾经，心目中的军魂，是古烽火台上的断剑残矢，是雄关大漠里的孔武勇士，是疆场鏖战中的慷慨赴死者，是绝域征戍时的傲骨凌风者。那些文学作品中描绘过的猛士雄风，成了我钦慕的军之魂。站在乃堆拉哨所，看着边防战友那张张被强烈紫外线烤得黑里透红的脸，那一张张笑起来腼腆质朴的脸，觉得自己虽然扛着大校的肩牌，可在他们面前，却是那样渺小。官兵们常年在高海拔地区守防，伤了身体，欠了亲人。他们人人都有历险记，个个都有生死录。他们用忠诚捍卫主权，用生命挑战极限，用奉献担当使命，在雪域高原筑起了一道坚不可摧的钢铁边关。边防线上的一石一峰都是主权象征，一山一壑都事关国家利益。在没有边界线的国土上，他们就是祖国的界碑。

高原缺少的是氧气，富足的是真情。不知怎么，想起一句歌词：爱你爱到天边边。边防官兵们"不让领土丢失一分，不让主权受损一分"的寸土寸金寸心，坚守坚定坚强精神，不就是军魂吗？

爱你们，我亲爱的边防战友们！你们就是和平时期共和国的英雄！

世界很大，让我们好好爱

走啊走，怎么就走不到头啊……从亚东到樟木，天朦胧出发，夜朦胧才到达，整整 13 个小时。路上有一段 350 公里的石子搓板路，我们随车在扭摆弹跳中前行，感觉心肝肺都在蹦。车辙扬起的尘土飘进车内，呛啊，如同瞬时抽了百支烟，口干鼻燥。本宫心生一"智"，将湿纸巾卷成筒，塞进鼻孔，以求湿润些，活脱一个猪猪大妈。

大西藏，真是天苍苍，野茫茫，风吹草低偶尔见几只羊。随处是景，无须技巧，只要抬手拍就是美。雪山、湿地、神泉、青羊（一种珍稀动物），我们还看到了彩虹、龙卷风、飞瀑、水帘洞。

在海拔 5000 多米的聂拉木通拉山，遇到了一位从成都骑摩托车来藏的帅哥，他准备一路从西藏骑到新疆去。小伙一身黑衣，虽然因摔倒裤子都磨破了，但不失酷劲。京宁妹妹依依不舍，不停唠叨："真想跟他走！"我拽着京宁上车："丫头，就当我是棒打鸳鸯的恶婆子，就当是万恶的旧社会吧。凭你这小苹果样，怎么也要嫁个尼泊尔王子呀！"

真喜欢京宁这个小美女的率性。勇敢的女人，永远比懦弱的女人美丽。我们可以惜爱一束枯萎的花，可以欣赏一株苍老的树，为什么不去欣赏一个被岁月磨砺得更加丰富的帅气男人呢？

其实，生活处处都能找到快乐的理由，关键在自己的心境。开心时有阳光照耀，寂寞时有月光亲吻，就算伤心落泪了，也有温柔的雨丝相伴。

学会欣赏喜欢的人和事，就处处有快乐。

安静的夜晚，守一盏灯，煮一豆羹，把灵魂一点点擦亮。随便翻开一页，邂逅任意一句，用心感受每一篇文字的芬芳，每一张图片的精美，走进内心深处最安静最美好的宁静时光，是一种幸福。

寂寞的路上，坐一天车，看一路山，把岁月的美藏进心间。放松心情，细细品味沿途的那景那人那事，感受生活中微小的快乐，这也是一种幸福。

给我们开车的年轻司机是个藏族帅哥，名叫尼玛顿珠，我总不好意思叫他的名字，喊尼玛像骂人，喊顿珠就想到炖鸡炖鸭，最后干脆喊他珠珠。珠珠说他有五十个女朋友，我们立马晕菜了。瞧人家藏族帅哥，绝对生猛！

高原，孤独的高原啊，有爱，就充满了诱惑。

生活中各种信息的杂乱使内心难以平静，我们被各种问题拖曳着，难以细细地去看世界的模样，去享受春夏秋冬的阳光和美。一个疲倦烦乱的人，哪有心情看花如何开放，云如何变幻？此时，在孤独的高原，日子慢下来，反而让人内心更充盈，更有随遇而安的淡定。

世界很大，让我们好好看！

世界很美，让我们好好爱！

因为短暂，所以永恒

剪开淡淡的薄雾，踩碎满地的雨珠，车子沿着山路盘桓向前。一座座山峰紧密相连，组成浩大的群体，很强势。九曲十八弯的山路过后，在半山腰一个开阔处，边防一连到了。

连队所在的这座山，与对面的尼泊尔仅一河之隔。这座山仿佛是旷野的肿块，经常抖动，掉下死亡的皮屑——泥石流。泥石流不像风，不像电那样爆发呼啸，而是滚滚而下，摧枯拉朽，无以阻挡，所到之处都被掩埋。由于泥石流频发，战士们每次巡逻，都会遇到不同程度的危险。连队指导员介绍，已经有六位战友牺牲在巡逻路上了……指导员讲到牺牲的战友，喉咙哽咽："每次巡逻时，我们都要到战友牺牲的地方，点支烟摆会儿龙门阵。"

指导员是四川人，说话带着浓浓的川音。他告诉我，爱人在绵阳工作，催过很多次让他尽快转业。他说自己不知怎的，每次巡逻，一看到那一米二高，二十厘米宽，刻着"中国"两个字的界碑，浑身就充满了光荣感和使命感。他真挚朴素的话语像金子一样闪着光。

连里的司机小胡告诉我："人缺氧，汽车也缺氧，动力只有平地的百分之六七十。汽车缺氧可以走慢一点，人缺氧我感觉比医疗保障更管用的东西，就是意志。总不能巡逻也背个氧气袋吧？意志坚强就能走完几十公里山路。"

小胡在平静地述说着，我却心绪难平。历史长河静静流淌着，那些在巡逻路上牺牲的战友们，他们墓碑旁的草一定枯了一回又一回，沐浴着和平阳光、享受着惬意生活的人们，还有多少人会记得这些为祖国主权、国家利益而牺牲，默默无闻的平凡战士？

晚饭，我们在连队食堂，和战士们一起吃自助餐。原本一点不饿的我，竟把一大碗米饭全吃了。因为，这是战士们给我盛的饭，如果不吃完，似乎对不住他们。

夕阳西下，我们告别了连队。车驶上了山路，回头望，砖瓦房已渐渐凝固成一个红点，最终消失在云朵的后面。返回的路上，一条苍蓝的小溪，一直陪伴着我们，真是山有多高，水有多长。小溪携带着流水飞瀑的叮咛，裹挟着山花野草的芳香，从峭崖上跌落，穿过树根草丛，一路欢跳着。遇到礁滩，它绷紧了生命之弦，攒足全身气力，俯冲下去。顷刻间雪白的浪花飞溅成喧哗的音符，翻卷的瀑布流动着急骤的旋律，奔涌的波纹成了天地间的五线谱。

欢跳的小溪是一阕无字之歌，就犹如我们的边防战士，唯其甘于奉献，哪怕如小溪，都会在岁月的积淀中，寻找到自己的位置。

奉献，让他们忘记了得失和名利！

奉献，让他们忘记了喧闹和聒噪！

奉献，让他们忘记了孤独和寂寞！

与战友们相处虽然只有半天时间，但我发现自己身处精神世界的晴空！

因为短暂，所以永恒！

心中的圣山

天蒙蒙亮，我们就出发奔珠穆朗玛峰登山大本营。

随着车轮的飞转，沿途的景色也渐渐发生了变化。就在不经意间，路边郁郁葱葱的树木不见了，绿油油的青稞不见了，取而代之的是嶙峋峥嵘的光山秃岭和乱石遍布的沟壑，一种毫无生机的荒凉使人感到窒息孤寂。砂石路既颠簸又危险，没经验的司机车轮会打滑顺山路滑下去。

我们就遇到了从广州来西藏自驾游的一辆车翻车，所幸没有亡人。车里的三个人都被甩到车外，其中一个人一直捂着肋骨部，基本不能动，估计内伤不轻。另外一个手指骨折受伤，不停流血。大家急忙下车帮助受伤的游人包扎止血，搀扶受伤的人从沟里上来。最后费了很大劲儿，才将他们翻下沟的车拖上来。虽然车窗玻璃全碎了，车身也变了形，但车依然能开。帮助他们联系好了救助人员，我们又继续赶路。

百多公里的砂石搓板路，只能以时速三四十公里的速度蜗牛般前行。虽然困难，但对珠穆朗玛峰的向往，使大家热情不减。

珠穆朗玛峰，心中的圣山，是什么力量使我对你这般顶礼膜拜？从什么时候开始我对你如此虔诚仰望？在浩渺的天空俯视你，在苍茫的大地瞻仰你，在卷帙浩繁的史籍中寻觅你，你像一个阅尽人间沧桑、默默无言的长者……

终于，看见了，远方冰清玉洁的苍穹之下，梦幻般地伫立着巍峨而神奇的珠穆朗玛峰！它用银发苍苍的头颅撑着悠悠苍天，用横亘起伏的山脊盘住莽莽大地，用永不衰竭的精血把古老的高原孕育得像一头雄健无比的牦牛。

不知为什么，我忽然觉得，仰望中的珠穆朗玛峰，并没有那种"唯我第一，舍我其谁"的王者霸气。在登山大本营边的一块石台上，立有一块珠穆朗玛峰高程测量纪念碑。看着上面用醒目红字标明的珠峰高度，再抬头望远处的珠峰峰顶，一个问号出现在心中，为什么在世界第一高峰面前会产生不是很高的感觉呢？

旁边的人告诉我，珠峰登山大本营已经是"5200 米"。我恍然大悟，自己已经站在海拔 5200 米的珠峰大本营了，所以才会感到 8844.43 米的珠峰不是很高。

这给我一个很重要的启示：对于一个人来说，在前进的道路上，一定要不断地提高自己的相对高度。只有这样，才能观高不觉高，也才能看到一座又一座更高的山峰。

啊，珠穆朗玛峰，你用满溢着的雄性热血，塑造出了一个强健而又虔诚的民族！你孤独地沉默在这远离尘世的云天之上，忍受着冰雪的禁锢，苦度着荒寂的岁月。

可我知道，你的沉默并不意味着生命的衰竭，而是等待着一次新的崛起。你以自己执着的追求，伫立于云天之上，在沉默中洞穿着悠悠岁月，沉思着过去和未来，净化着风云雨雾万千气象。

我似乎有些理解了那些从遥远的地方苦行而来的朝圣者们那虔诚的心；似乎理解了那些尘世中的人们，为什么追你而来。无论是谁，无论他的灵魂有多么沉重和痛苦，只要置身此境，都会使心灵得到解脱，使灵魂得到净化。

珠穆朗玛峰，你那浩瀚磅礴的气势，就是我们中华民族不息不灭的灵魂啊！你凝聚着大地那威烈如火的激情和力量，更凝聚着我们这个古老民族那自强不息的精神和虔诚的信念。

希望与美好，永远在我们中华民族的前面。血与汗的沉淀，生与死的磨炼，给了我们民族无穷的力量。我坚信，你将不断崛起于莽莽高原之上，耸立于整个地球之巅！

想念在西藏的日子

2014 年 8 月 15 日，我随《走边关》摄制组赴西藏边防。

一年过去了，每每回忆起在西藏的日子，都似乎有一种享受在心间。我把自己在西藏七天的七篇随笔整理出来，献给朋友们。虽然每一篇都难以尽善尽美，但每一篇都有我的真情与真诚……

踏上西藏这块神奇的土地，观山看云，听风沐雨。我时时被那些在艰苦环境中默默奉献的边防官兵们的事迹感动，时时被摄制组同志们的忘我创作激情感动。他们不是信徒，但他们却有着更高层次的修炼。他们修炼的是挚爱兵情，用镜头记录雪域高原戍边军人的无私奉献；他们修炼的是大美边关，忠诚奉献使生命更加壮美；他们修炼的是精神之魂，只要精神不衰，生命就不老！可以说，在西藏的分分秒秒、朝朝暮暮、点点滴滴、片片段段，以及万端说不清、道不明的眷恋，都伸延在了笔下。无论这些方块字人们怎样解读，它都是我所经历、所感受、所领悟到的文化和人生。

窗外在下雨，看着雨水从玻璃上滞滞滑下，我心里想：下吧，可劲儿下，雨后的北京，就能见到蓝天白云了。上班的路上，仰望天空，依然是沉重的青灰色，不知是雾还是霾。于是，越发想念在西藏的日子，想念西藏天空中那透亮的蓝天和白云。

自由的云啊，你为什么总是在山间悠荡？你不是有轻盈的翅膀吗？天是没有疆界的，你为什么不肯独自离去？我知道了，山是你的恋人，离开它，你就魂飞烟散。在西藏，无山不飞云，无云不绕山。云浓时，群峰藏首，山高处，峰露云头。有时，云与峰并列，峰中有云，云中有峰。山借云势显得更加峥嵘，云依山形更增添几分神秘。山与云相依为伴，云的多情依恋着山，山的寂寞攀留着云。山云际会也许只是大自然特定时空中的一次萍逢，云并不因山而驻，山也不随云而移，它们总会分手，就像它们总会相逢一样，含着那么多的人生启示。

很想念在西藏的日子！当你被西藏的山水拥揽入怀，当你与手摇经筒口中喃喃的藏民擦肩而过，当你看到那些男人、女人、老人和孩子赤裸着双脚，五体投地，一步一个长头向大昭寺走来时，心灵会有一种震撼。尽管面有菜色、蓬头垢面，但他们脸上因信仰而显现圣洁的光辉。他们身后是数千公里绵延的雪山，荒芜的戈壁，奔腾湍急的河流，他们一步一步用身体丈量着走来，那需要多么虔诚的信念和毅力啊！

的确，踏上西藏的土地，那圣洁的味道便会扑面而来，涤荡心脾，似乎每一根毛细血管都溢满清新，每一个细胞都精神抖擞，浑身便沉浸在浓浓的温暖之中了。那些印着密密麻麻经文的各色布条，装饰着一条条虔诚的到圣地的叩拜之路。簇簇幡旗仿佛能荡涤凡心，如有神灵在目。一种久违的纯粹和真实，会将你紧紧地包裹着，于是，你会情不自禁地愉悦，你的每一次呼吸，每一次心跳，每一次眨眼，一举手一投足之间，都是圣洁的味道。鬼斧神工的自然神力，造就了这神山圣水、天蓝云阔的高原风光中的杰作，使西藏成为了这神奇世界里的一朵奇葩。

人生旅程，谁都有颠沛，谁都有艰辛。走一趟西藏，你会发现，生活每天都在继续，行为坐卧、柴米油盐，在历史的沧海横流中已变得如此微小。每个人都在棋局一样的命运变化中，扮演着各自的角色。也许会遇到诋毁，遇到鄙俗，遇到狭隘和妒忌，但抱怨少了，因为，那只能让心情变得更坏。我们有了乐在其中的满足；有了善于在平凡甚至平庸的生活中发现美、发现意义、确立生活价值可能性的本领；有了保持一份敞亮、坦诚以及对日常生活怡静的视野；有了对人、对生命、对情感和对世界的慈悲、善良、怜惜和宽容的襟怀。

想念在西藏的日子，其实想念的是那份做人为人的纯粹和真实！

和田啊和田

　　没想到，《中华英才》转发我的一篇文章《我从和田来》，竟让一位三十多年未见的同学王媛莉看到了，她想尽办法找到了我。之后，又联系到了遍布全国各地的六十多位同学。热心的师全英同学专门建了一个"和田同学群"。

　　互联网时代，世界变小了！

　　早晨打开手机吓一跳，四百多条未读信息。我的妈呀，什么情况？原来，是"和田同学群"里，大家相互发信息、留语音，聊得那叫一个"嗨"。我仿佛又回到了和田，回到了中学同学当中……

　　父亲是边防军人，在和田驻军153医院工作。五岁时，母亲随军，我便来到了塔克拉玛干沙漠最南缘的和田小城。我的整个青春少女时代，都是在和田小城度过的。在我的感知里，和田就像天池里的琼浆玉液，因为不知道外面的天地有多大，眼前的和田，就是我的世界。

　　那时，我眼中的和田，是一个花的世界。除了城中心的和田百货大楼是二层建筑，其他基本都是联排平房，但家家门前都会有一个小院。清晨，爬满院墙的牵牛花，紫色的、红色的、白色的，像一个个小喇叭，开始了广播。中午太阳出来时，牵牛花羞答答合上了嘴。黄灿灿的向日葵追着太阳笑，石榴花、玫瑰花簇拥着向日葵。妈妈常说，红配黄，美中王。我发现，红与黄这两种颜色搭配的确是醒目漂亮。怪不得，咱们的五星红旗就是红色上面配黄色的五角星呢。到了夕阳西下时，夹竹桃、大丽花便像浓妆艳抹的贵妇，开得很放肆，花瓣层层叠叠，让人忍不住要多看她们两眼。妈妈叮嘱，不要去折夹竹桃，那花有毒，汁液沾手上手会肿。现在看来，过艳的花，比如罂粟花、夹竹桃，弄不好就成了戕害人的东西。三月春风吹来，杏花就开了，花瓣边缘微微透着晕红，仿佛少女略带娇羞。素雅纯洁的杏花，掩不住一缕艳丽风情，非常诱人。杏花过后是桃花，李渔在《闲情偶寄》中写道："色之极媚者莫过于桃，而寿之极短者亦莫过于桃，红颜薄命之说，单为此种。"的确，一阵风吹来，桃花如雨纷纷飘落，每见此景，总会让我想起"落英缤纷"四个字。桃花谢了是苹果花，然后是沙枣花。每当沙枣花开的时候，满城都飘着一股甜滋滋的香味，那香味倾城醉人。

那时，我眼中的和田，是一个彩色的世界。最喜欢星期天去逛"巴扎"（集市）。逛巴扎就像过节一样热闹，欢乐的人群，彩色的人群、弹唱声、吆喝声、驴、马的嘶鸣声混杂在一起。西瓜、哈密瓜、香瓜、木瓜、无核葡萄、马奶子葡萄、紫葡萄、石榴、无花果、薄皮核桃、大枣……真是让人眼花缭乱。还有那金丝银丝编织的大方巾，桃红、翠绿、橘黄、湖蓝——五彩斑斓的头巾、围巾。还有那些各式各样的小花帽；做工精致，镶嵌各种彩色宝石的英吉沙小刀；绚丽奇彩的花毡、挂毯、地毯，就像挂在天边、撒在地上的一片熠熠生辉的宝石。整个巴扎就是一条彩色的街，那是和田小城人民丰富生活的万花筒！

那时，我眼中的和田，是一个爱的世界。维汉一家亲，我们班里的才女陈瑛，就是维族阿帕（阿妈）带大的，她也因此学会了一口流利的维语，让我非常羡慕。当时，爸爸所在的153医院，一半的病人是当地维族老乡。和田附近县城的维族老乡们，也最信赖部队医院。爸爸是外科医生，曾经救治过一个患肿瘤、生命垂危的病人。经过精心治疗，这个病人康复了，她视爸爸为救命恩人，两家人像走亲戚一样你来我往。这个病人后来就成了我的维族阿帕。爸爸妈妈工作忙时，阿帕常来照顾我们。她每次来都带一种白瓷碗盛着的酸奶，上面结一层酸奶皮，撒上白糖拌匀，特别好吃。多少年过去了，虽然现在的酸奶琳琅满目，但味蕾中最好的记忆还是那种白瓷碗盛着的酸奶最好吃。阿帕的口头语是："起床了，起床了，太阳照到屁股上了。"那是典型的新疆普通话，说话像唱歌一样好听。我们班有一个漂亮的维族姑娘，叫古丽。因为学校离家远，我们中午都是自带饭。我喜欢吃她带的苞谷（玉米）馕，她喜欢吃我带的大饼，我们俩经常互换着吃。古丽还经常带我去她家。葡萄架下，有一个馕坑，古丽妈妈打馕的动作和谐而有节奏，像是优美的舞蹈。阳光、蓝天、晒红的皮肤淌着汗水，金色的新鲜烤馕飘着香味，处处都染着和谐浓重的金灿灿的调子。

那时，我眼中的和田，是一个歌舞的世界。我们班里的维族同学，无论男生还是女生，似乎天生都是舞蹈家，只要音乐一响，他们就能翩翩起舞，虽然动作幅度不是很大，但那一耸肩、一扭脖、一转腰，再加上似乎会说话的一挑眉，那眼神简直能勾魂。只要有维族同学在，不愁不热闹，大家可以吃一会儿、跳一会儿，然后再接着吃、再接着跳。尤其是在农家小院的葡萄架下晚餐时，艾捷克、卡龙琴、手鼓一起奏响，混合着拉面、清炖羊肉、烤包子的香味，音乐伴着美食，美食和着音乐，吃得开心，笑得快乐。在那样的场合，不管你有没有音乐细胞，不管你能不能踩上鼓点，只要你加入进去，哪怕是走几步，扭个腰，挥个胳膊，都会觉得浑身上下，百脉俱开。那快乐，就像会传染一样，让所有人乐陶陶喜悠悠。我常常想起迪力努尔，她皮肤有点黑，就像一朵漂亮的黑玫瑰，她的舞跳得很棒。还有我们班的百灵鸟程晓华，最喜欢听她唱歌了。

那时，我眼中的和田，是一个童话般的世界。和田基本上不下雨，用红柳枝和着泥巴一糊，抹平就能搭建起小土房。维吾尔族老乡的小土房是一种古老的、造型各异、随心所欲的民间建筑。这些土房子像几何形状拼起来的迷宫，又像《天方夜谭》中的古城堡，给人以神秘、古朴、富有变化的趣味。我们经常在这些地方玩得天不黑不回家。同学李广清曾说，和田城那时还有一段用胶泥巴夯的旧城墙，从地委一直到军分区大院，再延伸到西门外。听大人们讲这段旧城墙在清朝的时候就有了。爬城墙也是我们的乐趣之一，我们可以从地委这边爬上城墙再一直走到西门外，旧城墙上有些地方很窄，我们都能走过，本事大的同学还能奔跑如飞呢！

那时，我眼中的和田，是一个温馨的世界。在和田人看来，一天中若少了享受阳光，便显得不完整。经常可以看到，正午的大街边，坐着很多老人和妇女，在他们的面前，没有摆放任何货物，他们只是坐在那里晒太阳，聊天，消磨时光。维吾尔族妇女总给人一种美的感受，健美的体态，穿着宽大的艾德莱斯绸长裙，披着纱巾，迎风而动时，总让我想起克孜尔千佛洞的壁画。同学孙幼玲说："我们那时没有地沟油，没有哪个奶粉说小孩子吃了致命，那时虽然条件艰苦，但我们都很快乐！"和田人喜欢讲笑话，有许多生活中发生的真实的事，让他们用那种特别的新疆普通话讲出来，能让人笑抽筋。同学石龙、冯峰是说笑话的高手，同学们都喜欢听他俩喧咴（摆话）。说有个维族小伙坐火车，站了很长时间累了。旁边一人自己一个座位，行李占一个座位。维族小伙和他商量，是不是把行李拿走让他坐一会儿，结果那人没理他。小伙急了，指着那人："你，起来；我，坐哈。这个地胖是你爸爸的爸爸的吗？"虽然汉语说得不地道，但表达意思的方式是幽默风趣的。

1981年我参军离开了和田。之后，阴差阳错，竟没有机会再回和田。慢慢地，听说政策变了。1984年后，父亲所在的部队医院也撤编了，包括父亲在内的许多热爱和田的汉族人回到了内地。又听说维汉学生也分校了。我曾问过父亲，医院撤了，老乡们去哪里看病？当时的153 医院，多红火啊，那是民族团结的一个纽带，是维汉一家亲的见证，怎么说撤就撤了呢？父亲摇了摇头，那种无奈和苦涩，就是今天想起来依然令人唏嘘不已。

2006 年，我们全家专程回了趟和田，就是想让怀在新疆、生在兰州、长在北京，从未见过新疆的女儿，看一看当年妈妈生活过的地方。二十五年过去了，和田已发生翻天覆地的变化。土地平旷，屋舍俨然，良田美地，往来耕作，鸡犬相闻，怡然自乐，那种自自在在的生活，那种轻轻松松的生活，已不见了踪影。排排高楼大厦一天天进逼，片片田野碧树一尺尺退缩，车流、物流代替了玉龙喀什河的银波细浪；人流、信息流，代替了阳光下晒太阳时的盈盈笑脸。开发、买地、淘玉、利润、效益，股票的 K 线图，物价的 CPI，住室的宽与窄……在生存与发展的大潮中，和田小城也不可能独善其身。这两年，许多汉族人都想办法在乌鲁木齐或内地买房子，许多人千方百计让子女在内地落户生根。同学徐平感叹道："过去，我们的父辈从五湖四海来到新疆，现在，我们从新疆前往五湖四海。"

曾经那么熟悉的地方已变得十分陌生。我在当年 153 医院旧址上，带回一捧和田的土，装进玻璃瓶，摆在书架显眼处。这捧土，是我和田情结的一种固执的延续，是我精神世界的一种奢华的享受，是我灵魂深处的一种不可或缺的养分。

一晃，三十七年过去了，在七彩迷目、五音乱耳的大都市，我似乎是个如陶罐般陈旧的人。随着尘世的冲刷，阅历的丰富，越来越感到，少女时期的记忆最纯真、最真切，对人生的影响也最长久。真实、真诚、真情是人类最初也是最后的力量之源。无论社会怎么变，人与人之间的温暖与感动不能变，坚韧、顽强、博大、无私、善良、宽容、勤劳、质朴、真诚、真实的精神品质不能丢。我们怀念过去，不是因为年龄渐大愿意去怀旧，而是不愿被社会发展中的物质化利益化裹挟，随波但不愿逐流，人云但不愿亦云，是因为内心深处始终呼唤着如水的文明。水，是开放的、平和的、兼容的，纯净而素朴。纯净，故天下皆能与之相和；素朴，故万物莫能与之争美！

时代的飞速发展不以人的意志为转移，什么也挡不住时光横扫的镰刀。生命是无法倒转的，刚刚过去的那一瞬也不能与眼下的这一瞬一起停留。我常常提醒自己：新疆是辽阔的，我们的心也应该是辽阔的。千万不能伪善、狭隘、平庸，不去模仿别人的成功，不管世界给不给自己机会，都要去奋斗，虽有迷茫但不会停止奔跑的脚步。忘却曾有过的种种虚荣和矫饰，忘却在生活旋涡中曾有过的有幸与不幸，忘却在人群中曾有过的恩恩怨怨，忘却在社会舞台上曾有过的荣辱和得失，像秋菊那样天然淡定，像向日葵那样笑迎阳光，用平和的目光看待人生，把生命视为"秋泉澄澈不染尘"的少女时代……

人生是一个过程，美丽就在过程之中。生命的气息在阳光里，也在风雨中。感谢命运这艘航船承载着我，在和田小城泊靠了十三年。这十三年，不仅是我少女时代一首优美的抒情诗，也成为我后来爱心的不竭泉。儿时的经历就像一幅油画，近观时没有看出所以然，今日远眺，才越来越品出这幅画的优美。

我"和田同学群"里，聊得最积极的，肯定是已经离开和田的同学。我理解同学们的感受如同我自己，那一定是深深的想念思念怀念。由父辈们执着地撑起的那方洒过血汗和泪水、耕耘过收获过的天空，由父辈们创造和光大了的那份第二故乡精神，在远行的儿女们心中，总是一种沉甸甸的存在。因而，我们回望和田小城时，心里总是一种复杂的情感。我们寻觅精神的家园，我们皈依灵魂的第二故乡，我们的身躯从那里走来，我们的精神在与第二故乡的依恋中，寻找着、期望着新的洗礼。

我们已经回不到当年的和田小城了，我们已经回不到当年的少女时代了，但我们可以呵护好精神中，那个曾经的绿色小城，我们可以留存好灵魂中，那段美好的时光记忆。

无限江山，别时容易见时难。我相信，终有一天，我们"和田同学群"的兄弟姐妹们，会相聚在和田，为她歌，为她舞，为她魂牵绕，为她心肝颤……

精神是生命的真正脊梁

这是一个发生在第二次世界大战中的故事。

一架盟军飞机由于机械故障，迫降在太平洋上，机上三名飞行员，靠一艘充气救生筏逃生。

在经历了死里逃生的短暂兴奋后，他们陷入了新的困境。随身携带的食物和水最多只能支撑三天，更要命的是，他们没有指南针，没有地图，谁都知道，这在漫无边际的太平洋上，意味着什么。

有限的食物和水很快用完了，求生的本能迫使他们想出各种办法应对所面临的威胁：没有食物，他们钓鱼充饥；没有水，收集雨水解渴。就这样，靠着这种最原始的生存方式，苦苦撑着在海上漂流了一个多月。

时间一天天过去，他们面前依然是无边无际的海水，获救的希望越来越渺茫。

这时，两名飞行员奇怪地发现一名同伴在用手指蘸着海水品尝，并且每隔一段时间就尝上一口。

"可怜的埃里克，如果你实在渴得受不了的话，这里还有一口水。"一个同伴有气无力地说。

埃里克淡淡一笑："不，我在试着寻找生机。"

又是几天过去，一眼望不到边的海水，无情地吞噬着他们求生的信念。身体越来越虚弱了，两个同伴对获救已不抱幻想，精神似乎垮了，等待着死神的降临。只有埃里克依然倔强地重复着那件毫无意义的事。

一天，在尝了海水之后，埃里克兴奋地大叫起来："我们有救了！我们快到陆地了。"

"埃里克，你是不是在说梦话！"

"埃里克，你是不是疯了！"

虚弱的两个同伴伤心地看着他。

"不！不！我没疯，我很清醒。"埃里克激动地说，"从昨天开始，我发现海水的味道没有以前那么咸，开始淡了，一定是河水把它冲淡的缘故。伙计们，我们有救了，附近肯定有陆地！"

终于，一路尝着海水，他们到达了大河的入海口。凭着埃里克不屈的抗争，他们得救了。

在这个世界上，人所处的绝境，在很多情况下，都不是生存的绝境，而是一种精神的绝境；只要你不在精神上垮下来，外界的一切都不能把你击倒！

真正的胜利和最终的胜利都是精神昂扬。

真正的失败和最终的失败都是精神垮塌。

精神啊，那是一个人的立命之本，一个民族的强大之本，一个国家的生存之本。

树活风雨土，人活精气神。

什么都可以没有，决不可以没有精神！

在纪念长征胜利八十周年的时候，有一句解说词："长征是他们的苦难，苦难是他们的光荣。"红军战士遇到人类前所未有的苦难，他们战胜、超越了这些苦难。他们的行为，考验了人类在精神上和肉体上所能忍受的极限。红军战士所经历的苦难，成就了他们永世的光荣，也铸就了共产党人的韧性，使这个党能够战胜前进道路上的困难，再造中华民族的辉煌。

精神就是信仰。

信仰是最大的政治。信仰的力量比山重，比海深。一个人有了信仰，就有了力量。

信仰就是信念。

信念是一种高悬在天空中的伟大的东西，即使不可企及，也要坚信不疑。

历史的长河，如同一位智慧的长者，以纵横千里的雄姿，向我们展现着一个又一个鲜活的事例——

精神不死，生命永恒！

黄继光、邱少云、董存瑞，这些可爱的战士——他们从不和自己的祖国讲条件，没有任何奢求，决不会因为没有空中支援就放弃进攻，决不会埋怨炮兵火力不够，决不会怪罪没有足够的给养，只要一息尚存，他们就决不放弃自己的阵地……血战长津湖时，他们甚至可以在零下近四十度的气温里整夜潜伏，身上仅仅只有单衣；他们可以在烈火中一动不动；他们中的每个人，都随时准备着拎起炸药包和敌人同归于尽……

二十九岁的舰载机飞行员张超，在训练中牺牲。为了强军梦，青春正盛的生命凋谢了。张超年轻鲜活的生命，为我们书写的是军人的胆气！直面死亡而上的胆气！这不仅仅是英雄的精神，也是每一名中国军人义无反顾的担当，正是这种大无畏的担当牺牲精神，铸成了我们的钢铁长城。

一个血性军人，身上最强悍的装备，就是他随时准备为国捐躯的英雄气概！就是他敢打必胜的战斗精神！

九十三岁的"核潜艇之父"黄旭华，从青丝到白发，把一生献给了核潜艇事业。他的人生，正如深海中的潜艇，无声，但力量无穷。

九十五岁的吴孟超医生，手中一把刀，游刃肝胆精准细致；心中一团火，守着誓言从未熄灭。他就像一匹不知疲倦的老马，要把病人一个一个驮过河……

世界上，总有那么一些人，不为功名不贪利禄，只为胸中那一团燃烧的火焰倾其一生。他们的精神，他们的思想，他们的信仰，他们的人格，就是人类头顶的星空和脚踩的大地。

金一南说："人活着，必须要有精神。精神是什么？是内心的力量，内心的光明。内心有力量，精神才有定力。内心有光明，力量才有指引。"

人要有仰望星空的精神高度，也要有根深千尺的精神厚度。或倾一己之力，或践一生之诺。

一个民族最可怕的危机，不是金融危机，不是公共危机，而是这个民族，失去了精神信仰的危机！

精神是生命的真正脊梁！

精神是生命的阳光雨露！

人生，总要走过一段沧桑，才能踏上坚实的路。内心有一盏精神的明灯，就不怕世间的黑暗。那些我们曾经受的苦，担的责，扛的罪，忍的痛，到最后，都会变成绚丽的光，照亮我们未来的生命之路。

千年"老人"

来到新疆塔克拉玛干，我们全家专门走了一趟沙漠公路，为的是看胡杨。

为什么要看胡杨？说来话长。爸爸是边防军医，二十世纪六十年代末妈妈带着我随军来到新疆和田的部队野战医院。爸爸一年中有三分之二时间都在喀喇昆仑山上巡医。那时山上不通邮，偶尔有下山的爸爸的战友带回来的家信。一旦大雪封山，有半年时间根本就得不到爸爸的任何消息。突然有一次，听说爸爸要提前下山，全家像过年一样高兴。那天，爸爸是回来了，却是被担架抬出救护车的。记忆中比较深刻的印象是，妈妈拽着担架号啕大哭，懵懵懂懂的我和弟弟看见躺在担架上的爸爸脸色黝黑，嘴唇青紫，脸浮肿得厉害……

后来，爸爸逐渐康复了，他告诉我，是因为在山上感冒引起肺水肿，大雪封山，若不是首长下令派直升机接他下山，可能这条命就没了。那以后，爸爸说得最多的就是要报答组织，上山执行任务更勤了，哪里艰苦就到哪里去。我那时候对爸爸多有埋怨，别人家的孩子学校开运动会或家长会都有爸爸陪，而我却没有。我觉得自己很可怜，就像一棵小树，怎么生长全凭自己。唯一让我兴奋的，是爸爸从山上托人带回来的信，或长或短每次都会专门给我写上一段。爸爸经常嘱咐我要学会感恩，要像沙漠胡杨一样坚强坚韧。爸爸说的沙漠胡杨到底是什么样，我并不知道。

参军入伍后，偶然在一本画报上看到一位摄影家拍摄的一组胡杨照片，当时的感觉就是漂亮。

一晃二十多年过去了，我从和田到乌鲁木齐，又从乌鲁木齐到北京。每每在电视上看到新疆的镜头，走进新疆风味的餐馆，便有一种天然的亲切感。心中始终有一个愿望，想回和田看一看第二故乡，看一看父亲形容的坚强坚韧的胡杨。终于，我们全家踏上了回疆的路。

汽车在沙漠公路上疾驰。这条塔里木沙漠公路，是目前世界上在流动沙漠中修建的最长的等级公路，全长 522 公里，像一条游弋在沙海中的黑色长龙，顺着沙丘起伏蜿蜒。公路两侧，高耸蓝天的井架，排列齐整的钻机，来来往往的车队，还有油田井口喷射的朵朵烈焰，给寂静的沙漠荒原增添了无限的活力生机。昔日的死亡之海，如今已成为造福人类的宝地。

过塔里木河大桥后，荒漠植被渐渐丰茂起来，远远地，可见一些树稀疏地站立在大漠烈日下。同行的老陈介绍："看！那就是胡杨。"我迫不及待地跳下车，一股热浪扑面而来，望着眼前这些树，它们有的枝繁叶茂，在烈日的炙烤下，竭尽全力留下一片绿荫。

有的树冠已呈秃裸，但强劲的虬枝仍然直指蓝天，像一只只肌肉饱绽的青铜手臂，展示着沧桑的力与美。有的已经枯死，斑驳的树干，发黄的树枝，却呈现出千姿百态的奇特造型，或如卧牛望月，或似奔马腾空，或曲如盘蛇，或弯似雕弓。粗壮的硬似铁骨，细柔的韧若牛筋。

胡杨的跋涉是何等艰辛，又是何等勇敢无畏？它是靠一种特殊的精神，才支撑起生命。有的树干从根部一直旋转到顶，那一定是千年风沙在胡杨身上留下的印痕，它们是死寂沙地的舞者，在旋转着生命，在记录着顽强。令我惊异的是，在一株枯枝下，新的枝条正蓬勃而出，似乎要再一次诠释生与死的生命礼赞！

老陈告诉我，胡杨有很长的生存历史，它和银杏树一样，有植物界"活化石"之称。被维吾尔族人誉为"托克拉克"，意为"最美丽的树"。胡杨也被喻为千年"老人"，活着一千年不死，死了一千年不倒，倒了一千年不朽。

我被深深震撼了！

胡杨，你顶风傲沙、气宇轩昂地矗立于天地之间；你奇特孤绝，伟岸挺拔地存在于天地之间；你顽强坚韧、昂扬不屈地傲立于天地之间。岁月沧桑、四季轮回、风霜雨雪、千磨万击、清高悲壮，你向世人呈现的始终是大气壮阔，从容厚重，那分明是在戈壁荒原上，严酷生存环境中昂扬着的生命旗帜！

你以一种绝美的姿态，在浩瀚的大漠站立成一道绝世的风景。你将自己的根深深扎进贫瘠的沙砾之中，不畏漠风肆虐，不畏烈日炙烤，不担心倾倒，不害怕遗忘。即使是倾倒，虽然身躯横陈于大地，却紧守着生命的年轮，以顽强之躯，刚毅之魂，不屈不挠之性，不亢不卑之气，展示着傲骨。

想一想，我们的人生不也如此吗？多一些苦难磨炼，少一些盛誉赞歌；多一些坎坷艰辛，少一些欲望名利，生命更显悲壮之美、坚毅之美、阳刚之美。

荒漠戈壁中的胡杨是孤寂的，或许会被遗忘，甚至被轻贱，但它从容地接受着阳光，从容地生长着。而从容是多么可贵的品质啊，那是乱云飞渡时的沉着冷静，是物欲横流时的甘愿寂寞，是坎坎坷坷中的刚毅执着，是大起大落中的心平气和。

从容能使人在浮躁中操守恬静，在失去中坚守淡定。一个从容的人，即使没有时髦的装束，显赫的地位，富丽的宅邸，但一定拥有深沉的情思，高尚的情操，醇美的情怀……

顷刻间，我似乎明白了当年爸爸的嘱咐。茫茫沙海，绵延荒漠，千年的风沙吹不尽岁月的痕迹，胡杨所演绎的生命哲理告诉我：一个人，只有自强自立，坚强坚韧，才会有属于自己的一片绿洲，才会成为一道独特的风景，才会完成自我生命的救赎。

　　不见胡杨，不知生命之辉煌！

　　不见胡杨，不知生命之壮美！

　　如果有谁因为在人生痛苦的旋涡里长久沉浮、反复挣扎而感到难以支撑、力量殆尽，那么，就去看一看胡杨吧！

　　如果有谁因为挫折和不幸的打击，对生活感到迷茫，对前途感到失望，那么，就去看一看胡杨吧！

　　如果有谁因为痛恨尘世、厌倦人生而感到生命无助、走投无路，那么，就去看一看胡杨吧！

心中的那个王

一杯毒酒穿肠而过，该有多痛？

比母亲将"精忠报国"四字，一针一针刺在背上还痛吗？

比"莫须有"之罪还痛？比严刑逼供还痛？比目睹国之不国山河飘摇时一声"还我山河"的嘶吼还痛？比三十九岁英年最后的绝笔"天日昭昭，天日昭昭"还痛吗？

毒酒穿肠而过，在冬夜彻骨的寂寒里，岳飞轰然倒下，大地在颤抖，整个南宋在颤抖……

1981 年，我参军入伍，在当时还被称为乌鲁木齐军区的司令部大礼堂，一幅巨大的字，铺满了一面雪白的墙，那是岳飞的《满江红》。

从左到右，从上到下，我认真地一字一句默念着——

"怒发冲冠，凭栏处，潇潇雨歇。抬望眼，仰天长啸，壮怀激烈。三十功名尘与土，八千里路云和月。莫等闲，白了少年头，空悲切。

"靖康耻，犹未雪；臣子恨，何时灭。驾长车踏破，贺兰山缺。壮志饥餐胡虏肉，笑谈渴饮匈奴血。待从头，收拾旧山河，朝天阙。"

这是何等的雄阔视野，何等的英雄气概，何等的境界追求啊！对于一个喜欢中国古典铁马金戈边塞诗词的懵懂女青年，心灵的震撼是巨大的。我仿佛听到心底有一个声音：假如我是一个古代女子，假如我可以爱一个男人，那个人就是岳飞！不仅因为，这个人是旷世奇才，是战略家军事家抗金名将，他还是书法家文学家，最重要的，在一个少女心里，他是一个懦弱时代最阳刚的男人！

1987 年，我被兰州军区保送到南京政治学院新闻系学习。紧张而有序的院校生活，使自己有更多时间，在书林中与人类历史上的一切瑰丽与温情相遇。我又读到了岳飞的《出师表》《小重山》《五岳祠盟记》。在历史深处，找寻有关他的一切史实、传说，像一个恋爱中的少女，想知道他的一切。

假日，同学们有的相约去苏州，有的相约去扬州，而我最想去的是杭州栖霞岭，因为，那里葬着岳飞。

二十四岁，那个暑假，我终于去了杭州，栖霞岭下，拜谒了岳坟，拜谒了心中的那个王！

我离他那么近，中间就隔着沙土，空气，或者一阵风而已。杭州的五月，草长莺飞，万木葱茏。一群小鸟从墓旁轻盈飞过，几只鸽子飞来落在坟茔上。它们想对岳飞说些什么呢？

我的眼睛不知不觉湿了……

恍惚间，我看见了什么？

我仿佛看见了昏暗的灯光下，岳母望着自己二十岁、即将应征入伍的儿子，叮嘱他精忠报国，并将这四个字刺在了儿子后背上。我仿佛看见了猎猎的旌旗，蔽日的烟尘。那里，有战马溅血于刀光之中，血水红亮得耀眼，它一头栽倒在灰黄的尘埃中，把背上的骑士摔出老远；我仿佛看见一个个勇士，在矛箭下殒命，他们平静地躺在黄沙中，年轻的眸子抱憾地凝视着长空，空中正有白云悠悠地飘过，遍野是撕心裂胆的吼叫。岳飞带着他的士兵们向前冲涌，如涛如潮，把成千上万的金兵杀得尸横遍野。云，低压下来，风卷着如沙的碎雪，渐渐地盖没了腥血与尸体。

岳飞帽子上的红璎珞随着阵阵腥风在晃动。他本应为北伐的大获全胜而高兴，他本应为收复失地而志得意满，可他怎么也高兴不起来，意满不起来。因为，国家正处在危亡之秋，而朝廷却一心求和以换得暂时安宁。母亲叮嘱的精忠报国之志难以实现。凭栏远眺，感慨万千，一首气壮山河、传诵千古的名篇《满江红》脱口而出。

《满江红》余音未了，金国再犯淮西，岳飞率领八千铁骑迎战。金兀术密信秦桧："必杀岳飞而后可和。"岳飞被召回，以莫须有的"谋反"罪，被刑审、拷打、逼供。自始至终，秦桧都知道找证据是假，杀岳飞是真。历史的经经纬纬里，总是沉潜着层层神秘；有时候，历史最精彩的笺页，往往匿藏得很深很深。公元 1142 年 12 月 29 日夜，高宗下令赐死岳飞，儿子岳云亦被腰斩。

为什么热血丹心、刚直不阿，总是干不过投机钻营、献金求媚？

为什么忠臣总是干不过奸臣？就如岳飞干不过秦桧，于谦干不过徐有贞。

为什么君子总是干不过小人？总有那么多良将被小人构陷，屈死枉死？

有一种什么样的方法，能够让人们在记住秦桧之流的罪恶时，不要再自欺欺人地总是用缅怀来弥补悲剧？

不知道那个临近年末的夜晚，可有大雪纷飞？可有寒风刺骨？可有亲人为他送行？

临刑前，岳飞什么也没说，提笔在供状上写下"天日昭昭，天日昭昭"八个大字。墨字无声，一笔一画，那是力穿纸背的悲愤呐喊！

这一声呐喊惊天地泣鬼神，却撼动不了飘摇懦弱的朝廷。

2013 年，我参加解放军新闻奖评选，时隔二十五年后，再一次来到杭州。评奖间隙，我又一次来到栖霞岭。

也许是去得太早，游人寥寥。

岳飞墓前的风，总是给人以沉重，沉重得使人更敏锐地发现理性自我的存在。

我来了，再一次来问候我心中的王！

一对恋人与我擦肩而过。风，送来他俩的对话：

"你说，岳飞真的在里面吗？"女孩问男孩。

"可能在里面吧，估计连魂都烂没了。"男孩回答女孩。

我有些怅然，难道岳飞的灵魂也会腐烂？我知道是男孩的信口而言，但还是感到有些悲哀和空荡，尽管我绝不怀疑岳飞的灵魂是根本不存在的。

岁月已风干了我二十四岁时的眼泪和梦想，我的眼睛告诉我，如今，这繁华喧嚣的真实世界里，一定还有像岳飞一样的男人，但还有很多人，运用着狡黠的生存智慧，模糊黑白、善恶、美丑、是非曲直，迷失在灰色地带，慷慨激昂都归于麻木平静……

一个有思想有抱负的人，注定是寂寞的。岳飞浴血沙场，赤胆忠心，不为功名，只希望得遇明君，实现抱负，却一腔热血空付东流。一首《小重山》便是这个寂寞英雄的内心写照：

"昨夜寒蛩不住鸣。惊回千里梦，已三更。起来独自绕阶行。人悄悄，帘外月胧明。白首为功名。旧山松竹老，阻归程。欲将心事付瑶琴。知音少，弦断有谁听？"

"知音少，弦断有谁听？"这绝不是深闺秋怨，谁能想象，这一句无奈之叹，竟出自盖世英雄岳飞之口？

多年以后，赏识他的明君登基了，太迟了。

一百年以后，二百年以后，八百年以后，无数景仰他的人来了，都太迟了。

从来万古流芳事，都在千年一叹中！

　　墓道长长，芳草萋萋。一个刚硬的男人，睡在了最柔软的母亲怀抱般的西湖山水里。西湖山水像装进了主心骨，变得沉甸甸的了，这真是西湖的幸运！

　　此时此刻，我也只能鞠一个躬，留一声叹息在墓前。我心中的王，你永远是我灵魂里的一滴血，一面被泪水擦亮的镜子！

　　"青山有幸埋忠骨，白铁无辜铸佞臣。"

　　一代一代的人心正在老去，一个一个的英雄，在沧桑纵横的滚滚历史里湮灭。唯有青山，怀抱着一腔骨气和浩然正气。

　　不肯忘记！

　　不忍老去！

心有清荷， 生命无冬

荷的生命真谛，便是人的生命真谛。

喜爱荷。

"荷"即"和"。

和睦了一湖生命的绿色，人与荷，一起盎然于灿烂的阳光下，一起沐风听雨……

荷叶上，一滴晶莹剔透的泪珠。一直想追寻，这滴泪珠的下落。

那一定是荷对泥土的一片深情。

那泪珠，是下雨的眼睛，要把在前世等她的人望穿……

你燃烧，我陪你焚成灰烬。

你熄灭，我陪你化作尘埃。

你出生，我陪你徒步人海。

你沉默，我陪你一言不发。

你欢笑，我陪你山呼海啸。

你衰老，我陪你满目疮痍。

你逃避，我陪你隐入夜晚。

你离开，我只能等待……

把秒等成了分，

把分等成了月，

把月等成了年，

把年等成了梦。

相约，相见。

相牵，相恋。

相伴，相看。

相许，相期。

相爱，相守——

桥断水不断；

水断缘不断；

缘断情不断；

情断梦不断……

一朵娇羞的荷，含苞待放，宁静温柔。绿叶簇拥娇艳，荷苞挺拔清远。

藏于叶丛的她，独俏。

清气自来，荷香暗逸，纤尘不染，惊艳了时光。

她一定会自由地绽放——

生命里的妖娆与灵秀。

荷的内心世界是丰饶的：不低不高，不枯不荣，不烦不恼，不争风头，不露媚骨。

霞光满天时，不炫耀；灰雾弥漫时，不浮躁；忽略遗忘时，不寂寥。

不低头自卑，不抬头骄傲，平平淡淡才是真，即使无人知道，无人欣赏，也不觉得丝毫的失落。

叶终有落，枝总会断，坚守足下的一撮泥土，于无言的寂静中，拈花微笑；花开一季，草木一秋，坚守心中的那份淡定，于纷繁的尘世中，浅吟低唱。

如此，便是最好；如此，就是最美！

岁月如歌。

人荷相对两相知，荷风清韵最相思。

流连清荷，洗礼生命，一缕情愫，渗进心田。

或许，荷的生命真谛，便是人的生命真谛：扎根泥土，积蓄潜能，不忘初心，不舍磨砺。

艳阳总在风雨后，浓妆淡抹总相宜。

心有清荷，生命无冬！

英雄播种，不参加收获

　　从黄寺出发，上平安大街，到南锣鼓巷向东不远，走张自忠路，最后到东单。这是二十多年前，女儿还是五岁的嫩苗苗时，我和夫君骑自行车，送她去上舞蹈课的必走路线。

　　后来，我从原总政歌舞团调任歌剧团政治部主任，离张自忠路更近了，便经常去附近的后海景山，然后走到张自忠路。每次去，心中隐隐约约都会有一种异样的感受。这条普普通通的马路，因为以张自忠的名字命名，便有了不一样的气质。

　　再后来，我调任位于中轴路上的央视七套。冥冥之中，始终对张自忠路有一份天然的情感亲近，闲暇时间，喜欢去那儿转转。

　　纪念抗战胜利七十二周年时，由于工作的需要，我认真阅读了人民文学出版社出版、著名作家王树增撰写的《抗日战争》一书。

　　抗日名将张自忠，再次走进我的视野。

　　这是怎样一个血性男儿啊！他身上最凶悍的装备，就是不苟私利的献身精神。对中华民族的尊严来说，这种大忠大义，永远如金子般宝贵。

　　1940 年 5 月，日军集结三十万大军发动枣宜会战。张自忠的三十三集团军只有两个团驻守在襄河西岸。

　　张自忠顿陷绝境。

　　张自忠部兵力单薄，没有后援，无法构筑纵深阵地，狭窄的前沿后方就是总指挥部。日军集中所有兵力和炮火，向张自忠部阵地发起了凶猛的围攻。

调集部队增援，至少需要半天，如果即刻撤退，也许尚可冲出去，但临阵脱逃是张自忠誓死不为的。

日军蜂拥而来。

在此之前，张自忠把他的卫队全部派往一线阵地，此时身边只剩下始终不肯离去的高参张敬。张敬用手枪射倒几个日军，随即被后边冲上来的日军用刺刀刺倒。

一颗子弹再次射入张自忠的腹部。

一个日军士兵冲上来，用刺刀向张自忠刺去，张自忠突然挺立起来，试图抓住日军士兵的刀刃。

另一个日军士兵的刺刀狠狠地刺入他的身体。

张自忠永远地倒下了。

……

第三十八师和第一七九师官兵得知噩耗后，当夜不顾一切地向日军第三十九师团司令部发动袭击，为的是抢回张自忠的遗骸。日军的记载是：遗骸"当夜即被数百中国兵采取夜袭方式取走"。

张自忠的遗骸被中国军民重新洗净，换上整洁的内衣和军装，军装上佩挂领章和短剑，殓入一副贵重的楠木棺材里。灵柩运抵宜昌后，民生轮船公司派专轮护送前往重庆，一路经过巴东、巫山、云阳、万县、忠县、涪陵等地。所经之处，祭祀的供桌绵延数里，祈愿的香火缭绕不绝，中国百姓在长江岸边长跪不起。5 月 28 日，灵柩抵达重庆。此时轰炸重庆的日军战机飞临上空，防空警报长鸣，但重庆全城无人躲避。百姓们把盛满手擀面条的大碗高举过头顶，这是他们为张自忠做的一碗送行的北方饭。

　　时年四十九岁的张自忠，十六岁那年由母亲做主，与山东老家一位名叫李敏慧的十七岁女子结婚。婚后数十年中，两人互敬互爱，相濡以沫。得知丈夫殉国后，李敏慧从容料理好家事，绝食而死……

　　真正的英雄：播种，不参加收获。

　　回望七十八年前。

　　假如没有战争，张自忠可以像任何一个正常人那样，拥有平静的幸福。但战争来了，一个热血男儿，必须抛弃柔软的情感，变成一个坚硬的固体。

　　抗战既起，为了国家的尊严，必须与日军决一死战。张自忠选择了所向无敌，选择了忠义之性。他的灵魂，就像他身上的军装一样，是人的尊严，国的尊严。

　　舍己为国的牺牲精神，历来是中华民族精神的集中体现。

　　上推一千年，政治家范仲淹说："先天下之忧而忧，后天下之乐而乐"；上推两千年，思想家司马迁说："人固有一死。死，有重于泰山，或轻于鸿毛，用之所趋异也。"其一脉相承的，都是这种牺牲精神——为国家、为理想、为事业、为进步而牺牲。

　　国歌中唱道："把我们的血肉，筑成我们新的长城。"《英雄赞歌》中唱道："为什么战旗美如画，英雄的鲜血染红了它；为什么大地春常在，英雄的生命开鲜花。"

　　正是这一代代人的前赴后继，不计牺牲，才铸就我们这个民族，铸就我们的中华文明。这种伟大的民族精神，在战争时期更见光辉。

　　一个国家、一个民族，正是有了这样一批为之献身的英雄，才能自立于世界民族之林！

　　寒风朔朔，北京的冬天硬朗而冷峻。新年的第一天，我又来到张自忠路。蓝天下，那幅蓝底白字的路牌显得格外醒目。

时光的流逝，将一位英气逼人的抗日名将，变成了一份厚重的精神遗产。

张自忠路的存在，时刻在警醒我们：永远不要沾沾自喜，警惕东北面那个"恶邻"的觊觎。谁想吞下中国这么大一块东西是不可能的，但对她虎视眈眈的大有人在！

世界是讲理的，也是不讲理的，但归根结底是不讲理的。国家利益永远是军人行动的最高准则。和平是一件奢侈品，要靠自己去争取，没有人会恩赐。

军人最宝贵的精神就是胜利精神。为和平而枕戈待旦，为和平而练兵备战。

一支军队所向披靡，不仅在于演兵场上掀起的硝烟尘沙，更在于内心深处时刻升腾的烽火狼烟。

强国梦和强军梦，两个梦其实是一个梦，不仅是梦，她已变成坚强的信念。

"一流的军队，从来不是喊出来的，而是踏踏实实建出来的，是扎扎实实练出来的，甚至是血雨腥风里打出来的。"

胜利永远偏爱千锤百炼的军队和千锤百炼的军人！

长河悠远，岁月无痕。

大地不老，阳光普照。

今天，我们深情呼唤英雄品格！我们的国家、我们的民族、我们的人民军队，都需要英雄品格的锻造，都需要更多英雄品格的后来人！

无论时光如何流逝变化，无论岁月如何枯荣更替，我们永远深深缅怀那些为民族伟业牺牲了的英雄们！

愿沐浴着和平阳光、享受着惬意生活的人们，能够记住那些为国捐躯的英雄！

愿置身于盛世的人们，珍惜这美好生活的来之不易，明白鲜花的另一头还滴着血红。

记住英雄们，记住他们的誓言和追求，记住他们的鲜血和梦想……

一个英雄辈出的民族一定是最有希望的民族！

一个有英雄精神灌注的时代一定是有远大前途的时代！

绝望中诞生的强者

和一位著名军事专家一起开会，他说"很想写一个系列西部英雄传"。闻此言，我脑海中第一反应：左宗棠应首选啊！

心慕手追，回到办公室，便翻出《左宗棠传》。徜徉在文字间，犹如叩开了一扇尘封的门扉，又如同弹响了一枚历史的琴键。过去的岁月如烟似雾，扑面而来，那些沉睡在书页间的人物又仿佛鲜活起来。我似乎影影绰绰地看到了一张张形色各异的面孔，隐隐约约地感受到了他们的情感、思想、心机、争斗、冲突、成败、主次、尊卑、优劣，一切的波澜、一切的起伏、一切的愿与不愿、一切的甘与不甘……

历史的典籍或传说，往往更关注结果，而最初、最关键的环节总是被有意无意地忽视，就如同我们欣赏花儿开放，而不太在意花儿背后已拂过千回春风；只在意晚清有这么一条硬汉，收复了新疆，而不太关注英雄那铁马冰河的噩梦……

白驹过隙，鸟飞兔走，倏尔一百四十多个春秋。那时，一百六十万平方公里的新疆，已从大清的实际版图中消失了。权倾朝野的三朝重臣李鸿章向朝廷奏曰："新疆乃化外之地，茫茫沙漠，赤地千里，土地瘠薄，人烟稀少。乾隆年间平定新疆，倾全国之力，徒然收数千里旷地，增加千百万开支，实在得不偿失。依臣看，新疆不复，与肢体之元气无伤，收回伊犁，更是不如不收回为好。"

时任陕甘总督的左宗棠拍案而起："天山南北两路粮产丰富，瓜果累累，牛羊遍野，牧马成群。煤、铁、金、银、玉石藏量极为丰富。所谓千里荒漠，实为聚宝之盆。倘若一枪不发，将万里腴疆拱手让给别人，岂不成为中华民族的千古罪人？"

收还是不收？战还是不战？奄奄一息的大清在这个问题上总还算清醒。于是，命左宗棠督导新疆军务。

没有风，没有月，没有一个人看好，没有一个人送行。冷冷清清中，已经六十岁的左宗棠星夜出京。在"兵瘦、饷绌、粮乏、运艰"的情况下，这个刚毅坚韧、雄心未泯的汉子，面对内忧外患，面对血雨腥风，信心百倍地出征了。民族情感在左宗棠心里最为浓烈、最为深刻，当民族最危急的时刻，只有一种选择，就是为捍卫民族的尊严而战！整肃军纪，撤换庸官，训练队伍。车辚辚，马萧萧，左宗棠一路西行。日暮乡关何处是，古来征战几人还？他用兵车运着棺木，将个人生死置之度外，誓与敌人决一死战，纵使前方万丈深渊，纵使马革裹尸，也绝不回头！

一个人一旦将自己的命运和国家的命运连在一起，他就荣辱皆忘，名利皆忘。左宗棠把整个身心都交给了国家，为她杜鹃啼血，为她凤凰涅槃，为她献出热血忠魂。

一个血性军人，身上最凶猛的装备，就是他随时准备为国捐躯的英雄气概！就是他舍我其谁的铁血精神！

天佑英雄！马蹄击溅，刀光剑戟，热血当彩虹。左宗棠从死人堆里走了出来，一年后，新疆全境收复。这是晚清历史中最扬眉吐气的一件大事，这是晚清夕照中最浓墨重彩的一次胜利，这也是一个国家最鲜明的胎记！

他是在绝望中诞生的强者！

他是扼住命运喉咙的伟丈夫！

今天回头再看，当年的左宗棠是在进行一场维护民族尊严的战争，是在为国家的完整统一战斗，是在重塑自己的民族精神！

艰苦卓绝、坚韧不拔、公而忘私、牺牲自我、自强不息光芒四射的民族精神，那是我们中华民族不息不灭的灵魂啊！国泰民安时如此，强敌压境时如此，国土沦丧时更是如此！

公元 1885 年，七十三岁的左宗棠停止了呼吸，大清王朝最后的顶梁柱倒下了。

法国人高兴了。他们想攻占台湾岛，军舰正在东海耀武扬威。但他们害怕左宗棠，知道他是主战派，他是头雄狮。一头狮子带领着一群羊，个个成狮子；而一群狮子被一只羊带领着，个个就成了羊。

英国人高兴了。他们在上海租界竖起的"华人与狗，不许入内"的牌子，只有左宗棠敢立即捣毁并逮捕相关人员，左宗棠死了，就不需要对中国人恭谨有加了。

沙俄高兴了。左宗棠把他们从新疆赶走，把他们侵占的伊犁收回，还与他们决一死战。左宗棠一死，大清朝再没有硬骨头了。

李鸿章也松了一口气。他再也不用顾忌，还有谁敢和他叫板，还有谁敢和他争论，他可以放肆地弓着腰，抖抖索索地在不平等条约上签字画押了。

左宗棠是一个孤独的人。他的孤独是"世人皆醉我独醒"；他的孤独是血管里始终流淌着的民族热血；他的孤独是跃马挥戈誓死保疆卫土的豪迈胆气。

繁星浩瀚，宇宙洪荒。英雄已成尘，蓦然回首，仿佛左宗棠依然驰骋在大漠的风中，历史飘落的瞬间，万马奔腾，呼啸而过。如今，漫漫黄沙，已淹没了城郭古道，再也听不到威武雄壮的出征号角，再也看不到扣人心弦的马蹄声碎。国家承平日久，红尘猛烈，非钱勿扰，硝烟渐渐淡去，血性渐渐销蚀……我们用什么，与归来的英雄对饮？我们用什么，来印证当代人的血性与丹心？

英雄隐逸于大地，一去已越百年，只留青史卷帙上静穆的一角，供后人凭吊。胜利很荣光，艰苦的胜利尤其荣光，然而，没有战争岂不更好？享受太平岁月才是匹夫匹妇生生世世的美梦。雄鹰飞翔在赵忠祥主持的《动物世界》里，振翅也飞不出小小屏幕。豪侠活在雪夜醉酒后的呓语中，酒醒便没了壮士之勇。利剑悬于无人问津的博物馆里，即使你拥有了它，又能刺穿什么？

真正的忧患是不知道忧患！

真正的危险是看不到危险！

长河悠悠，岁月匆匆。今天，我们深情呼唤左宗棠，呼唤忠烈品格！无论是我们的国家、我们的民族，还是我们的人民军队，都需要英雄品格的锻造，都需要更多忠烈品格的英雄！

无论时光如何流逝变幻，无论人生如何代谢往复，我们永远深深缅怀那些已长眠于华夏大地的英烈们。令人可喜的是，我们的党和国家，已专门设立烈士纪念日，已明确提出做"有血性"的革命军人。

青史不绝，英雄不朽！

血性柔情

当感知寒冷时，我们渴求温暖。

当感知孤独时，我们渴求拥抱。

当感知黑暗时，我们渴求光明。

当感知柔情时，我们渴求血性。

大地苍茫，山高水长，历史上那些曾经打动人心的女中豪杰们，尽管人往风微，但她们的血性柔情，依然会跨越时间的冥河，款款向我们走来……

花木兰

我真想骑上一匹战马，穿越时空的隧道，狂奔千年，去见心中的那个女神——花木兰。

狼烟，拉长了揪心的警报，关山，镀亮了如水的缁衣。

风，在刀尖上走；雪，在剑刃上游；弯弓，叩响了泱泱长空中的月光。

你是涅槃的凤凰，是火窑里重生的美丽，是刀与剑的宠爱，是冷与热的精灵。

木兰姑娘啊，一朵坚韧的铿锵玫瑰，征战沙场，逆袭燃烧……

一千六百多年的岁月，多少故事都已化作尘埃，无处探寻。而你，只要我休闲静思，依然能感受到英雄的火焰。

一条大河流过魂魄，叫作黄河；一个故事流传至今，叫作花木兰从军。

风萧萧兮云飞扬，壮士披挂兮走沙场。

也许紧跟着就是血溅战袍，也许接下来是马革裹尸，可丹心不改，豪情燃烧处，是潮涌的斗志，洪涛万里……

沧海桑田，变的是时间，是容颜，是花落花开；不变的是传奇，是勇气，是血性柔情……

一支响箭照亮木兰的心境，一声马嘶激扬木兰的英气，一缕阳光点燃木兰的青春。

旌旗动，将欲行，木兰跃马杀敌的男儿剑胆，从此深入人心，贯穿古今……

秋　瑾

身不得，男儿列，心却比，男人烈。

仿佛，你乘风万里向我走来；仿佛，你挟着秋风、秋雨、秋煞人向我走来。

君不见，拼将十万头颅血，须把乾坤力挽回。君不见，不惜千金买宝刀，貂裘换酒也堪豪。

秋瑾，一个为国捐躯敢惜身，浑身是胆冲九霄的巾帼豪杰、一代女侠！

人生，实际上是一种信仰。信仰产生激情。

为了托起陆沉的九州，为了挽起日斜的苍天，为了哀鸿不再遍野，为了黎民不再倒悬……

她不是政治家，却达到了一个政治家的高度。她不是一颗星，却闪闪发亮百年。她如一枝寒冬的梅，迎风而立，横斜在冬日，顽强对抗着孤冷。她喜爱梅，笔下的"孤山林下三千树，耐得寒霜是此枝"，抑或就是自身的写照。

生命就是这样，不可以贪婪但可以慷慨。就像爱，就像思想。

荣与辱、欢与悲、爱与恨、歌与泪，一切都在时光的薄翼下或浓或淡，将生命洇染得斑斓壮丽。

任何美好，都可成为光，用来温暖后来的岁月；任何痛苦，都可结晶为药，用来为自己疗伤。

一切光荣与屈辱，一切高尚与卑微，都会随着如烟的岁月，渐渐散去。

男人因孤独而优秀，女人因优秀而孤独。

秋瑾姑娘比晚清的知识分子们多了些什么？我知道，她比女人多了些男人气，她比男人多了些英雄气！

给无情以热血，给麻木以惊醒，给踉跄以力气，给铁石以恻隐……

在无序的世界里，打造有序的内心。

秋瑾，我愿读懂你。

一个生命被另一个生命读懂，这就够了！

李清照

让鲜花告诉我。

让阳光告诉我。

让一草一木、一山一水、一桥一影、一枝一叶告诉我。

生当作人杰，死亦为鬼雄。

多么鲜明的人生价值取向：人活着就要做人中的豪杰，为国家建功立业；死也要为国捐躯，成为鬼中的英雄。爱国激情，溢于言表，振聋发聩。

　　谁说我们是时间的匆匆过客？谁说人类只是过眼云烟？在历史的瞬间，易安诗词悬日月，凌云健笔意纵横。

　　歌过。

　　泪过。

　　荣过。

　　辱过。

　　生命是不可预言的。幸与不幸，有时会猝不及防地出现在生命的漂泊中。

　　有人说，你本是个"白富美"，嫁与"高富帅"老公，两人过着幸福美满的生活。谁知碰到打仗，老公又去世了，你逃难到南方，下半辈子孤苦伶仃，老无所依，也是挺惨的事。

　　云舞高天，鱼戏浅水，有些道理，讲不清楚。刻在石头上的字，也会被遗忘；写进史书里的字，也照样被人熟视无睹。浩浩荡荡的兵马俑，保护不了沉睡的始皇帝，没有什么，扛得住时光变戏法地糟蹋。可你写的一手好词，却永远在夜空里醒着。

　　静谧中，才显示出思想的光辉；

　　孤独者，才喷发出闪光的词句。

梦中白哈巴

2006年8月，我曾为你而来。

2012年8月，我依然为你而来。

无边的碧草铺向天边，遍地的野花竞相开放。一群群牛羊像撒在草叶间的珍珠，点缀在草滩上的毡房像绿海中飘动的白帆。为了你，八千里路云和月，我扑向你的怀抱。山峰鼓起连绵的湿润和香涩，向我倾泼而来，仿佛一个伟岸的男子汉坦坦荡荡站立在我面前。

——想念的白哈巴

车到白哈巴时，已是傍晚，太阳像一颗红色玛瑙球，低低地沉浮在彩练般的落霞中，散射出柔和的光辉，润红了西天。远处，巍峨的阿尔泰山群峰逶迤，沐浴在落霞的余晖中，似橙似青，或明或暗，时隐时现。近处，新建起的白哈巴边防连接待站简欧式的外观在落霞中充满了异域风情。与六年前相比，白哈巴愈加鲜亮。晚上，我们便住在了接待站。

天微微亮，大家便开始抢占"制高点"，白哈巴的晨炊、白桦林、小木屋、放牧人在马背上的身影、牛群、图瓦人的面庞，是摄影爱好者眼中的美景。站在山坡上，远远望去，村里不知哪一家升腾起第一缕炊烟，渐渐地，全村炊烟四起。几秒钟之内，日出东方，万丈霞光洒向白哈巴村。村里升腾的袅袅炊烟笼罩着木屋、白桦林和村子里每家堆着的圆圆的、高高的牧草堆……白哈巴的美用语言是无法表达的，唯有用摄影才能把它留住，把它定格在记忆中。

山坡上的"西北第一哨"，还是那么挺拔地耸立在蓝天碧草间。这座中国版图上最西北的边防哨卡面向山巅，遥对界河，距离河对面的哈萨克斯坦只有几百米之遥。哨卡上执勤的战士大概从望远镜中看到我们的镜头在聚焦他，很配合地挺胸抬头。镜头里，丝絮般的云彩在他身上飘拂，一只矫健的雄鹰在他头顶盘旋，多么难得的画面，我们立刻按下快门定格这一瞬间。想起多年前一位战友写下的诗："我为祖国守边卡，一腔豪情凝眉梢。健似雄鹰劲如松，永为祖国站好岗。"哨位上的战士，不正是那搏击云天展翅翱翔的雄鹰，不正是那傲然挺立永不凋谢的青松吗？

我们来到白哈巴边防连，战士们正在训练。同行的中央电视台记者克宇是第一次到边防，第一次零距离接触边防官兵。看得出，他很激动。战士高唱就像他的名字一样，是个阳光帅气的小伙子。他教大伙怎样持枪，怎样瞄准目标。我问高唱，最喜欢边防连的什么。他指了指远处。顺着他指的方向，我们才发现有一个巨大的树根耸立在远处的绿草坪上，只要看一眼便入目不忘，这是高唱和战士们费了很大劲儿从山上运下来的。蓝天白云下，树根如铜铸铁浇，无枝叶的树冠下，精壮的枝蔓手臂样伸向天空，绝无半点骄矜之态，呈现的是一种特殊的庄严与凝重。树根的背景则是远处的半山腰上，用白色鹅卵石拼成的"祖国在我心中"几个巨大的字。站在大树根下，我心潮沸腾。这稠稠密密的树根，长短不齐，粗细不一，很不规则。很多支根在主根周围迂回盘错，有的则向主根周围延伸着，扩充着，我想这应该是大树的一条生命之路吧。生命的本质，就是无限地求索和伸展。可以想象，那无数条生命之路是没有尽头、没有极限的。这树根是大自然撰著的书，一部关于生命价值的书。展开来，从它的纹路上可以读懂一切真谛。它曾经是一粒如芥的种子，曾经是软弱的幼苗，但却坚韧不怠，化为硕实的木质，虽然悲壮逝去，但死是生之积累，使生命价值永存的储蓄；死是长明火炬，谱写一曲生命礼赞的浩歌，死是凤凰涅槃，将在凤歌与凰歌的合唱中得到永生！我明白了为什么高唱和他的战友们喜欢这树根，因为它是我们一代代边防军人奉献生命的磅礴神魄啊！

到了白哈巴，才真正领悟到宁静、美丽、和谐才是人类最佳的栖居地。因为在这里，能真正感受到生命融入自然的天人合一之境，能真正感受到军民鱼水情深的纯洁绰约。

傍晚，阿勒泰军分区哈尔曼副主任陪我们到边防连驻地边上的哈萨克族牧民可尔登家里吃晚饭，同去的还有边防连群工干事许前。说起这三人，还有一段故事。

当年，许前干事在走访营区周边牧民家庭时，得知可尔登的大儿子立志当兵，便报告了时任武装部副部长的哈尔曼。在哈尔曼、许前的帮助下，可尔登实现了儿子的从军梦。如今，可尔登的大儿子是一名优秀的武警战士。汉、维、哈萨克族三兄弟也由此成为好朋友。在可尔登家里，女主人杰恩思古丽非常纯朴和善，脸上始终挂着微笑，她为我们摆上各种奶制品、油炸面食和糖果。喝完奶茶开始吃正餐，香喷喷的手抓羊肉、大盘鸡、拌面，我们尽情地吃、尽情地喝。此时，时间的概念变得有点模糊。我不知道，凡尘俗世中，还能从哪里去找这份未被污染的原始的真情与祥和，我有点恍惚的感觉。

沧海桑田，岁月悠悠。人人都在不断变化中，金钱容易透支，红颜容易逝去，身体容易衰老，唯有真情可以留住。一缕真情，抵得过所有金钱的总和！我多么希望，在现代化迅速发展的时候，我们不要在急速前进的时代列车上丢失人类最可宝贵的真情。

可尔登弹起了悠扬的"冬不拉"，古丽带头跳起了哈萨克民族舞，我们随着琴声，不管会跳还是不会跳，全都起舞。琴声、歌声、笑声，溢满了小屋。我的心从未盛下这样的开阔，我跌落到了这开阔中，融化了！

夕阳西沉，漫天红霞。雪山、大地、河流、草场……整个白哈巴浸染在一派神圣的晖光里。哈尔曼副主任、可尔登夫妇、许前干事、高唱战友，我会常常想念你们！

白哈巴如梦，我情愿在这梦中不醒……

昂然之气

公元前 202 年十二月的那个清晨，安徽和县，狂风刮了整整一夜。禾苗和树林都显出了疲惫，天骤然变冷了，远处的厮杀声已渐渐稀疏。乌江上飘起了一层薄雾，他牵着乌骓马站在江畔，船已经准备好了，仅剩下的二十八个一路拼杀过来的兄弟们，用急切的目光催促着他："愿大王急渡，江东虽小，地方千里，尚足自王。"

那一刻，他却举起了剑，以震撼山河的悲壮，结束了自己三十一岁的生命，也宣告了他最终成为刘邦的手下败将。

然而，这一切并没有影响他——楚霸王项羽，成为一个英雄，活在历史和人们心中。

他不是没有东山再起的可能，一生中大大小小的战争，经历了上百场，困境和战败乃兵家常事。七年前，同样是在江畔遇到困境，那次是在漳河，他把船只击沉，把锅碗砸碎，把军营烧毁，只带上三天的干粮，他要让自己背水一战，他要让自己义无反顾。统帅有狮子般的雄心，士卒就有舍我其谁的勇气；统帅胸有良谋、腹藏吞吐天地之气，士卒就有所向披靡的力量。结果，他把骄傲的秦军打得一败涂地。于是，中国的词典上多了一个成语"破釜沉舟"。

然而，这次有点不一样：我与江东八千子弟渡江征西，今有几人生还，纵使江东父老可怜而称我为王，我还有什么脸面去见他们？英雄气之一：乡亲父老不是用来利用的，怎忍有负重托？

自刎时，他一定想到了虞姬。那个夜晚，四面楚歌中，他和虞姬边饮边歌："力拔山兮气盖世，时不利兮骓不逝。骓不逝兮可奈何，虞兮虞兮奈若何!"歌声中，虞姬血溅珠喉，香魂归于渺渺的天际。漫山遍野的悲怆音符凄凉无限，漫山遍野的生死别离痛楚无边。于是，中国的戏剧中多了一出戏"霸王别姬"。英雄从来不拒绝儿女情长，美女更不是英雄故事的陪衬。英雄气之二：爱其所爱，并付出真爱。

自刎时，他可能会恨刘邦背信弃义，撕毁了"楚河汉界"的盟约，但他一定不会后悔没有斩刘邦于鸿门宴上。不是"沽名钓誉"，更不是智力低下，司马迁的评价是："奋其私智而不师古。"意思是，其才智在常人之上。英雄本是惺惺相惜，对于英雄来说，最大的寂寞无疑是孤独求败，最大的快慰是有真正的对手。英雄气之三：光明磊落，浩然正气。

拿破仑败了，败在滑铁卢。可是拿破仑这个英雄的名字一直被世人记得，而打败他的胜利者的名字却鲜有人知。项羽败了，连婉约的李清照都荡气回肠道："生当作人杰，死亦为鬼雄。至今思项羽，不肯过江东。"

天地浮浮沉沉，春秋来来往往，朝代更更替替。以唯物史观去观照历史，项羽是一个悲情的英雄，是一个失败的英雄，是一个有血性的英雄。他的名字，在史册上存留下来，在民间记忆中延续下来，在无数诗文中烙印下来。有人感叹，有人赞颂，有人悲怜……

英雄成尘，宝剑成泥。那一场铁马冰河的噩梦，已永远凝固在时光深处。脚下黑沉沉、比梦还深的大地，掩埋了英雄的过往、身世及所有的荣光。无论是悲情还是赞美，都巩固了项羽作为一个符号的辨识度，要碎，就碎得光明磊落；要爱，就爱得没有缝隙；要死，就死得晶莹剔透。

英雄是一股气，一股昂然之气。只要这股气能长存于人们心中，这就够了!

盈一抹微笑， 与最美丽的她邂逅

一碗没放盐的汤，虽然也可以喝，但一定缺少点滋味。

假如生活是那碗汤，诗歌，便是汤里的盐。

几乎在每个人的一生中，都有一段诗意盎然的岁月，仿佛只有诗歌才能诉说满腹的心思，书写对生活最初的感应。

诗歌是人类心灵最隐秘的语言；

诗歌最能表达人类的质朴感情和真纯心愿。

人们把世界最美的状态称为诗境，把心中最美的意念称为诗意，把文字中最精妙的语言称为诗句，把最动人的画面和最能激发人的想象的言外之意称为诗情。

人间最深情的一刻，是诗；人心最美丽的邂逅，是诗。

读诗，让我们沐浴精神的甘露，魂魄悸动感应灵光；

读诗，让我们奇遇智慧的光芒，口有余香心有光明。

诗歌的魔力，被推到极致的，应该是唐诗。唐就是诗、诗就是唐，唐诗，是那个时代留给后世最深刻的记忆和文化遗产。

唐人对诗的喜爱是社会性、全民性的。上到皇上，下至百姓，把情感赋之于诗，成为一种时尚。

唐太宗李世民经历了血雨腥风的夺位大战后，对自己的坚定追随者，用现在的话就是"铁粉"大臣——萧瑀，最高的奖赏就是一首诗：

疾风知劲草，板荡识诚臣。

勇夫安识义，智者必怀仁。

——赠萧瑀

　　唐王李世民不仅赞美了大臣的忠诚，也留下了"疾风知劲草"这样兼具思想深刻和艺术之美的千古名句。

　　女皇武则天也钟情于诗，评诗、写诗、赛诗成了她精神生活的重要内容。据记载，一次，武则天带领文武百官在洛阳龙门组织赛诗，她亲自出题、亲自主评，宋之问的诗写得好，她当即赏赐一件锦袍。武则天评诗，自己也写诗：

明朝游上苑，火急报春知。

花须连夜发，莫待晓风吹。

——腊日宣诏幸上苑

　　女皇在腊月寒冷的日子去上林苑赏花，那个时节哪有花可赏？于是十万火急告诉春之神，你要让百花连夜开放，待到晓风吹来就姗姗开迟了。简洁明了的二十个字，把女皇的威严、霸气表现得淋漓尽致。

　　白居易在江西做官时，结识一位叫刘十九的友人。一天晚上，天气寒冷，眼看就要下雪，许是酒瘾上来了，便向刘十九发出邀请：

绿蚁新醅酒，红泥小火炉。

晚来天欲雪，能饮一杯无？

——问刘十九

斟上刚酿成的美酒，酒面泛起伶俐的绿蚁；生起红泥敷就的小火炉，室中温暖如春。天已经暗下来了，朔风猎猎，快要下雪了吧。在这样的夜晚，你能来陪我喝一杯吗，我的朋友？

请客用诗柬，本身就已够浪漫，够情调了，更何况诗还写得那么美，美得让人心醉；情还那么真，真得让人心跳。

试想，在一个快下雪的阴冷天，看到这首诗柬，是否立刻就嗅到了酒的醇香，感到了炉火的温暖？是否会二话不说，立即动身赴约畅饮，管他是下雨下雪，只要不下刀子就行！

诗意的最高境界是自然，这首邀约诗天然化境，亲切一如生活，妙趣横生，令人不饮已醉。

万象有代谢，人世多离别。唐诗中，每一首爱情诗的背后，往往都会有一个或喜或悲的故事，最传奇的，便是红叶题诗。

诗人卢偓赴京赶考，在皇城外御水渠边行走，只见渠中流水潺潺，漂来一片红叶，上面隐约有字。也许是文人的情怀所致，他好奇地把那片红叶捡了上来，一看竟是一首娟秀小诗：

> 流水何太急，深宫尽日闲。
> 殷勤谢红叶，好去到人间。

宫女的幽怨，对美好生活的渴望，感动了卢偓，于是他便把这片红叶珍藏在衣箱里。后来卢偓娶了一位从宫中遣出的韩性女子。韩氏在整理丈夫的衣箱时发现了这片红叶，大为惊奇。当时只是随意题诗叶上，抛向水中，让它随流而去，以排遣心中的苦闷，不想它真的漂了出去，幸运地被人捡到。而且自己正如诗所愿，被遣出宫，追求到了自己幸福的生活。

原来红叶之诗正是韩氏所题，拾到红叶诗的竟是自己现在的丈夫！

红叶题诗，以诗传情，如此浪漫的爱情故事，只有唐人用诗才能创造出来。

宇宙无穷，人生有限，我欢我笑，我歌我泣，纵情任性，生命在我。正是盛唐时代的开明思想和昌盛经济，厚积文化和诗歌传统，成就了唐人唐诗的魅力华章。

唐诗是唐朝的精神圣殿，百卉千花，竞相绽放。边塞、田园诗派，各逞风流。或慷慨悲凉、或哀怨多情、或明丽澄净、或细腻险怪，仿佛是唐代社会的一部百科全书。

浩繁的唐诗，以她不朽的风骨，特有的情怀，穿透时空，诗意地浸润着世世代代的中国人的生命存在。

| 第二辑 |

最美人间

文化是烛照人心、点燃思想、引爆激情、导引方向的火炬。

一个有着深厚文化底蕴支撑的民族是不可战胜的！

有了吃亏是福的定力，自会修炼博大胸襟，倾听大地箫声，淡看褒贬荣辱，追求自我圣境！

思想的原野，有了光明的占领，就不会杂草丛生；心灵的空间，有了阳光的播洒，就不会滋生霉菌。

人生不过三万天， 爱我所爱， 行我所行

一位朋友在著名作家史铁生面前抱怨自己活得太累，史铁生从一本书里抽出一张纸条递给他说："看完这个纸条，你便知道自己是不是活得太累了。"

他接过纸条默默看起来，纸条上写着：

如果早上醒来，你发现自己还自由呼吸，你就比这一天离开人世的一万人更有福气。

如果你从未经历过战争的危险、受折磨的痛苦和忍饥挨饿的艰难……你已经好过世界上五亿人。

如果你的冰箱里有食物，身上有足够的衣服，有屋栖身，你已经比世界上百分之七十的人更富足。

如果你银行户头有存款，钱包里有现金，你已经身居世界上最富有的百分之八的人之列。

如果你的双亲仍然在世，而且他们身体健康，没有什么疾病折磨，你已属于稀少的一群。

如果你能抬起头，带着笑容，内心充满感恩的心情，你是真的幸福——因为世界上大部分人都可以这样做，但是，他们没有。

如果你能握着一个人的手，拥抱他，或者只在他的肩膀上拍一下……你的确有福气——因为你心中充满了爱。

如果你能读到这段文字，那么，你更是拥有双份的福气，你比二十亿不能阅读的人更幸福。

这个朋友读完，静静思忖了一会儿说："我现在还呼吸着，已经比那一万人幸运和富有了，因为我还有生命。虽然我银行里钱不多，但有衣穿，有三餐吃，有房住，已经比这世界上百分之七十的人更富有了。"

史铁生笑了。

后来，朋友读到一篇史铁生的作品，文中有这样一段："生病的经验是一步步懂得满足。发烧了，才知道不发烧的日子多么清爽。咳嗽了，才体会不咳嗽的嗓子多么安详。刚坐上轮椅时，我老想，不能直立行走岂不把人的特点搞丢了？便觉天昏地暗，等又生出褥疮，一连数日只能歪七扭八地躺着，才看见端坐的日子其实多么晴朗。后来又患尿毒症，经常昏昏然不能思想，就更加怀恋起往日时光。终于醒悟：其实每时每刻我们都是幸运的，任何灾难前面都可能再加上一个'更'字。"

从心底写出这话的人，一定是吃尽了"疾病"的苦头，所以才有这样对"幸福底线"透彻的认识。

再后来，朋友专程去史铁生家，把那张史铁生给他看过的纸条要了去，一直珍藏在身边。他也经常把这段经历讲给其他人听。

的确，与其发发英雄牢骚，出出豪壮怨气，不如多想点高兴的事，少思些不如意的事。比如说吧，是楚霸王，就常想破釜沉舟，少想霸王别姬；是关公呢，就常想过五关斩六将，少想走麦城；是曹孟德呢，就常想官渡大捷，少思赤壁惨败；是东坡先生，就常想"千里共婵娟"，少思"高处不胜寒"；是清照女士，就多想"应是绿肥红瘦"，少思"凄凄惨惨戚戚"。总之，想高兴事，屏蔽不开心的事，就不会整天感到累了。你想想，轻松愉快是一天，沮丧哀怨也是一天，为什么不好好待自己呢？民国大才女张允和总结了"幸福三诀"："第一是不要拿自己的错误惩罚自己，第二是不要拿自己的错误惩罚别人，第三是不要拿别人的错误惩罚自己。"这不是阿Q的精神胜利法，也不是鸵鸟的埋头战术，而是一种达观的生活态度。

日子，就是柴米油盐的平淡；忙碌，就是早出晚归的奔波；心情，就是悲欢离合的苦乐。用心数一数，人生不过三万天，尤其到了知天命的年龄，不必再迎合什么，再顾忌太多，喜欢的就陪伴，讨厌的就远离，开心的就多看，伤心的就不见。掐指算一算，时间跑得比兔子还快，没有多少时间，让我们去浪费，让我们去感叹，让我们去犹豫，让我们去抱怨。抓紧做自己喜欢的事，爱自己喜欢的人吧！

从今天起，给自己的幸福画一条底线，想得美一点，看得淡一点，踩得实一点，学会从最平常的日子、最琐碎的事情里品尝幸福的滋味。心态好，路自宽。珍惜最真的情感，感受最近的幸福，享受最美的心情。有首诗写得好："春有百花秋有月，夏有凉风冬有雪。若无闲事挂心头，便是人间好时节。"

这世界，没有一个人可以独自成功

有一幅名为《手》的油画，是十五世纪德国著名画家阿尔布雷特·丢勒的作品。那双细长的手指，用力地伸向天空，仿佛要去摘下那曾经有过的美好梦想……

乍一看，这幅画并没有什么奇特之处，但当我了解了这幅画背后的故事时，被深深打动了……

1471 年，丢勒出生在纽伦堡附近的一个小村子。丢勒家里有十八个孩子，父亲是一个银器打造匠人，为了糊口，每天都要在小作坊里劳作十几个小时，有时也出去给邻居们打打零工。

家境窘迫，生活贫困，可是丢勒从小有一个想当艺术家的梦想。他的一个兄长艾伯特，也怀有同样的梦想。兄弟俩都很明白，家里根本出不起学费，也不可能把他们中的任何一个，送到纽伦堡正规的艺术学院去学习。

为了上学，兄弟俩偷偷达成一个"协议"，用掷硬币的方式来决出输赢。谁输了，就到附近的矿区当矿工，用收入供给赢了的兄弟到纽伦堡去学习绘画；学习绘画的兄弟，以后要用卖作品的收入，反过来支持做矿工的兄弟再去上学。当然，如果作品卖不出去，也必须去矿区打工挣钱。

这是一个近乎残酷的选择方式，兄弟俩郑重地掷出了硬币。结果，丢勒赢了。他离开家到纽伦堡去学习艺术，而艾伯特去了矿井挣钱。

在艺术学院里，丢勒十分用功，比别的学生付出了更多的努力，很快，他就引起了人们的关注。他在铜版画、木刻、肖像画、钢笔和铜笔素描、水彩画、木炭画等等门类里，都取得了骄人的进步。

四年的时间一晃就过去了，丢勒临近毕业的时候，他的绘画作品已经可以卖到不错的价钱。

毕业后丢勒立刻回到了家乡。全家人聚餐，祝贺他的毕业。丢勒端起酒杯，起身向他亲爱的兄长艾伯特敬酒。

他眼睛里噙着泪水说："现在，艾伯特，到了该倒过来的时候了，你去纽伦堡实现你的梦想，而我，应该开始支持你了。"全家人都把期盼的目光转向艾伯特。

这时候，大颗大颗的泪水从艾伯特苍白的脸颊流下。他摇着头，哽咽着说："不……不……好兄弟，我不能去纽伦堡了……几年来的矿工生活，让我的手变形了，几乎每根手指都遭到过骨折，而且右手还患上了严重的关节炎，我甚至连酒杯都握不住，更不要说握着画笔在羊皮纸和画布上画线条了。不，亲爱的兄弟，对我来说，已经太迟了……"

许多年后，为了报答艾伯特所做的牺牲，丢勒饱蘸着自己的眼泪和心血，深情地画下了兄长那双历尽艰辛和磨难，几乎已经变形的手……

丢勒的故事告诉我们：这世界上，没有人，永远不会有人能独自取得成功！

今天这个时代，互联网所具有的关联性，从根本上强化了人与人之间的协作。一人独打天下已成为过去，越来越多的工作，需要依靠团队力量、协作机制去完成。团队精神、协作意识、良好的沟通，比任何时候都显得重要。

团队如此，对个人来说，更是如此。一个人活在世上，不是一个孤立的个体，他消耗着很多的社会资源，牵扯着很多亲人、朋友的情感，他始终处在一个社会关系的"互联网"中，用情感连接着四面八方。

我们和周围的人，都是相互依存的。相对于无限广阔的宇宙，个人的生命和感受非常有限，有一种让我们的世界变得更宽阔、更有价值的重要方式就是相互依存，相互分享。这也是生命的一种相濡以沫，互惠共赢，愉悦别人，快乐自己。

"吉拉德法则"告诉我们：一个人一生平均要和二百五十个人发生这样那样的联系，一个人事业上的成功，生活上的顺利，也需要来自大约二百五十个人的帮助。

你站得高，那是因为许多人替你扶过梯子；你走得远，那是因为许多人当了铺路石；你干得顺，那是因为许多人在默默做绿叶。

即使一个人强大到了可以随心所欲地做自己，他也不可能闭关索居地生活。因此，要认真地对待身边的每一个人，多做一些成人之美的事，少做一些为烈火烹油的事。

一朵花儿，把自身的芬芳播洒开来，这是一个生命大度的体现。就因为这份播洒，周围的一块土地，一股清泉，一片树林，也轻笼着芬芳，因这芬芳，土地、清泉、树林感受到了花的存在，体会到了花的襟怀，产生了对花的感恩、敬重。

这个世界上，没有一个人可以独自成功。做一朵播洒芬芳的花儿吧，把我们的快乐，把我们的幸福，把我们的温暖，把我们的爱，与人分享。你会发现，你因此会赢得朋友，赢得真心，赢得成功！

文化的力量

读到一段军事历史。

1941 年 6 月 22 日凌晨四点，希特勒的军队在 2000 多公里的苏联国境线上，从北路、中路和南路三个方向，对苏联发动突然袭击。

由于斯大林在战前估计不足，加上他又更改了总参谋部的作战计划，所以一下子就被希特勒的"闪电"战给打蒙了。

还不到一个月的时间，苏军二十八个师被击溃，七十个师的人员和武器损失一半，二十万人成了俘虏，二百个武器燃料库落入德军手中。

苏军在头五个月里，节节败退，丧师失地，损失惨重。还不到年底，莫斯科就已经是兵临城下，陷入德军的重重包围之中，情况万分危急，士气一落千丈。

怎么办？

危急时刻，斯大林要阅兵。

大兵压境，竟然要冒着生命危险阅兵，许多人认为斯大林疯了。

1941 年 11 月 7 日的国庆节，斯大林在莫斯科"红场"举行阅兵式，并发表演说。

他说：希特勒企图消灭我们。他要消灭谁呢？他要消灭产生过普希金、托尔斯泰、屠格涅夫等文学家的民族，他要消灭一个产生过罗蒙诺索夫、门德列耶夫、波波夫等科学家的民族，他要消灭产生过柴可夫斯基这样一个音乐家的民族，他做得到吗？俄罗斯文化是不可战胜的！拥有这样文化的俄罗斯民族是不可战胜的！

他的演说简短有力，气壮山河。莫斯科郊外的红军在听到斯大林的演说后，士气受到极大的鼓舞，决心与莫斯科共存亡。

士兵们高喊着："我们身后就是莫斯科——已经没有退却的余地了。"在这种置之死地而后生的精神鼓舞下，他们绝地反击，与德军展开浴血奋战，终于取得了莫斯科保卫战的胜利，初步扭转了战争初期的不利局面。

民族危难关头，用这种决绝的方式，空前绝后的阅兵，来激发战斗民族强烈的斗志，震慑法西斯，彰显民族的铁血气概。

一个有着深厚文化底蕴支撑的民族是不可战胜的！

文化的力量，是人类最伟大的力量。

文化的胜利，是人类最根本的胜利。

我在想，文化到底是什么？

没有什么东西比文化更难捉摸了。我们不能分析它，因为它的成分无穷无尽；我们不能叙述它，因为它没有固定的形态。我们想用文字来定义它，结果发现，如同想把空气抓在手里，除了不在手里，它无处不在。

有人说：文化是人类认识世界和改造世界的总成绩，是人类物质文明、精神文明、政治文明和社会文明成就的总概括，是人类全部思想和行为的总记录。

有人说：文化是一种包含精神价值和生活方式的生态共同体，通过积累和引导，创建集体人格。

还有人说：文化是植根于内心的修养；无须提醒的自觉；以约束为前提的自由；为别人着想的善良。

文化如水，汇聚涵养，清明澄澈，奔腾澎湃；

文化如山，生长积累，巍峨峥嵘，逶迤磅礴。

文化之为文化，是因为它同自然的天空、大地、阳光和水一样，无时无处不在渗透、影响甚至决定着人类的命运和生活。

每个人的心中，都有自己对文化的理解和定义。但有一点毋庸置疑：文化是一个国家、一个民族的灵魂，文化兴国运兴，文化强民族强，没有高度的文化自信，没有文化的繁荣兴盛，就没有中华民族的伟大复兴。

文化的征服是人心的征服，人心的征服才是真正的征服。

一个民族的强盛，首先是文化的强盛。

历史反复证明，文化始终是民族精神和民族素质的纽带，深深熔铸在民族的血脉和灵魂之中。

自古以来，中华文化因环境多样性而呈现丰富多元状态。秦汉雄风、盛唐气象、康乾盛世，是各民族共同创造铸就了中华文化的波澜壮阔、跌宕起伏、多姿多彩、宏大雄壮的气象万千。

所有的资源都是有限的，唯有文化的资源，永远不会枯竭。

文化是烛照人心、点燃思想、引爆激情、导引方向的火炬，文化是雾海灯塔，高山灵芝。

一个民族对文化的尊崇，也是对文明的尊崇、对心灵的尊崇、对生存本真价值和终极意义的尊崇。

文化激励使命担当，文化孕育创新思维。

理智需要激情点燃，激情需要文化滋养。

一个国家和民族强大与否，既取决于经济实力，也取决于文化实力；一个政党能否牢牢掌握政权，既取决于所拥有的政治、军事、经济资源，也取决于所掌握的文化资源，取决于是否掌握文化发展的主导权。

国土有界，文化无疆。

中华文化是当今世界历史最为悠久的文明之一。今天的世界，都在向东看，向中国看。今天的中国，正在前所未有地靠近世界舞台的中心。文化的力量在于它的当代性和人民性，中华民族要真正跻身于世界先进民族之林，更要在文化自信上取得历史性跨越。

中华民族伟大复兴，说到底是中华文化的伟大复兴；中华民族的凝聚力创造力影响力，说到底是中华文化的凝聚力创造力影响力！

生死交情，千载一鹗

人生自古谁无死，

留取丹心照汗青。

这是文天祥《过零丁洋》中的两句诗，已成为千古名句。与文天祥官位显赫，位至丞相相比，张千载算是绝对的小人物了。但就是这个小人物，却在文天祥最倒霉的时候，重情重义，留下了一段"生死交情，千载一鹗"的传奇佳话……

张千载跟文天祥是同乡好友，从小在一起读书。由于两人都品学兼优，表现出色，被老师视为"双璧"。但是张千载运气不如文天祥。当文天祥高中状元、飞黄腾达的时候，张千载依然只是个小举人，郁郁不得志。

文天祥很清楚张千载的才学，也想帮帮自己这位同乡，便多次推荐他出来做官。但张千载骨子里的文人气节，让他始终没有去见文天祥，一直在家里种田读书。

文天祥抗元失败后被抓，大难临头。民族英雄的用武之地，从辉煌的庙堂之上，陡然变成了阶下之囚。昔日的好友唯恐躲之不及，想尽办法与之切割干净。但此时，张千载却义无反顾地站了出来，他要用一己微弱之力救助文天祥。

当文天祥被押到大都，就是现在的北京城时，张千载偷偷跑去见文天祥，痛哭着说道："丞相您去哪儿，我张千载也去哪儿。"文天祥被关入大牢后，张千载便想办法住到大牢的附近，每天给文天祥送饭，一直坚持了三年时间没有间断。其间还冒险将文天祥在狱中写的诗文传带出来，其中就包括那首著名的《正气歌》。文天祥被杀的当天，张千载冒着被株连的危险，偷藏了文天祥的尸首。又经多方打探，得知文天祥夫人的下落后，历尽艰险，将文天祥的头发、牙齿及其生前的文稿等送到了文天祥夫人手中。

张千载只是一个小人物，但这个小人物身上，却闪耀着人性的光辉。

他没有在文天祥大红大紫时攀附吹捧，也没有在文天祥大悲大苦时落井下石。

当一个人发达时，拥有一定权力时，便从者蜂拥，甜言蜜语，每个人都以打扰他为荣；当一个人落魄时，遭遇小人诽谤时，便一谣既出，万口起哄，人言如翻卷的洪水再也不可抵挡。

一个人在危难的关头，红尘世间的友情，是最容易堕落的时候。张千载以他人性的光辉，用自己的实际行动，给人们以警醒：

长留史册的，不是锱铢必较的利益，而是肝胆相照的情分！

地位名声、权力风光，这些东西如同泥做的玩具，说碎就碎，只有诚实勤勉、重情重义，才能如那默默生长的一茬接一茬的高粱谷子，永远营养着人生……

地位可以有高低，人格不可分贵贱。人与人之间，只有摆脱名位，摆脱实用，坦诚交往，才能使我们保持对真诚的敬重，才会使我们的眼睛抹去云翳，重新开朗。

岁月沧桑，人世轮回，值得珍存的情义如微火繁星，亘古不灭。文天祥的光芒很耀眼，但丝毫没有减弱张千载的生命亮度。似乎，那个沉睡在历史尘埃中的小人物，又影影绰绰地来到人间……一切的波澜、一切的起伏、一切的愿与不愿、甘与不甘，都已化作一缕魂魄，在时光的隧道里泯灭，又在时光的隧道里重生。

我们不得不承认，人与人之间，最深刻的区别不在地位，而在心灵，善恶就在一念间。这个世界，说假话、干坏事的成本太低，甚至，说假话和干坏事，已成为谋得暴利的最低成本。而张千载的善，却要他用一生的自我克制，完成对他人的慷慨给予，这种燃烧自己，给他人以烛照和温暖的牺牲，堪称伟大！

茫茫人海，有多少擦肩而过？

漫漫人生，有多少真诚守候？

今天"生死交情，千载一鹗"的故事，再一次感受张千载这个小人物的生命亮度，令人感慨！

先人的义勇旷达，比照出今人的平庸唯利。

正义和悲悯心，良心和同情心，先人这种道德化的人格理想，是人性深处的力量！每个人的生命中，如果能多一些这样的力量，相信未来的日子，会更加明朗。

一个英雄的国家，不会忘记自己的英雄

2018 年 2 月 3 日，俄罗斯空天军驻叙利亚基地，飞行员罗曼·菲利波夫少校驾机执行任务，遭到恐怖分子便携式防空导弹的袭击，他一面努力尝试着控制住空中的战机，一面向基地发出报告，飞机"已被导弹击中"，随后弃机跳伞。

落地后，他陷入重围，遭到恐怖分子密集火力的射击。他持枪与恐怖分子战斗，在顽强奋战中，打光了子弹。当围攻而来的恐怖分子离他只有几十米远时，身负重伤的他高喊着"为了弟兄们"，勇敢地拉响了最后一颗手榴弹，以自己的生命之躯，捍卫了俄罗斯军官的尊严与荣誉。

2 月 8 日，为了迎接英雄回家，俄罗斯国防部、英雄的家乡、他学习过的军校、战斗过的部队，举办了各种形式的悼念活动。在俄军事机场，俄国防部以军人的礼仪，为英雄举行了高规格庄重的送别仪式。

普京在签发的总统令中写道："罗曼·菲利波夫少校在执行战斗任务中英勇无畏、不怕牺牲，特此追授他'俄联邦英雄'称号。"

随后，俄罗斯艺术家为他们的英雄，谱写了纪念歌曲《多想活着》，在大型纪念晚会上，这首歌唱哭了现场的普京总统，唱哭了许许多多的观众。

你知道吗，多想活着，去看一看日出。

活着，是为了去爱身边的人。

你知道吗，多想活着，醒来，和你一同迎来黎明。

煮着咖啡，在世人都还在酣眠之时。

你知道吗，多想活着，我的事迹并没有出现在报纸上。

活着是让孩子们永远不忘。

你知道吗，在牺牲的那一刹那，多想活着。

站起并告诉所有人："即便倒下，我也会回来。"

你知道吗，多想活着，在那危险的瞬间。

忘记所有不好，原谅一切，宽恕就是救赎，我明白。

你知道吗，多想活着，化作冬日花园中沉睡的樱桃。

在春天里绽放，获得新生！

《多想活着》，这是一位英雄飞行员牺牲前最后的心声。

为壮烈牺牲的飞行员罗曼·菲利波夫少校举办的大型纪念晚会，全场座无虚席。从舞台大屏幕和视频歌词看，两分钟时，后排开始有人站起来，两分十八秒时，普京总统站起拭泪，然后全场起立致敬。

一个英雄的国家，不会忘记自己的英雄！

金一南曾经讲道：在俄罗斯哈巴罗夫斯克市访问，给他留下最深印象的，不是俄罗斯远东最大城市的异国风情，而是在该市无名烈士墓旁，看见幼儿园老师领着一群孩子，老师给孩子们讲故事，老师哭，孩子哭，大人小孩哭成一团。

这个场景，给了他深深的震撼。一群三岁到五岁的孩子，懂得多少事情，竟然会在烈士墓前流泪？关键是老师流泪了，他们看见以后也跟着流泪。

苏联解体了，俄罗斯至今没有完全走出低谷，但他们那些珍贵的东西并没有完全丢失，仍然在构成他们的精神内核。幼儿园的孩子在无名烈士墓前流泪，新婚的夫妇向无名烈士墓献花，这样的民族，怎么可能堕落？怎么可能被黑暗吞噬？怎么可能被其他民族征服？

俄罗斯这个战斗民族把"让军人成为全社会最尊崇的职业"诠释到了极致。

任何一个民族，都有这个民族的英雄史观，都有这个民族的英雄代表。对英雄的尊崇，实际上是对民族精神的尊崇。相反，对英雄的不敬，也是对一个民族历史的不敬。

正如我们尊崇历史上的民族英雄岳飞一样，世界上任何一个民族，都有自己敬奉的英雄。在法国，把圣女贞德视为法兰西的民族英雄；在美国，马丁·路德·金是反抗种族压迫的无畏战士。我们人民军队历史上涌现出的张思德、董存瑞、黄继光、邱少云、雷锋、苏宁、李向群、杨业功八位著名英模，与古代的岳飞、文天祥等民族英雄志士一样，体现的都是我们民族的精神之魂。

一位在海外侨居的以色列人，生意做得很大，日进斗金，日子过得非常舒适。当年中东战争爆发，这位犹太商人二话不说，丢下生意打道回国，当了一名普通士兵。战争结束后，他才重新回到生意场。有人问他是怎么想的？他说："我爱我的国家，我的国家也爱我。"

一个国家，当拥有产生英雄的土壤时，就不愁她的儿女们，为了国家，为了民族，会义无反顾地献出自己的生命！

英雄主义，永不过时！

崇尚英雄，凝聚人心！

人要趋光而行

俗世万物，人间烟火。

有人的地方，就会有各式各样的追求。有追求灵魂皈依的，有追求精神高贵的，有追求吉祥平安的，有追求健康长寿的，有追求升官发财的，有追求香车美女的，有追求虚荣名利的……

价值观不一样，人与人的追求就不一样。

大千世界，人生百态。每个人都有自己喜欢或不喜欢的权利；每个人也有自己想追求或不想追求的偏好。萝卜白菜，各有所爱。

但有一点是共识，那就是：人要趋光而行。

一个人，在一间没有窗户的黑屋子里，时间长了，是没有时间感，没有方向感的。当一盏灯亮起，一扇窗户打开，人便有了时间概念，有了方向感。那盏灯、那扇窗，就是光明。不管你富贵还是贫穷，位高还是位低，只要你是个正常人，就一定会喜欢待在有光的地方，而不喜欢把自己困在黑屋子里。

看了一本闲书《乘公交车的猫》，讲的是在英国德文郡的普利茅斯，一只叫卡斯珀的猫，每天乘坐当地的三路公共汽车绕城一周，行程达到11英里。当许多人被犯罪、抢劫和失业问题搞得精神疲惫、情绪低落时，卡斯珀为无数上班的乘客带来了快乐，驱逐了人们内心的阴霾。司机们同卡斯珀建立了十分友好的关系，车场内还贴出了告示，让大家关注来到他们车上的这位非常特殊的"乘客"。

这件事经当地媒体报道后，在全英国引起热议，卡斯珀也成了这家公交公司的吉祥物。

2010年初，一辆出租车不幸夺走了卡斯珀的生命，同情和悼念的信件像雪片般从世界各地飞来。很显然，卡斯珀的故事已经打动了全世界无数人的心。

不言而喻，人类的共性，就是向往美好和善良，向往光明和自由。

卡夫卡的作品《地洞笔记》，那只一心修造地洞的生物，眼中只有黑暗，没有光明。在它的世界里，没有神圣，没有纯洁，没有真理，只有野蛮，只有疯狂，只有偏执，所以它总是惶惶不可终日，找不到出路，结果只能越来越阴郁、苦闷、冷淡。

很久以前读过一篇散文，讲的是著名作家汪曾祺夫妇在"文化大革命"中落难，被遣送回乡"劳改"。夫妇俩在院子的南墙根种了一些豌豆。待那豌豆开出洁白的花来，汪老很是欣喜，随便找出一张什么纸，心无旁骛地画起了豌豆花。

汪老没有半点落难的凄惶，这种大丈夫般的气定神闲，不仅仅是他眼中有豌豆花，而是心中有光、有大胸怀。

一位新闻前辈说得好："人哪，还是要趋光而行。"

是啊，高原的积雪，既有无边无际纯净心灵的洁白，也有山坳背阴处被风沙遮盖过的脏雪。对脏雪视而不见不现实，但盯着脏雪，甚至夸大其词、以偏概全也不可取。

这么大一个社会，这么多各色想法的人，怎么可能都一样呢？所有的不足、缺点、问题，都需要改良、改进、改革。说一千道一万，两横一竖最关键，就是一个"干"字。每个人都身体力行地干一点点利于社会和谐、利于团结友善的事，星火也可以燎原。如果以"打嘴仗"为习惯，以骂祖先、骂圣贤、骂自己、骂他人的方式去发泄、去指责、去诋毁，那就失去了自信，失去了团结，失去了力量，也失去了尊严。

现实是沉重的，但永远压不倒心中的花朵。

不管一个人有多恨天恨地恨世界，当耐着性子，用友善、用谦逊、用宽容、用冷静来面对这个不完美的社会时，会发现：茂林多枯枝，丰草多落英！这不仅仅是自然规律，也是生活规律。

总有些梦无枝可栖，总有些风不合时宜，正因为如此，才更需要趋光而行。

思想的原野，有了光明的占领，就不会杂草丛生；

心灵的空间，有了阳光的播洒，就不会滋生霉菌。

如今，时代变了，社会变了，人心也变了。什么都可以变，但有些东西需要死死坚守和相信：

光明终能驱散黑暗，美好终能战胜丑恶；

人与人之间相互支撑的温暖温情不能变；

趋光而行，向上、向善、向美的追求不能变！

低调是底气， 更是自信

传说左宗棠是个围棋高手，一次出巡，看见一茅屋的横梁上挂着"天下第一棋手"的匾额。左宗棠不服，与茅屋主人连弈三盘，主人三盘皆输。左宗棠想，不过如此，要他卸下匾额，自信满满地走了。

之后，左宗棠深夜率部出征，经过生死之战收复新疆，班师回朝又路过茅屋，赫然见匾额并未拆下。左宗棠想，看来此人不服，遂提出再弈三盘，结果三盘皆输。左宗棠大感诧异，问是何故？茅屋主人说："上回您有皇命在身，将率兵打仗，我不能挫您锐气；如今您已凯旋，我当仁不让，全力以赴。"

真正的高手，善解人心，涵养深厚，即使才高也不自诩，拥有的是另一种自信。

真正的强者，藏锋守拙，待机而发，即使位高也不自傲，更多的是大智若愚的聪慧。

低调，是对天、对地、对人的一种礼让，其实也是一种深藏锋芒的生存智慧。

低调，是一种清净内敛，是一种稳重姿态，是一种谦逊言辞，是一种处世风格。

生活中何尝不是如此？往往那些不唱高调、不显山露水、默默耕耘、苦心孤诣、砥砺前行的人，最终都会收获更多。在这一点上，小草的精神值得学习。

泰戈尔曾经写过这样的诗："小草的足步虽小，但它拥有脚下的土地。"

的确，小草的足迹遍及天涯海角，一片片，一丛丛。人们惯于欣赏万紫千红的奇花异卉，很少有人关注这些默默为大地铺上绿装的小草，但它笑对风霜雨雪，笑对电闪雷鸣；在夹缝中生存，在高压下生存，在旱涝中生存。千百年来，风摧不垮，火烧不尽，石压不折，"芳草年年发，春风吹又生。"无论环境多么恶劣，它照样活出别样的美。

小草没有牡丹芍药的国色天香千娇百媚，也没有梅兰竹菊的幽情雅韵清香怡人，更没有风花雪月的诗情画意撩人心弦。在美丽的花丛里，小草不去张扬；在明媚的旷野里，小草不去展示；在阴暗的角落里，小草不会抱怨。然而，我们却从小草身上看到了一种别样的人生本色——小草的纯美，小草的境界，小草的精神，小草的力量！

一个人，有了这样的草色人生，自然不会与大树争高，与娇花争艳，而是活出自己的滋味，活出自己的风景，活出自己的境界。

老子讲："江海所以能为百谷王者，以其善下之。"意思是江海之所以能成为百川河流所汇往的地方，是因为它善于处在一切溪流的下游。老子还讲："夫唯不争，故天下莫能与之争。"意思是正因为你不争，所以天下没有人能和你争，这才是争的最高境界，才是"大争"。

人往高处走，高处不胜寒；草在低处长，低处自成景。我们既要有往高处走的心态，也要有在低处长的胸怀。

低调是一种底气，也是一种自信，更是一种韬光养晦的智慧。它不是自卑，也不是怯懦，而是清醒中的坚定，沉淀中的平和，蕴藏中的力量；是人格中让人仰慕的魅力，人性中让人欣赏的品位！

有一种智慧是宽广的胸怀

美国历届总统挑选在竞选时支持自己的人进入内阁已成惯例，唯独1860 年当选总统的林肯例外。他将三个瞧不起他，而且是竞选对手的人招入内阁担任要职——国务卿威廉·西华德、财政部长萨尔蒙·蔡斯、总检察长爱德华·贝茨，成为美谈。

林肯用人"四不计较"。一不计较这个人是不是自己的竞争对手；二不计较这个人有没有贬低过自己；三不计较这个人有没有突出缺点；四不计较这个人将来对自己有没有威胁。

担任过纽约州州长的西华德很不服气林肯的当选，心有不甘地说："没想到这个伊利诺伊州的小律师爬上我该坐的位置。"担任过密苏里州检察长的贝茨也一直雄心勃勃想入主白宫。担任俄亥俄州州长的蔡斯也很不服气，极端蔑视地说："提名林肯当总统，是个极大错误，因为他是个没有意志目标、没有指挥能力的人。"

林肯把三个重要职位交给自己的对手，在美国总统的用人政策上，成为最大例外。林肯对此解释说："他们是我们国家中最有能力的三个人，我没有权力剥夺他们为国效力的机会。"

担任国务卿的西华德，在后来与林肯共事过程中感受到了林肯的力量和气度。西华德心悦诚服，在给妻子的信中说："总统是一个同时拥有实力与活力的人，这样的人太少见了。"

蔡斯极其自大，狂热地追求最高领导权。林肯认为蔡斯确实能力强，在财政预算与宏观调控方面很有一套，用其所长，通过各种手段尽量减少与他冲突。蔡斯也确实能干，很快成功地使公众认购公债，补上了战争初期每日军费上百万的窟窿。

同样，在许多人的反对声中，林肯亲自写了让贝茨担任首席大法官的任命书。贝茨没有辜负林肯的信任，成为美国历史上第一个反对奴隶制的联邦最高法院首席大法官。

林肯对政敌的态度让一些内阁成员不满，批评他不应该与这些人做朋友，而应该消灭他们。林肯讲了一句著名的话："当他们变成我的朋友时，难道我不是在消灭我的敌人吗？"

何等的大胸怀！

何等的大智慧！

林肯的胸怀成就了他的伟业。他任期内完成了两件名垂青史的大事：一个是颁布了《解放黑奴宣言》，废除了种植园奴隶制度；另一个是维护了美国的统一，打败了南方奴隶主分裂势力，开创了美国繁荣昌盛的新纪元。可以说，建立美国的是华盛顿，而维系它的是林肯！正如马克思所说："他是一位达到了伟大的境界而仍然保持着自己优良品质的罕有的人物。"

胸怀博大，既是一种高尚的品质，可贵的境界，更是一种人格的力量！

我们在工作生活中，难免会产生这样那样的误会，如果处理不当，就有可能影响团结干扰工作，而有的误会不是三两句话就能说清楚的。如果能以宽广的胸怀去对待，便可减少争执，避免内耗。胸怀所产生的感召力、凝聚力不可小觑，在一定意义上，可以穿透心胸照亮心路。

胸怀有多大，事业有多大，大度成大事，小肚鸡肠难成事。林肯能成为美国彪炳史册的统帅，无不与他包容天地的广阔胸怀有关。

现实生活中，人与人之间产生矛盾、争执、误解很正常，由此才会使世界丰富多彩。如果一个人具备了宽广的胸怀，他一定能让人深而思之，敬而佩之，仿而效之。

大海之所以浩瀚美丽，是因为它不拒细流、海纳百川；伟人之所以成为伟人，是因为他胸怀宽广、揽才容人。无论你是名人显要，还是凡夫俗子，如果能给人多一点宽容，少一点抱怨，就会多一个朋友，少一个对手。

所谓成功，就是化解一路上的矛盾。

所谓识时务，就是随时准备前进，也随时准备后退。

后退是为了更好地前进！

一个越是有胸怀的人，他就精神越富有！

一个越是有胸怀的人，他就离成功越近！

在吃亏吃苦中成长起来的人，一辈子都会坚强

清代著名书画家郑板桥写的"难得糊涂"，曾广为流传。其实，他还写过一个"吃亏是福"的字幅，也很著名。

郑板桥做官时，遇到灾荒年，为给灾民赈济一事，与自己的上司意见不合，最后被罢了官。郑板桥并没有为官场失意郁闷不乐，而是骑着毛驴悠然回到故乡，从此专注于诗、书、画，被誉为"扬州八怪"之一。他的诗、书、画艺术精湛，号称三绝。这一切都源自他豁达开朗，舍得吃亏。

生活中，一个能够吃亏的人，往往有着更大气的胸怀。他们不沉陷在与人是非争斗、斤斤计较中，也不局限在狭隘的自我思维中。吃亏不仅是一种坦荡的人生智慧，更是一种自若的做人方式。

春秋时期，人称"陶朱公"的范蠡，学识渊博，足智多谋。他帮助越王打败吴王，成就霸业后，被越王勾践封为上将军。可范蠡知道勾践为人可共患难而不能共富贵，为避免兔死狗烹的下场，他毅然放弃自己创下的丰功伟业，辞书一封，乘一叶扁舟趁着夜色而去。

范蠡安然于吃亏是福，"摘我园中蔬，寒夜列被眠"，坦然世事沧桑，安享晚年。

被一路踢踢踢到海南去摘椰子的苏东坡，空有一身好武功却不得不去种树的辛弃疾，他们都怀有一腔报国志，却壮志难酬，只能寄情于诗词曲赋，发发英雄牢骚，出出豪壮怨气。"无心插柳柳成荫"，反倒成

就了他们一代词宗的巅峰。

常言说"祸兮福之所倚，福兮祸之所伏"，"人有悲欢离合，月有阴晴圆缺"。有时候，看似在一些事情上吃了亏，其实，也实现了某种永恒。

失去了轰轰烈烈的生活，便享有了平平淡淡的幸福；放弃了急流险滩，便拥有了温馨的港湾。老天爷在关闭一扇门时，会为你打开一扇窗。当你觉得自己一无所有的时候，其实，你是在收获福气。

在吃亏吃苦中成长起来的人，一辈子都是坚强的。

吃一次亏，对生活的理解会加深一层；吃一次亏，对人生的理解会再上一阶；吃一次亏，对世间的认识会成熟一档；吃一次亏，对成功的内涵会彻悟一番；吃一次亏，会带来一次刻骨铭心的记忆和收获。

金多银多不如见识多，天大地大不如心胸大，车宽屋宽不如视野宽。有一颗吃亏是福的心，就会善于自我释怀，心就不会有阑珊，就不会记恨别人。因为记恨最大的坏处，是拿别人的错误惩罚自己，把人格弄得越来越扭曲。多数人不敢在明处复仇，于是采用暗地里攻击，不知不觉间，把自己也变成了一个小人。

石头能把人绊倒，舌头也能把人掀翻。不管这世上有多少填不平的沟坎，有多少拴不住的舌头，有了吃亏是福的定力，自会修炼博大胸襟，倾听大地箫声，淡看褒贬荣辱，追求自我圣境！

活不好容易让人瞧不起，活得好容易遭人妒忌。吃点亏受点委屈，是成长发展的成本，也是保护自己的良方。如果总把自己当珍珠，难免有被埋没的痛苦，还是把自己当泥土的好，厚重踏实。

把吃亏当福的人，是一种心态，一种素养，一种境界。吃亏是淡泊名利时的超然，是曾经沧海后的井然，是狂风暴雨中的坦然。吃亏绝不是没有原则，而是能以睿智的目光洞察世事，始终明白"尺有所短，寸有所长"。

把吃亏当福的人，最终都不会吃大亏。渐渐地，人际会越来越广，知己会越来越多，肚量会越来越大，处境会越来越顺，生活会越来越好，身心会越来越净。

没有狼的存在，兔子不会跑得那么快。要感谢那些让我们吃亏的人，是他们让我们加快成长。

所谓能耐， 就是能力+耐心

一次朋友聚会，小徐谈起自己十几年前初入职场时的经历。

大学毕业后，他来到一家证券公司，带他的经理直截了当告诉他："收集到四十张名片后，再来给我汇报工作。"

收集名片开展业务工作是这家证券公司的特点。

小徐负责的这块区域，靠近一个旅游景点，很多时候，和他一样的年轻人，带着女朋友，开着汽车来这里玩儿。

不久以前，他也曾是这样，无忧无虑，年轻气盛。而如今，却要冒着酷暑，穿着衬衫打着领带上门开展业务，看冷脸更是习以为常。无数次想放弃的念头冒上来，他都想办法说服自己再坚持一下。就这样纠结着，挣扎着。

当时进公司的新人，都是从收集名片这样的小事干起，有的同事，一天能收集到一百张，甚至还有的收集到二百张。有一位同事在一周之内，竟然收集到了一千五百张，成绩惊人。

公司集中培训时，他请教这位同事有什么秘诀，同事一脸平静地对他说：

有些人舒舒服服坐着吃午饭，而我是一个汉堡边走边吃，吃着饭就能到达下一个目的地。上午9点到下午5点这段时间，就是比赛时间，我们都在跑道上，哪里有坐着慢慢吃饭的时间？

工作就是比赛！

在这个世界上，靠自己的人，只有努力努力再努力，辛苦辛苦再辛苦。别无选择！

同事的话，深深触动了他，每一个有成就的人，都有自己不为人知的付出。

他开始扑下身子边做边研究。

他注意到，有一家公司是当地的纳税大户，但这家公司的老板却不是证券公司的客户。他问公司的同事，为什么不和这家公司开展业务？同事说："都试过，太牛了，搞不定。"

他决心去试一试。

说干就干，他很快去了这家公司。公司前台的女职员像铜墙铁壁一样拒绝了他的见面请求。他跑了五十多次，都没有见到公司老总。

但是，经过这五十多次的拜访，他也基本了解了这位老总的上班规律，通常是下午3点左右到公司，乘坐的是一辆奔驰车。

这一天，小徐依然来到这家公司，等了好几个小时，看见奔驰车开进公司，他立马跑到前台，要求拜访老总。前台的女职员如往常一样，客气地拒绝了他。

但他不想放弃，来了这么多次，他知道老总在八楼办公。于是，他跑进安全通道，一口气爬上了八层。但是，八层的安全通道门根本打不开。他使劲扭了一下，报警声响起。

顷刻之间，他被保镖摁倒在地。

混乱中，老总也听到了报警声，走出了办公室。他赶忙大声喊，报上自己的单位姓名和拜访的请求。令他没想到的是，老总竟然同意了！

后来，这位老总在他们证券公司投了一个亿。也是老总告诉他，其实前台已经将他来了五十多次的事汇报过了，他知道这个执着的年轻人。

小徐解释说："我讲这些，并不是要说，干事创业非要采取这种极端方式。我是想告诉大家，你轻而易举就能做到的事情，别人也能做到。如果真的有所追求，就必须有耐心，无论是五十次，还是一百次，只要坚持就一定会有成效。"

当一切想法止于行动的时候，诗和远方的田野，永远不会到来。于是，生活不只是眼前的苟且，还有未来的苟且。

所谓能耐，就是能力+耐心。有能力，没耐心；有耐心，没能力，都走不远。

这个时代，要么出众，要么出局，没有中间选项。你不选择出类拔萃，就只能被迫选择后悔。

功名，从来都眷顾愿意付出的人！

想要得到别人得不到的，就要付出别人付不出的。

不管多高的山，只要坚持爬上去，人就比山高。

相信自己，挖掘自己，定能成就自己；努力做，坚持做，奇迹自然而生。

福楼拜对莫泊桑说："才华就是缓慢的耐心。"

每一个清晨，记得鼓励自己：没有奇迹，只有你努力的轨迹；没有运气，只有你坚持的勇气！每一份坚持都是成功的累积！

只要坚持，总会收获惊喜；

只要坚持，终会遇到不同的自己！

终生坚持，你就会成就人生的奇迹！

靠天靠地不如靠自己

据说，过去二十多年来，北大先后有五百余名保安考学深造，有的甚至考上研究生，当上了大学老师。

被誉为北大保安"第一人"的张俊成，便是他们当中的佼佼者。

张俊成说：有次站岗，看到一位老人骑车过来，快到门岗前，老人下车，推车走过。经过门岗时，老人点头跟他说："你辛苦了。"张俊成感到受宠若惊，他问旁人："他是谁？为什么这么尊重我们？"别人告诉他，老人是北大校长。

在北大当保安，改变了张俊成的人生。北大浓厚的学习氛围，让他对知识的渴望越来越强烈，他希望自己可以学习更多的知识，成为更优秀的人。

有一天，几个外国留学生要进北大校园，因为没有通行证又语言不通，张俊成将他们拒之门外。没承想，这几个留学生离开大门不远，先是集体给他竖起大拇指，立刻又集体把大拇指朝下向他示意。张俊成很受刺激，但他没有发怒，他说："人不能生气，要争气。"

张俊成决定参加高考。他跟队长申请晚上站岗，白天听课学习，这样工作学习两不误。他每天睡觉时间也就三个小时左右，不到半年时间，体重下降了十几斤。1995 年，他通过成人高考，考上了北京大学法律系专科。

张俊成说："很多孩子和我一样，从贫穷的农村走出来，对未来感到迷茫，在人生的重要转折点，需要有人帮一把。一路上，很多人给予我帮助，我才会有今天，我也希望自己可以成为这样的人，给孩子们带来希望。"

毕业后，张俊成回到家乡，先后在多个职校任教，并于 2015 年创办了自己的学校——长治市科技中等职业学校。他想教给孩子们一个道理：一个人外在条件如何，并非决定性因素，只要好好提升自己，一切自有最好安排。

在社区做养老服务的王艳蕊，她的人就像她的名字一样，阳光灿烂。

艳蕊小时候看着妈妈照顾瘫痪在床的姥姥和姥爷，后来，她到日本留学，看到日本老人能得到非常精心的照顾。回国后，她发现自己社区的一些老人没有儿女，属于低保户，连自己洗澡都非常困难。于是，艳蕊在心里发誓，要让中国的老人也过上有尊严的生活。

她辞去公职去做这事的时候，所有人都说她疯了。

其实我也很好奇，过去，总以为养老只能去养老院，怎么可能在家里面或者在家门口呢？许多人给艳蕊说：做这种低收入社区的养老服务，赚不到钱，会把自己做死的。

转眼十一年过来了，她没有做死，虽然走过了很多弯路，但也看到了曙光。

与艳蕊聊起遇到的那些沟沟坎坎，她风轻云淡地笑了：谁家都有难念的经。在你发不出员工工资的时候；在你装修好了场地，但却被迫要搬家的时候；当你全心全意地奉献，但是老人的家属却扬言要告你的时候；当你劳累了一天下班回家，你的女儿已经失望地睡着的时候……困难的事情经历得越多，越锻炼自己的韧性。

前几天见到艳蕊，她非常高兴地告诉我，北京现在已经开始注意并重视这个事情了，而且邀请她参与了相关服务标准的制定。

张俊成和王艳蕊这两个普通人的故事，告诉我们一个真理：成功没有奇迹，只有轨迹；成功不靠条件，只靠信念！

不管你相不相信，这世界上最勇敢的人，是每次跌倒都能站起来的人。而这世界上最成功的人，是那些每次跌倒，不单单能站起来，还能够坚持走下去的人。

生命不息，奋斗不止。只要相信自己，只要坚持做正确的事，只要你真的是用生命在热爱，那一定是你的使命！

无论梦想是什么，无论路有多曲折多遥远，只要是灵魂深处的热爱，就要一直坚持着走上属于自己的舞台。

有人说，这是一个英雄不论出处的年代，也是一个英雄必论出处的年代。有时你不得不承认，自己努力的天花板，不过是别人的起点。条条大路通罗马，有人永远在努力的路上，又永远不得不努力，而有人就出生在罗马。

人的每一种奢望都是设想"如何能付出最少而得到最多"，这种极端不公平的交易不是没有，但大多数情况下，耕耘与收获还是可以成正比的！龟兔赛跑的故事中，我们不能总期待兔子会停下来，如果兔子一直在拼命跑，又是什么情景？

靠天靠地不如靠自己。靠自己，才能脚踏实地；靠自己，才能可控可期。钱财不多，自己赚；没房没车，自己搏；累了痛了，自己扛；苦了哭了，自己藏。

《超级演说家》中，刘媛媛的一段话讲得好："有些人出生就含着金汤匙，有些人出生后连爸妈都没有，人生跟人生是没有可比性的。我们的人生怎么样，完全取决于自己的感受。你一辈子都在感受抱怨，那你的一生就是抱怨的一生；你一辈子都在感受感动，那你的一生就是感动的一生；你一辈子都立志于改变这个社会，那你的一生就是奋斗的一生。"

你若强大，困难就是小事；

你若勇敢，危险也会退缩。

历风雨尝甘苦，播种未来希望；

送晓月迎朝晖，采撷果实芬芳。

当善良遇见善良，就会开出最美的花朵

一个年仅二十岁的埃及青年，制作的四分钟微电影《The Other Pair》，没有一句台词，却感动了世界上不同文化种族的人；没有一句说教，却胜过无数句说教。

这部微电影，能获得埃及卢克索 LUXOR 电影奖，充分说明一点：当善良遇见善良，就会开出世界上最美的花朵！

2015 年，我随《走边关》摄制组去西藏边防采访。辽阔无垠的藏北大地，几乎只有三种颜色，连片的褐色裸石，白雪皑皑的山巅阴坡，河流湖泊岸边的苍茫牧场。

在山崖边的哨所，边防战士指着唯余莽莽的雪山对我说，那边就是邻国了，有的地方还属于争议区，有咱们边民居住的地方，就好得多。

在这长冬无夏，风吹石头跑，氧气吃不饱，连一棵树、一株草都不长的地方，为了脚下的每一寸土地，我们的边防官兵豪饮寂寞当美酒，大山深处写韶华。我们的许多边民，祖祖辈辈与狂风雪山为伴，孤寂一生，穷困终老……

那一天，我们邂逅了一位牧羊女，她皮肤黝黑，脸庞黑中透红，双手端着酥油茶碗，像是在暖手。看到我们，她迟疑了片刻，还是走了过来，比比画画，从兜里掏出几条风干的牦牛肉干，非要递给我们。

在这么艰苦的地方，看到这样一张喜滋滋、乐呵呵，从容自在，祥和快乐的笑脸，让人心里充满了温暖和喜爱。藏族牧羊女身上透出的善良，脸上挂着的善意，是太阳底下最动人的一景。

在去珠峰大本营的路上，我们途经海拔 5100 米的世界最高寺庙——绒布寺。

印象中，藏族活佛似乎都是一身暗红色僧袍，口中念着唵嘛呢叭咪吽……但绒布寺的扎西活佛，却很时尚。他上身穿一件黄色的户外登山服，轻便保暖。虽然我听不懂藏语，但能感觉到扎西活佛很愿意与人交流，身上透着一种开放的活力。

他手里拿着一个牦牛角，在每一个进寺的客人身上拍一拍，口中念念有词，大概是在祈福吧。

陪同我们的战友讲，扎西活佛手里的牦牛角，还有一段故事呢。

二十世纪六七十年代的边防，翻山越岭主要靠牦牛运输物资。牦牛有超凡的耐力和识途本领，能避开险路、沼泽地和陷阱。边防官兵在巡逻时，如果有牦牛相伴，能省不少力。

一次，一个医疗小分队外出巡诊遇到暴风雪，稀薄的空气使他们陷入困境。前面还有几座达坂，如果能爬过去，还有一线生机，爬不过去，命就"交代"给雪山了。医疗队队长把唯一的一头牦牛让给藏族战士，叮嘱他一定要死死拽住牦牛的尾巴，千万不能松手。医疗小分队与暴风雪作着顽强搏斗，因为风雪太大看不清路，队长滑下山崖牺牲了，拽着牦牛尾巴的战士，逃过了风雪一劫。

在恶劣的自然环境中，生命，只有真诚相伴才能长久！

后来，那头牦牛角到了扎西活佛手里，据说被超度成了法器，灵得很。身体哪个部位不舒服了，用它拍拍就能好。

在无边无际的高原上，生命有时候很脆弱。风雪会制造灾难，但人在灾难中与万物拥抱，执着、从容、镇定，顺着内心的感悟前行，这种人与人之间、人与动物之间，相依相伴的善意、真诚，才是最动人的。

善，是人性中蕴藏的一种最柔软，也最有力量的情怀。

法国作家雨果说："人最重要的品质是善良。"

善良是春天的阳光，把自己的能量，无私奉献给大地，滋润万物生长；

善良是初夏的雨丝，灌溉人们的心田，让希望的苗圃里，绿意盎然；

善良是秋季的和风，无私地帮着老去的树叶，返回自己的故乡；

善良是冬季的雪花，执着地守护着麦苗，用自己的躯体保护着它们，不被寒风侵蚀。

善良，是心的亲和与信赖，是爱的共振与交融。

感谢这部获奖的微电影，告诉我们一个实实在在的朴素道理：一个人曾经付出的善良，或许不会马上得到回报，但一定会在另外的时空节点，得到弥补。

如果不是我的，

我会把我得到的，

还给你。

如果我无法得到，

我会把我有的，

送给你。

每个人都拥有两个世界，眼中的世界，心中的世界。

人念人，才能近乎；心捂心，才能热乎；情惜情，才能暖和。

每一天，构成人生的旅程；每个人，构成完整的世界。

善良，赐予我们宽容和悲悯，昭示我们美好和希望……

愿天下所有的行善之人，都能得到如此的温柔相待！

做好一件事，就很了不起

电视剧《马兰谣》，讲的是"干惊天动地事，做隐姓埋名人"，曾经获得"感动中国"年度人物的林俊德院士的故事。

这部剧，获得广电总局国家优秀电视剧剧本重点扶持奖，被中宣部列为 2016 年重点剧目。2017 年，这部电视剧获得全军优秀电视剧"金星"奖，在央视一套黄金时段播出时，好评如潮。2017 年底，又获得中美电视节"金天使"奖，可谓实至名归。

大漠，烽烟，马兰。

平沙莽莽黄入天，英雄埋名五十年；剑河风急云片阔，将军金甲夜不脱。林俊德院士一生致力于国防事业，忘我工作了五十二年。在生命的最后时刻，坦然面对死亡，顽强扛住癌症晚期那种锥心的疼痛，争分夺秒地处理工作。他把病房当作决战的疆场，在生命的最后八天里，完成了三万多份科研技术资料的整理。他清楚，假如他不进行这样的处理、交接，我国国防科研的某项课题就会受到影响。对他来说，使命比生命更重要。

林俊德院士说："我一辈子只做了一件事，就是核实验，我很满意。"

前两天，看到一篇报道，人艺院长任鸣，1987 年从中央戏剧学院毕业，被分配到北京人民艺术剧院工作。当时他的理想是当导演，为此还写了一首诗激励自己："言志一口气，万难死不休。今生誓吃苦，十年不回头。"他父亲看了后说："哦，十年，十年以后呢？你就不干这行了？"任鸣一想，发了狠，把"十年不回头"改成"一生不回头"，立志"一生只做一件事"，这件事就是当好话剧导演。

现在，任鸣已经是北京人民艺术剧院的院长，在人艺工作了三十年，执导了八十多部话剧，他的目标是执导一百部话剧。

任鸣讲："我一生就做好一件事，只要有戏排，有戏看，就可以了。"

林俊德院士和任鸣院长，都是"一生只做好一件事"，但他们把一件事做到了极致。

当一个人全心全意追求一个目标，甚至愿意以生命为代价时，他是所向无敌的！

当一个人清楚自己想要什么的时候，世界都会为他让路。

一生只做好一件事的背后，是专注。专注来自于目标的专一，目标专一才会集中精力、体力，才会越钻越深，越来越向目标靠近。专注是人在某种领域内，成绩斐然的重要条件，更是一种获得幸福的能力——全情投入工作或者兴趣爱好。

专注，意味着集中精力发展，而不是多元化发展，各种领域都想涉足的人，可能每一项都难有很强的竞争力。目标定了很多，什么都想做，可能什么都没有做到最好，实质是没有打造自己的核心竞争力。

我们的时间有限，精力有限，不可能把所有的事情做到最好，但是，可以把其中的一件事做到最好。

心无旁骛地做好一件事，更容易成为强者。

人生漫漫，世界无边。"一"虽然在数字世界里最小，但只要我们从"一"做起，做好"一"，做精"一"，做强"一"，就能一柱擎天！一锤定音！一举成功！

因为不快乐， 所以更要快乐

看到一则报道，英国船舶博物馆收藏了一条船，这条船自从下水以后，一百三十八次遭遇冰山，一百一十六次触礁，二十七次被风暴折断桅杆，十三次起火，虽然它命运多舛，但却一直没有沉没。

船如人。世界上，大概没有一条不受伤的船，也没有一个不曾受伤的人。

人哭着来到这个世界上，有太多的不快乐很正常。或许有人春风得意，一帆风顺，事业辉煌，可谁又知道，一旦打开潘多拉的盒子，等待他的不是万丈深渊？在令人羡慕的表象下，隐藏的辛苦只有他自己才清楚。或许有人因工作的平庸，感到创业艰难，在平凡的日子里迷失了方向。或许有人一生一世，都没有机会看到外面的世界，永远生活在一地鸡毛的简单重复中。总之，无论男女，身处万丈红尘，都会有世俗的牵挂，欲望的困扰，只不过环境、经历不同而已。

二十世纪七十年代，我的一位中学老师，带着新婚妻子从上海来到塔克拉玛干大沙漠中的和田。新婚妻子闻不惯羊肉味，更吃不了任何带羊肉的饭菜。她向母亲写信诉苦，在一所大学当老师的母亲回信意味深长："有两个病人眺望窗外，一个看到的是泥巴，一个看到的是星星。"她想了想，对自己说："那我就去寻找星星吧。"

从此，她主动与周围的少数民族交朋友，一段时间后，语言上能够简单沟通了。由于她的朴实、善良和聪明，周围的人也慢慢喜欢上了她。她对当地的少数民族文化历史产生了浓厚兴趣，发现这里面充满了神奇和多姿多彩。后来，她成为一名受人尊敬的研究少数民族历史文化方面的专家。老师告诉我，他妻子如果不是当年母亲指引着从绝望中走近"星星的世界"，很可能就成了一事无成的怨妇。

每个人的生活，都不可能一帆风顺，随时会遇到很多的不适应，不快乐。透过心灵的窗户，也许远方，属于你的那个"星星的世界"，等着你去发现，等着你去开发。

曾和一位颇有成就的医生聊天，谈起人的生命价值这一话题。他说："现在一个肝脏移植手术，肝脏源及术前、术中、术后的费用约需七十万。假如一个人失去了视力，需要付出多少钱才能重见光明？假如一个人失去了说话的能力，需要付出多少钱才能欢声笑语？假如一个人失去了双腿，需要付出多少钱才能健步如飞？假如一个人失去了双臂，需要付出多少钱才能拥抱自己的亲人？假如一个人失去了记忆，需要付出多少钱才能把美好的往事想起？假如一个人失去了健康的心脏，需要付出多少钱才能恢复生命的动力？我们现在拥有健全人的一切，这是多大的快乐，多富有的人生啊！"

牙疼的时候，我们才知道山珍海味摆在面前也没有食欲。绝症袭来的时候，我们才明白就是金山银山也换不来一条命。

太阳出来的时候，我们埋怨晒黑了皮肤。太阳落山了，我们又责怪看不清道路。当你眼红别人风光无限时，别人却羡慕你能一觉睡到天明。

其实每个人都是幸福快乐的，只是你的幸福快乐常常在别人的眼里。

人世间充满是非曲直和困窘痛苦，尤其成年后，自己让自己失望的事儿，太多了。但那些生活中的强者，在看清了生活的无奈之后，依然选择不敷衍、不抱怨、不自卑的态度。他们热爱生活，努力做好每件事，明白成长的第一步就是接受现实的不完美，然后创造快乐，作出自己的选择。

善于将烦恼的事情转换为另一个角度来思量，生命的雨季自然会转化为明媚的艳阳天。

我的许多小学、中学同学，他们依然生活在塔克拉玛干沙漠中的和田城，在外人眼里，那个地方似乎充满了危险，没有安全感。的确，许多人向往一线城市，因为就业机会、资源分配的不均让人们没法选择，只能把无奈变成歌颂，用忙碌挤掉思念。可我这些生活在新疆和田城的同学们，他们的精神面貌如向日葵一样灿烂。维族同学迪力努尔，汉族同学张炎、李广清、向雷、冯静波、水玉蓉、程晓华、王晨霞、王永红、王蕊等等，阳光、开朗、乐观，他们身上，有股平静的力量，就算生活不易，也要捯饬好自己，玩得要爽，打扮要美，活得姿态很好看。

让自己快乐，就有足够的安全感！

快乐不是消极地认为一切都会变好，而是我们要有把一切变得更好的信念！

不快乐的对面就是快乐。

向前看，向前走，你就会发现，不快乐的隔壁有很多的快乐。因为快乐而快乐，因为不快乐，所以更要快乐！

一个防身药方的"三味药"

1960 年，胡适应邀去台南大学作了一场题为《一个防身药方的三味药》的演讲。几十年过去了，回味咀嚼，仍然觉得满口余香。

哪三味药呢？

"问题丹、兴趣散、信心汤。"

胡适认为，在生活中，每个人的内心都会经常出现一些疑问。悲观沮丧地问自己，得到的是负面消极的答案；乐观积极地问自己，得到的是正面愉悦的答案。一个人除了自己的职业，最好发展一点儿职业之外的兴趣。无论时代、个人境遇如何变化，有了可以投入精力的兴趣爱好，就有了心中的"诗和远方"。问题解决得好，兴趣丰富了生活，对未来充满信心，无论处于哪个年龄段，精神健康，生命盎然就是必然。

如果你问自己：

"我为什么这么愚蠢？"那么你的答案便肯定了你的愚蠢。

"凭什么我要这么辛苦工作？"答案必定是更加让你厌烦的消极回答。

"为什么倒霉的是我？"你得到的答案只能让你继续沮丧下去。

如果换一个角度问自己：

我生活中最值得骄傲的事情是什么？

我怎样才能做得更好？

我今天收获了哪些有益的事情？

我怎样才能让自己更开心快乐？

……

你的问题决定了你的答案，你的答案决定了你的生活。

每个人的遭遇就是他自己，每个人的归宿也是他自己。

不管是山重水复，还是柳暗花明，每个人都逃不过"自己"两个字。

"生活不只眼前的苟且，还有诗和远方……"这句话非常流行，可能引起了很多人的共鸣。

所谓苟且，不是生活艰难，吃不好穿不暖，而是指那种"好死不如赖活着"的心态，每天过着一成不变的日子。上班重复干着同样的事，下班重复挤地铁，每天重复吃着那几样菜，睡前刷着来来去去还是那些个人的朋友圈。

日复一日的生活，不太好，也不太坏，这就是苟且。

怎样才能不苟且？

找个兴趣来调整自己！

喝喝酒、搓搓麻、逛逛街、抱抱娃，这些不用动脑子的兴趣爱好，只要肯花钱，都能立马实现，日子打发得也快。

当然，也有挑战自己体力和智慧的。摄影、旅行、阅读、写作、书法、绘画、烹饪、钓鱼等等，只要你不是功利地投入进去，你就是一个心中有"诗和远方"的人。

不能说你活得十分有趣，但至少独处时，内心是丰富充盈的，不需要找存在感，不需要呼朋唤友，不需要酒池肉林。因为那些兴趣，已经足够塞满你所有的空间了。

你没趣，生活就没趣；你有意思，生活就有意思。

有趣，才有诗和远方；有趣，生活才可以不再苟且。

在这个世界上，信心这种东西，任何人都可以免费获得。

信心本身不值钱，然而一旦坚持下去，它就会迅速升值。

一位十五岁的少年，写下气势不凡的《一生的志愿》："要到尼罗河、亚马逊河和刚果河探险；要登上珠穆朗玛峰、乞力马扎罗山；驾驭大象、骆驼、鸵鸟和野马；主演一部《人猿泰山》那样的电影；驾驶飞机；读完莎士比亚、柏拉图和亚里士多德的著作；谱一部乐曲；写一本书；拥有一项发明专利；给非洲的孩子筹集一百万美元捐款……"他洋洋洒洒地一口气列举了一百二十七项人生宏伟志愿。

不要说实现它，就是看一看，也足够让人生畏。难怪许多人都认为这孩子脑子"有病"。

然而，少年的心被这《一生的志愿》鼓荡得风帆劲起，他的全部心思都被这梦想牵引着。四十多年后，他实现了其中一百一十一个愿望……

他就是世界著名探险家约翰·戈达德。

是心灵的渴望，开阔了求索的视野；是心灵的飞翔，催动了奋进的脚步；是心灵的富有，孕育了生命的奇迹。

信心，能让不可能变为可能；

信心，是所有奇迹的萌发点。

花花世界，人世喧嚣。

一粒尘埃落下，一粒尘埃扬起。

每个人都是那落下的尘埃，每个人也是那扬起的尘埃。

揣着"问题丹"，生命便不再迷茫空虚；

揣着"兴趣散"，生命便不再枯窘单调；

揣着"信心汤"，"问题丹、兴趣散"就有了灵验的那一天！

信不信不要紧，至少可以试一试。

每一代人的青春都不会岁月静好

最近，电视剧《欢乐颂》比较火，里面的两个人物很有趣。

邱莹莹总是倒霉不断。先是上了渣男的当，被骗炮被劈腿，不仅伤了心还丢了工作。接着又遇到"直男癌"，等她爱得死去活来时，人家却嫌她不是处女。反正就是事事不顺，活活一倒霉蛋儿。

安迪总是幸运连连。一回国就做了大公司 CFO，想换房，老板就给了她江景房。想换车，老板就给了她保时捷。奇点喜欢她，带着亿万家产来求婚。包总喜欢他，天天绞尽脑汁让她开心。反正就是人见人爱，万千宠爱于一身。

除了这两人，还有"三美"。

樊胜美爱慕虚荣，所以她的生活总是受困于虚荣。

关雎尔一本"正经"，所以她的生活不是条条就是框框。

曲筱绡特别妖精，所以她过得潇洒恣意、妖气冲天。

编剧要的是矛盾冲突，也深知抓住女人们眼球的密码。故事的主人公在各种欲望的城市轮廓线里愁着爱着，跟大时代脱节，在小时代逍遥。

想起 2016 年春天同样热播的电视剧《平凡的世界》，网上点击量近二十亿，原著小说脱销，社会热议不断。

孙少平连五分钱的咸菜都舍不得吃，偷偷啃黑色"非洲馍"的孙少安赚了第一笔钱，与妻子在窑洞里激动相拥。一双新鞋兄弟俩相互推让，白面馍馍总是留给奶奶，干活从不多要工钱……在平凡的世界里，他们坚忍地守望，淳朴得如同戈壁中的芨芨草，自有一种坚韧的力量。

《平凡的世界》让我们懂得：苦难不是人生的负资产，艰辛不是未来的绊脚石，只要理想之火不灭、赤子之心不失、奋斗之志不移，人就可以超越平凡，走向不凡！

相信生活，相信理想，相信一切美好的事物，做一个真实而坦荡的人。《平凡的世界》道出了人心深处的呼唤。尤其在当下，面对物质潮流的冲击、浮躁风气的侵袭、功利心态的膨胀，这些平凡的价值力量，是我们面对人生风雨最为坚实的依靠。"像孙少安一般去奋斗，像田润叶一样去爱"，成为很多人的深切感悟。

《欢乐颂》《平凡的世界》，讲述的都是年轻人成长与奋斗的故事，只不过，年代不同，所处的环境和背景不同而已。

从黄土高原的窑洞，到繁华都市的街头，尽管时空变迁了，但改变自己、改变命运，始终是青春激流中，最为真切的呼唤。无论是《欢乐颂》，还是《平凡的世界》，都凝结了各自一代人的生命记忆，从中，能找到自己那代人的身影。

站在时光的隧道上眺望，每一代人的青春都不会岁月静好。

饥饿、贫穷、卑微、灾害，"苦难"的命运构成了《平凡的世界》中孙少平、孙少安们的人生底色。

竞争、压力、焦虑、复杂，"梦想"的追逐构成了《欢乐颂》中邱莹莹、樊胜美们的人生底色。

每一代人的奋斗之路都不一样，每一代人成长中的苦恼也不一样。

《平凡的世界》里，尽管从头至尾，孙少平们都没能脱离所谓的"社会底层"，但在他们身上，喜乐有分享，冷暖有相知。同量天地宽，共度日月长，充满了人性的温暖、奋斗的执着、美德的力量。

《欢乐颂》里，第一部还挺励志，第二部差多了，一帮人似乎除了谈恋爱什么都不会了。只要是个女孩儿，最好的归宿就是"找个好男人那就嫁了吧"。而且，这个男人最好多金、忠犬、随叫随到，哪怕他是"直男癌"和"精英病"也没关系。

说到底，女人若是肤浅狭隘，长得虽美，也许嫁得快，但未必活得开。人之长相，分体貌和心灵。五官之美如花开艳阳，显性直接；而精神之美似暗香浮动，隐性内敛。一个有阅历、有内涵的女人就像一部经典的名著，可以穿越岁月时空而闪闪发光，有深度宽度的生命之美，才是一个见过世面的女人的样子。

拥有再多奢侈品，都不如把自己奋斗成一个品牌，做一个有辨识度的女神。多读书，多充实，多操练实力，趁父母还有能力宠爱保护，抓紧练内功，无论盛世、乱世，自己手里有好底牌，才能有真正的安全感。

每一个不属于"二代"系统，靠自己打拼出来的人，心中都藏有一条通向远方的小路。小路蜿蜒，荒草萋萋，野花绊脚，虫鸣濡眼。

踏上小路远走天涯的人，心中都有一个梦。那梦便是陌生的大千世界，别样的山，别样的水，别样的花花草草，别样的风土人情。

人，从乡村小镇走入大都市，小路变成了大路，大路变成了铁路。由单纯变为复杂，由柔弱变为坚强，视野由窄变为宽，欲望由浅变为深。之后，春风秋雨，时光飞逝，渐渐地，小路开始从心中淡而远去，大路由陌生变为熟悉……

一路新新鲜鲜，一路坎坎坷坷，一路磕磕碰碰，这就是奋斗的青春。

不是闲人闲不得，能闲必非等闲人。

不用抱怨自己活得无聊，不用羡慕别人活得鲜亮。要想有尊严，让人抬举，就付出十分的努力，去成就时刻鸡血在线的自己。

当你战胜了苦难，它才是你的财富

采访一位军工企业家。

他出生在湖北农村，父母早逝，是姐姐帮人洗衣服、干家务，辛苦挣钱将他抚育成人。但姐姐出嫁后，姐夫家里人不太喜欢他。他只好去舅舅家，舅妈规定，每天只能吃一顿饭，打草、喂猪、放牛这些活都不能少。中学毕业，他就辍学去打工，要自己养活自己。因为租不起房，有将近两年时间，他是躲在一处废弃的仓库里睡觉……

听过很多关于他的故事，但这段经历好像还没有听他说起过，我把自己的疑问告诉了他。他笑起来："也没什么好说的，正在受苦、正在摆脱受苦的人，是没有权利诉苦的。"

他在创业路上不容易，甚至很失意、痛苦过。最艰难的时候，靠做骨灰盒架来维持生计。在最苦闷心塞的那段时间，为了排遣痛苦，他去了西藏。可以说，西藏之行是一次遗忘与重新追寻的过程，在平庸、破碎和无助的背后，痛苦而隐秘的内心挣扎，成为纯真的力量，冲破现实与时间的障碍，并最终承担了救赎自我的功能。其实，救赎他的并不是西藏，而是他内心深处对自己从事的军工事业的热爱。

人生，总有一段路要流着泪向前走，这正是生命中永不言败的坚强。

每个人的生命里都有一束光，那是逆境中焕发出来的内心永不言退的执着。

也许，凡事都有其规律，心情再急迫，也要等待恰当的时机；时机再好，也要具备相应的素质；素质再佳，也要合适的机缘；当这些都具备时，收获的自然是满满的成就和喜悦。现在，他领导的企业，已成为扬威国内外，敢向海洋争半壁的军工龙头企业。

人生的一切境界，都是成长的需要。顺境如水，滋润内心；逆境如火，煅烧烦恼；水火相济，人生才能由充满杂质的矿石变为纯净的金子。

生命中任何一种经历都是上天的馈赠，即使是看似屡遭不顺的经历，有人把它看成迷失和耻辱，而有人则把它视作对意志的考验和品质的磨炼。

我们讨论"苦难到底是财富，还是屈辱"这个话题时，他说："苦难变成财富是有条件的，这个条件就是，你战胜了苦难并远离苦难不再受苦。只有在这时，苦难才是你值得骄傲的一笔人生财富。别人听着你的苦难时，也不觉得你是在念苦经，只会觉得你意志坚强，值得敬重。但如果你还在苦难之中，或没有摆脱苦难的纠缠，你说什么呢？在别人听来，无异于就是请求怜悯……这个时候，你能说自己正在享受痛苦，在苦难中磨炼了品质，学会了坚韧吗？"

他的这番话，很触动我的心灵。让我对"苦难是财富，还是屈辱"这个问题重新进行思考。我在自己的采访笔记中写下了这样一句话：

当你战胜了苦难，它就是你的财富；可当苦难战胜了你，它就是你的屈辱。

马东说得好，生命的底色是悲凉。正因如此，我们才要为每一次日出日落而欢呼，为每一秒白驹过隙般的岁月而赞叹。

许许多多的军工人，他们的名字无人知晓，可他们的事业与世长存。

从苦难中走出来，心中有执着信念的人，一定会用微笑融化艰难，用坚强铸就坚强。

山高高不过心高，路远远不过梦想。

当苦难成为一个人的财富时，它就是自己的未来，它就是自己的力量。

信念不死， 生命年轻

有这样两个故事。

罗杰·罗尔斯是美国纽约第五十三任州长，也是纽约历史上第一位黑人州长。他出生在纽约的大沙头贫民窟，那儿的孩子从小耳濡目染许多打架、逃学、偷窃等不良习惯，长大后很少有人获得比较体面的工作，而罗尔斯是个例外，他不仅考入大学，而且成了州长。

在他就职时的招待会上，一位记者向他提出了一个问题：是什么把你推向州长的位置的？面对众多记者，罗尔斯对自己的奋斗史只字未提，他只说了一个陌生的名字——皮尔·保罗。后来人们才知道，保罗是他小学时的校长。

1961 年，保罗被聘为诺必塔小学校长。当时正值美国嬉皮士流行的时代，他来到大沙头诺必塔小学的时候，发现这里的孩子比"迷惘的一代"还要无所事事。他们旷课、斗殴，甚至砸烂教室的黑板。保罗想了很多办法来引导他们，可见效不大。后来他发现这些孩子都很迷信，于是在他上课的时候就多了一项内容——给学生们看手相。

当罗尔斯从窗台上跳下，伸着小手走向讲台时，保罗说，我一看你修长的小拇指就知道，将来你是纽约的州长。当时，罗尔斯大吃一惊，因为长这么大，只有奶奶让他振奋过一次，说他可以成为五吨重的小船的船长。这一次，保罗先生竟说他可以成为纽约州的州长，太出乎他的意料。他记住了这句话，并且相信了他。

从那天起，纽约州州长就像一面旗帜，他的衣服不再沾满泥土，他说话时也不再夹杂污言秽语，他开始挺直腰杆走路。之后，他成了班主席，在以后的四十多年中，他没有一天不按州长的身份要求自己。五十一岁那年，他真的成了州长！

一支科考队进入塔克拉玛干沙漠，在茫茫沙漠里艰难跋涉。烈日下，队员们个个口渴如焚、身心疲惫。水喝完了，可是还有很长一段路才能走出沙漠，缺水威胁着他们的生命。此刻，科考队队长拿出一只水壶，说："这里只有一壶水了，但在没有看到绿洲之前，谁也不能喝。"这一壶水，成了他们穿越沙漠的信念之源，成了求生的希望所在。水壶在队员手中传递着，在这壶水的支撑下，科考队员们终于顽强地走出了沙漠，挣脱了死神之手。队员们喜极而泣，用颤抖的手小心地拧开壶盖，谁也没有想到的是，里面缓缓流出来的，却是沙子……

信念的力量是惊人的，它可以令人克服万难。从古至今，很多人很多事，因为有顽强的信念，在困厄的境地才有了惊人之举！

罗尔斯在就职演讲中说："信念值多少钱？信念是不值钱的，它有时甚至是一个善意的欺骗，然而你一旦坚持下去，它就会迅速升值。"

就像在塔克拉玛干沙漠艰难跋涉的科考队员们一样，真正让他们走出沙漠的，不是因为还有那么一壶"水"可喝，而是因为"还有一壶水"的信念在支撑着他们。

有时候，人所处的绝境往往不是生存的绝境，而是一种信念的绝境，只要你坚守信念，就一定会绝处逢生！

在这个世界上，任何人都可以免费获得信念，而那些最终达到自己心中目标的人，都是始终坚持自己信念的人！

人物彩照

　　茶的一生，需要水来诠释，才能得以极致地展现，让人有余音绕梁、回味悠长之感。好的水，若遇到那味对的茶，才会使它的内涵、外延得到最好的发挥。

　　人的一生，更需要彼此懂得的人来诠释，生活才会更有色彩，更加完美。

这位新闻大家前无古人后无来者

今天是第十七个中国记者节。我想，它不仅仅是记者的节日，也应该是所有新闻工作者的节日。此时，更加怀念一位新闻大家，他笔走龙蛇惊风雨，白纸黑字写春秋，他是文章群山中一座巍峨的奇峰。

看他在解放战争中为新华社写的新闻稿：

英勇的人民解放军二十一日已有大约三十万人渡过了长江。渡江战斗于二十日午夜开始，地点在芜湖、安庆之间。国民党反动派经营了三个半月的长江防线，遇着人民解放军好似摧枯拉朽，军无斗志，纷纷溃退。长江风平浪静，我军万船齐放，直取对岸，不到二十四小时，三十万人民解放军即已突破敌阵，占领南岸广大地区，现正向繁昌、铜陵、青阳、荻港、鲁港诸城进击中。人民解放军正以自己的英雄式的战斗，坚决地执行毛主席和朱总司令的命令。（《我三十万大军胜利南渡长江》）

我军"摧枯拉朽"，敌军"纷纷溃退"，"长江风平浪静"。这气势，充满了丹田之气，绝不装腔作势。

辽沈战役敌军大败，他这样为新华社写消息：

从十五日至二十五日十一天内，蒋介石三至沈阳，救锦州，救长春，救廖兵团，并且决定了所谓"总退却"，自己住在北平，每天睁起眼睛向东北看着。他看着失锦州，他看着失长春，现在他又看着廖兵团覆灭。总之一条规则，蒋介石到什么地方，就是他的可耻事业的灭亡。（《东北解放军正举行全线进攻》）

对国民党不敢发动群众抗战，他在新闻稿中说：

可是国民党先生们啊，这些大好河山，并不是你们的，它是中国人民生于斯、长于斯、聚族处于斯的可爱的家乡。你们国民党人把人民手足紧紧捆住，敌人来了，不让人民自己起来保卫，而你们却总是"虚晃一枪，回马便走"。（《衡阳失守后国民党将如何？》）

"虚晃一枪，回马便走"，充满辛辣的讽刺，新闻稿不死板，不压抑，不装不假，见真见性。这是对自己的事业、力量和韬略有充分信心的表现。

苦难出人才，时势造英雄。这些拿得起、放得下，充满着雄浑、汪洋、潇洒之势的新闻稿，均出自谁？毛泽东。

毛泽东的新闻稿典雅与通俗共存，朴实与浪漫互见，如长者炕头说古，娓娓道来，又如诗人江边行吟，感天撼地。之所以有气势，是因为有思想。

著名作家梁衡先生说："文章之势是文章之外的功夫，是作者的胸中之气、行事之势。势是不能强造假为的，得有大思想、真城府。""写文章，说到底是在拼思想，文字不是用笔写出来的，是作者全身心社会实践的结晶。劳其心、履其险、砺其志、成其业，然后发之为文。"

新闻工作者行文是必需，但职业不等于才华，想使自己的行文洒脱起来，首先要让自己成为一个读书人，一个读了很多书的人，一个博学的杂家。读自然科学、社会科学，读历史，读哲学。所有的新闻理想、新闻理念、新闻比较、新闻伦理、新闻竞争、新闻现场、新闻效益、新闻精度、新闻协作、新闻诚信、新闻取向、新闻责任等等，都可以从历史典籍、社会实践中找到。

胸中万卷书，笔下千叠浪。一支笔，一个话筒，一台摄像机，蕴藏着改变的力量。发现美好，鞭挞丑陋，书写真相，永远不会过时。相信生活的角落里，总有一些人和事，值得记录和书写，值得流泪与歌唱。

在记者节这个特别的日子里，让我们缅怀新闻大家毛泽东，重温他老人家的新闻稿，从中汲取一点营养，特别是注意补充一点文章之外的功夫，好直起文章的腰杆！

记录时代的符号，

揭示真实的理想，

守望社会的责任。

祝福与敬意，送给所有在路上的新闻工作者！

一个大艺术家的小乐趣

在我办公桌的正面墙上，挂着一幅杨洪基老师写的字。

那是 2009 年，我在原总政歌剧团工作时，请杨老师写的。

一晃九年过去了，我从歌剧团调任央视七套工作，其间还搬了三次办公室，这幅字始终伴随着我。

这幅字，常常让我忆起在歌剧团的美好时光，与战友们的深情厚谊，以及写这幅字的艺术大家杨洪基老师。

杨老师的人品艺品，不用我多着笔墨，广大观众有目共睹。"德艺双馨"这四个字，杨老师名副其实、当之无愧！

在歌剧团担任政治部主任期间，与杨老师交流较多。杨老师对艺术的追求，始终保持着一种清雅脱俗之心，但为人处世则放低身段，常怀谦卑之心。于同道，尤其是晚辈，更是热心地呵护、提携。艺术之外，杨老师有着自己的生活乐趣……

书法是情感的涓流。杨老师待人坦诚笃厚，质朴谦虚，这种气质体现在他的书法上，就是一种大雅若俗的气象，无声，但充满了音乐的和谐。起伏的线条，淋漓尽致地抒写了一个艺术大家，内在的精神气质和情感涓流。

歌唱艺术的气韵，让杨老师的书法，墨线中舞动的是精神，是灵魂。笔歌墨舞，形神合一。

我相信，只有心中无碍，笔下才能流畅；只有心中无尘，笔下才能飘逸；只有心中无虚，笔下才能厚实。

杨老师不追时风，不慕浮华，有自己的审美追求，笔下表达的是自己对人生的理解。他用一管柔毫，抒写着自己对艺术的追求，对生活的挚爱。通过这些舞动的线条，他找到了生命的节拍、内心的自由和灵魂的解放。

通过写字，杨老师获得了一种属于自己的生存方式。书法使他的生命、内心和灵魂，充盈着内在的丰富、宁静和惬意。淡泊的心态，宽厚的积累，如同一张张宣纸，也垫高了杨老师的艺术人生。

残缺的背后是对完美的期待。杨老师喜欢瓷器，收藏瓷器，对瓷器也颇有研究。

2009 年，是杨老师从艺整整五十年，知道杨老师喜欢瓷器，大伙合计着给他买了一个中国红天球瓶。有一次，我去杨老师家，看见这个天球瓶摆在他客厅一个显眼的位置。

相比杨老师书房里任何一件瓷器，这个天球瓶太廉价了，根本不值一提，但它代表着大伙对一个艺术大家满满的敬意。从杨老师对待这个天球瓶的态度，足以看出杨老师是一个重情重义之人。

杨老师对瓷器有自己独到的见解，记得有一次我们聊起瓷器的开片问题，他说："开片最开始是一种缺陷，但这一类瓷器的美，正是由于有了这种缺陷。残缺的背后，是对完美的期待。"听了这话，我真是有一种拨云见日之感。

因为我们都喜欢瓷器，所以聊起这个话题，兴趣盎然。杨老师的很多见解富有哲思。他说："太湖石的美就在皱、漏、瘦、透，这是石头的缺陷。如果把瓷器的釉面烧得不见了开片，就如同把太湖石的皱、漏、瘦、透都去掉一样，它们的美也就不存在了。中国瓷器的美，就在那一条条纵横蜿蜒的裂纹上。"

是啊，没有残缺，就意味着圆满。绝对的圆满就意味着没有希望，没有追求，意味着停滞。

人生圆满，人生就到了花残叶落之际。有时候，人生有缺憾并不是一件坏事，有缺憾，才会产生追求完美的动力。

杨老师是个艺术大家，也是个凡人，更是一个智者。他关于缺陷之美的看法，真的是闲话中见大智慧啊！

天地悠悠，人很渺小，不必斤斤计较。杨老师的家，是一个茶友相聚、品茗、畅谈、忆往昔的清凉之地。在这里，没有世事纷扰、炎凉荣辱，只有茶香袅袅、从善如流。这非常符合杨老师不染不争的个性。

艺术圈，是个容易让人产生心浮气躁的地方，也是容易被功名利禄诱惑的地方。杨老师超然的定力，在他从不随波逐流，丢失自我。

他常说："不管哪个年龄段的人，都要活得符合节气，如同一年四季，春种夏锄秋收冬藏，如果乱了节令，也会乱了自己的人生。"

如今，退休后的杨老师，尽享生命的无限愉悦和欢畅，与朋友们一起品茗，是他另一种传递温暖、播种阳光的方式，也是他保持思想和精神，进入积极状态的方式。

一杯茶在手，清了神，明了眼，暖了心。

啜一口清茗，世故的心便淡了三分浊意；嗅一息熏风，生命的质地便多了七分雅正。

杨老师常讲，社会很大，不用奢求太多人关注自己，心累的时候，以茶养息，天地悠悠，人太渺小，所以不必斤斤计较。

杨老师家的茶茗聚会，没有那种密密匝匝繁复的过程，完全是随心随意，清清淡淡的净友互动，杨老师笑称自己是"玩"。他说："茶需要水来诠释，才能回味悠长；水需要茶来发挥，才能内涵外延。人也一样，需要有彼此懂的朋友，相互扶持，成就对方。"

杨老师有自己的茶文化理念："富贵人生需要茶香，是因为清冽的茶性会令其淡化心性，多一份居安思危的警醒。清贫人生需要茶香，是因为温和的茶性会慰藉心绪，让温暖化解内心的不平，让社会和谐更加安宁。清雅人生需要茶香，是因为平和的茶性会令人深化境界，不计得失，淡定从容。卓越人生更需要茶香，因为一颗自强不息的心更需要滚沸的茶滋润和养护，才能促其不断攀登。"

杨老师这种淡定大气的人生态度很令人感慨。的确，世间总有一些事，是我们无须看得很清的，接受自己的渺小和平凡又有何妨呢？和几个诤友品品茶、叙叙旧，享受生活的甘饴，何必在意那余年怎样？何必在意那翻手可为云、覆手可为雨的百态世相？

一杯茶在手，"风来柳相迎，风去枝相随"，才是真的美事。

离开歌剧团已经六年了，偶尔，杨老师会到央视七套来录节目。每每看到杨老师那宽厚的笑容、儒雅的风度，以及始终保持着的艺术激情，都会让我想到他的墨宝、瓷器、茶艺……

一个有着如此情怀的艺术大家，带给我们的，一定会是一种登高览胜，具有独特气韵的艺术享受。就如同他歌声中的：

滚滚长江东逝水，
浪花淘尽英雄。
是非成败转头空，
青山依旧在，几度夕阳红。
白发渔翁江渚上，
惯看秋月春风。
一壶浊酒喜相逢，
古今多少事，都付笑谈中。
……

女人的美丽秘诀

舞蹈演员？瞧那上胸腰，胳膊和腿的延伸感觉多好。

杂技演员？仅凭一缕绸吊，放逐心灵，纤尘不染。

这又是谁？一身迷彩装，在高海拔的川藏线上，一边吸着氧，一边在手机上写稿发稿……

她们是同一个人——资深军事记者刘小渡！说实话，以我知天命年龄的阅历，也读过不少女人，但如小渡这般精彩的还不是很多。

这个女人，怎么就这么撩人？怎么就这么让人怦然心动？

小渡的文章写得好。我喜欢她那一篇篇饱满、深情的文字，细腻中深透着悠悠风情，叙事收放自如，篇章结构自然天成，语言清简立素又诗意葱茏，像汩汩流淌的血脉，温暖而富有激情，那份来自本心的率性和俏皮，不动声色地让你感觉到崇高和博爱，感觉到原汁原味的生活味道。

她在《一拍"即合"的婚礼》中写道："25 年后的那月那天，他把这张照片放大，镶上镜框，摆在了我们的床头。他什么也没说，只是用这样一种方式纪念我们的婚礼。而我在想一句话，经营结婚承诺，得用全部心力和一生时间。现在看来，无论多豪华的婚礼都不能完全代表幸福婚姻，两个人相依相伴、相知相爱与宴请几十桌、几百桌，赠送多少套高价首饰，或者豪车、豪房关系不大。"

常说成功的男人背后必有一位伟大的女性。反过来，成功的女人背后必有一位伟大的男性。小渡是资深军事记者，在圈里不算钻石级也肯定是殿堂级受人尊敬。夫君也是新闻人，而且是将军。我常想，他俩到底谁是谁的背后呢？还是老话说得好：夫妻是"牵手"，柴米油盐，君心我心，心心相印。他们是左手右手，熟悉、亲切又默契。这一对伉俪并肩携手，都站在前面。真是一对事业黄金搭档！手心手背，知心知己。华枝春满，天心月圆，令人拍手称赞的幸福家庭啊！

一个真正的女人，内心一定是儿女情长的。一定是独立自主坚定顽强，而又柔情似水的。在《女儿，你有权利用自己的方式成长》一文中，她这样写道："人在二十多岁的时候，总是觉得自己年轻，我们的未来漫长而不怕挥霍；总是觉得机会很多，挑选很多，别处更是风光无限。总是很轻易地放弃一份工作，很轻易地放弃一段爱情，很轻易地放弃一个朋友。可惜人往往要到很久之后才能明白，这世上并不存在传说中的'别处'。你所拥有的，也不过是你手中的这些。所以女儿，我要对你说出一句忠告：好好工作。工作是一切并非天生公主的女孩成为女王的唯一方式。工作帮助一个女人学会怎样爱自己，然后你才能好好地爱这个世界，爱别人，以及被爱。"

她在《把生活带回家》中写道："在我看来，一个家庭主妇在社会上不管从事什么职业，回到家里都应该履行好妻子和母亲的职责。一个家庭，只要主妇回来了，就意味着晚餐回来了，美味回来了，佳肴回来了。一个国家一个民族都'民以食为天'，一个家庭还不得'人以吃为乐'啊！我们家每天晚餐的时间，是最快乐的时候。夫君常咧着嘴说：'我老婆煲的汤最好喝，胜过任何大宾馆的佳肴。'女儿紧跟其后：'我娘是美厨家，我和我爹是美食家！'我则咬牙切齿地想，这两个家伙这一手最'毒'了，他们知道，只要把我夸上天，我便会任劳任怨地为他俩服务。"

读这些文字，我心里一直被一种奇异感笼罩着：像小渡这样的事业女人，每年有那么多采访任务，自己写稿组稿，同时还能在自家厨房里整出那么多花样。那些菜们肉们在她周全而又尽心的照料下，知恩图报地绽放出最佳的光彩。食物若有知觉，当会觉得它们追求到了最圆满最美丽的"归宿"吧！

关注小渡，是从她赴川藏线采访开始的。面对川藏线严酷的自然环境，小渡如大战风车的"堂·吉诃德"，而且越战越骁勇。每天除采访写稿发稿外，还摄影，做心理导师。难以想象，一个快近花甲之年的女人，居然能扛下如此超负荷的重担。一路川藏行，小渡与川藏线官兵，与同行们结下了深情厚谊。

小渡为人宽厚、果决、豪爽，不论是当编辑写稿子，还是为人妻为人母，她都有海纳百川的度量。我相信她朋友之多、友情之笃，肯定是罕见的。宽厚，才能豪；果决，才能爽。跟她交往，肯定不必小心迂回，更无须客套虚假。小渡博大的心胸、祥瑞的容貌，堪称真正的"资深美女"。依我看来，美女形形色色，有的八面玲珑、长袖善舞，有的妖娆冷艳，美得令人不安；小渡文笔清秀、友情丰收、家庭幸福、亲情洋溢，美得有福有相！

十四岁当兵的小渡，出生在一个老革命老军人家庭，绝对的根红苗正。她在《父亲的梦想》一文中写道："父亲可谓又回到自己的队伍中。这个队伍是一群怀揣梦想、为梦想奋斗而无怨无悔的人民战士，这个队伍是一群实现梦想、为梦想吃苦受累在所不辞的人民公仆，这个队伍是一群无愧梦想、为梦想献了青春献终身的人民英雄。""父亲让我懂得了，实现梦想的路就是'打仗'的路，'冲锋'的路。"

的确，有梦想才有动力，有梦想才有成就。小渡不愧是老革命老军人的后代，那份对事业的执着令人敬佩。正如她所写："一半是海水，一半是火焰。这是一位著名作家对职业女性的文学描绘。作为女人，我爱我家，用海水般温柔的力量，创造属于我的幸福家庭，是我的理想。同时，作为一名军事记者，我爱我的事业，用火焰般的激情和能量，去讴歌我们的官兵，是我的追求。"

小渡是这样写的，也是这样做的。川藏线上，她心当纸，笔为墨，走一路采访一路写一路。才气横溢，信笔挥洒，直抒胸臆，不造作，无矫饰，笔下流出的稿子令人印象深刻。我几乎是追着看她的每一篇报道。那段时间，欣赏"川藏线纪行"采访团的所有稿件、照片成为我的节日。这是采访团和小渡的丰稔与秋实。我始终在想，只有心中有真情，笔下才会有真实；只有心中藏大爱，笔下才会有对川藏官兵的深情讴歌！

小渡不慕浮华，矢志追求自己的审美理想，坚守自己的事业理念，用柔笔抒写着自己对新闻、对生活的挚爱真情。同时，她又是一个时尚的富有生活情调的女人，对自己始终有要求。她的瑜伽水平绝对上等级，看她笔下练习瑜伽的心得：

"若你懂得身之扩展，你也会懂得心之扩展。瑜伽用身体的扩展，让我们的心灵获得更大的容纳空间。因此，任何心胸狭窄、心有邪念、精神杂污、放荡淫秽、虚伪做作的人都不可能达到瑜伽意义上真正的禅定状态。瑜伽修行帮助我们使用'身体的真实'这一奇妙的潜力资质，让我们从健康身体开始，走向心灵纯洁。"

上得厅堂，下得厨房，摇得笔杆，舞得瑜伽。小渡是有蜜蜂味道的女人，心灵像蜜蜂一样，飞落在事业、生活的花朵上，让心灵和生活碰撞出火花！

从小渡身上，我悟出了女人美丽的秘诀：

永远自信！

永远对自己有要求，并长期坚持下去！

这对艺术伉俪， 把自己活成了一个小太阳

2017 年春节，可以不夸张地说，全国各大卫视举办的春节联欢晚会上，那首《把福带回家》的歌曲最受欢迎！演唱这首歌曲的一家三口：王丽达、汤子星及他们五岁的儿子小汤汤更是人气爆棚。

王丽达、汤子星夫妻俩，一个在原总政歌舞团，一个在原总政歌剧团。由于我曾分别在这两个团工作过，与他俩比较熟悉。

湖南妹子王丽达，永远都是那么阳光灿烂，笑意盈盈。凡是与她接触过的同事，共同的感觉就是开朗活泼乐观向上。这种磁场的形成，来自她的精神追求："无论走到哪里，无论天气多么坏，记得带上自己的阳光。带上自己的阳光，是一种豁达，澄澈透明，洁净无瑕敞亮的心态。""你给予别人什么，就会在别人那里播种什么并收获相应的回报。给予微笑，就会收获热情。给予冷眼，就会收获冷漠。给予信任，就会收获合作。给予仇恨，就会收获死磕。给予尊重，就会收获人格。给予帮助，就会收获快乐。""你要习惯任何人的忽冷忽热，也要看淡任何人的渐行渐远。""如果感到自己很辛苦，要告诉自己：容易走的都是下坡路。坚持住，你就一定会有进步。永远不要埋怨命运不眷顾，埋怨是一种懦弱的表现。努力，才是人生的态度。"

精神鄙俗必然带来行为的鄙俗。

精神高贵必然带来行为的高贵。

在丽达的精神世界里，几乎看不到怨怒、不安和焦虑。因为她有

爱，于是困难变得有趣；因为有爱，艺术生涯变得从容。爱使她平静、安稳、丰富。对丽达而言，子星给她的爱，不是玫瑰钻石，不是山盟海誓，而是倾听、是感受、是欣赏、是陪伴、是体贴。她和子星共同携手，共同呼吸，共同感悟。

我在担任原总政歌剧团政治部主任时，具体承办了特招汤子星入伍。2004 年，汤子星在参加青年歌手大奖赛时，已取得非常好的成绩，歌剧团准备特招他入伍。按照规定，必须去海南文昌原籍地进行政审。

我和干部部干事朱宁宁赶到海南机场时，机场播放的是汤子星演唱的歌曲，从机场去文昌的出租车上，播放的也是汤子星演唱的歌曲。我有意问出租车司机，这个人唱得咋样？出租车司机便阿贵长阿贵短地给我们讲了很多，似乎阿贵就是他家亲戚似的。

原来，海南当地人喜欢叫汤子星的乳名阿贵。阿贵在海南可以说是家喻户晓名气很大。

在文昌县一个小渔村，我们见到了汤子星的父母。子星父亲是村里的郎中，赤脚医生，母亲是家庭主妇。村支部书记得知我们来政审，主动赶到子星家，用很不流利的海南普通话告诉我们，全村人都特别喜欢汤家人。汤子星的弟弟从上海音乐学院毕业，现在广州交响乐团工作，他们全家人可以组成一个演出队，逢年过节还给村里演出呢。

我很诧异，一个小渔村的赤脚医生，竟能培养出两个搞艺术的儿子，而且俩孩子都那么有出息。子星父亲告诉我，俩孩子主要受三叔影响，三叔在海南当地从事文化艺术普及工作。

后来，汤子星顺利入伍，在团里德艺双馨口碑非常好。

汶川地震那年，丽达和子星赴灾区慰问演出，共同的事业、共同的人生追求，让他们走到一起……

丽达个性豪爽果断，心直口快，天生丽质的音色，流利透彻，水珠滚荷叶般畅快，没有世俗的艺术圈里的五颜六色。子星真诚、低调、平和、善良，重责任，富涵养。他们俩性格优势互补，家庭幸福和睦，在文艺圈中声名大蜚。

一个人，欣赏什么，就会追求什么；追求什么，便会成为什么。丽达和子星始终追求的是对真善美和爱的"主动"与"热情"。

通过丽达和子星的微信，能感受到他们的生活态度。

国家大剧院原创民族歌剧《运河谣》以真挚的情感、动人的旋律成功上演。作为主演的王丽达，收获了雷鸣般的掌声。子星作为丈夫给予的爱："夫人明天大剧院要演歌剧《运河谣》，昨天你买的所谓酱牛肉，真的不好吃，俺汤大厨亲自购食材，亲自配配方，亲自那个啥……太好吃了，简直啦，我是大厨转世吗？金杯银杯不如群众的口碑啊！"幽默风趣的自嘲，满满的关心与踏实的爱。

对于妻子的成功，他还不忘及时提醒："祝贺！真心为你高兴！歌剧是艺术皇冠上的明珠，是综合艺术也是团队艺术，任何一个部门任何一个环节都要加分，那才能成功。它不是只因为某个人就能撑起来的，感谢所有为这部剧付出的艺术家们，感谢为民族歌剧付出的艺术家们，最后感谢下牛肉！"

子星去基层部队慰问演出，十天演出了十三场，每场都是六七首歌，湿身无数次……

丽达的关切："这么多年，为兵服务、为兵歌唱你永远是满腔热情、不讲条件！保重好自己的身体啊！别担心家里，有俺王大雷呢！"

简简单单的话，蕴含着爱人之间最无私的体谅，最大度的包容，最深切的理解和最纯粹的支持。因为有爱的润泽，他们的精神世界始终不枯燥，不狭隘。

他们带着儿子做公益活动，家庭梦想是为海南龙泉镇仁新村的百岁老人林爱花筹集善款，帮她维修多年漏雨的老屋。他们在幼小的儿子心中，种下的是一颗善良的种子。

"时光荏苒，岁月如梭。从咿呀学语到蹒跚学步，到如今自己会思考有主见，在你的成长中感受着幸福和快乐！爸爸妈妈最开心的是看到你内心的善良和阳光，最快乐的是感受你在你自己的孩童世界里的那份纯真的快乐！只要你，健康，阳光，平安，快乐地成长！为父为母，足矣！"他们的宝贝儿子小汤汤，遗传了父母优秀的基因，阳光灿烂活泼善良。

家，是丽达和子星最珍惜的地方。

丽达是这样认识的："家是受了伤可以疗伤的地方，是可以卸下伪装不用小心翼翼的地方。那里，有最亲的父母，最爱的孩子，拿最好的青春陪你过日子的亲爱伴侣。他们，才是你生命中最重要的人。家，是这个世间最温暖的地方。所以，最该带回家的是快乐，而不是烦恼。最值得做的一件事，就是让最爱你的人，幸福。"

子星回复："生活总要经历一些问题和困难，活出自己对生活的认识与态度，让内心思维更加倾向于光明和乐观，这就是生活的动力。一家人，包容越多幸福越多；夫妻间，包容越多感情越浓；邻居间，包容越多相处越好；朋友间，包容越多友谊越长；同事间，包容越多事业越顺。"

一个家庭快乐的核心是夫妻都有责任意识。责任履行得越好，带给家庭的快乐就越多。

他们在彼此的爱中，感受着生命的能量价值，生活得丰富多彩。

路的方向，脚知道；爱的方向，心知道。

这一家人，把自己活成了一个小太阳。

在这个爱情不太容易让人感动的年代，我从心底里喜欢丽达与子星的爱情。那些任重道远的人，那些家庭幸福走得远的人，常常是负重前行，默默呵护彼此的人。

丽达和子星生命里那些莹莹动人的爱，恰恰就是闪烁在他们生命夜空里的星光，在温暖彼此的同时，也一定会照亮他们走向未来的漫漫长路！

愿你，遇到懂你的那杯水

我给朋友说，特想写一写亚娟。朋友眼皮都没抬："她有什么可写的？一无美艳花容，二无出众才气，丢在人堆里就像一粒石子扔在大马路上，立刻就看不见了。"可当我把亚娟的经历讲给她听后，朋友却反过来催我："赶紧的，赶紧的，等着看呢。"

亚娟是谁？大名韩亚娟，职业是医生，芳龄三十八。普普通通一女子，平平凡凡一女子。亚娟的确不是那种巧笑倩兮、美目盼兮的女孩儿，朴朴实实，本本真真，甚至有时候还显得有点土有点憨。也许是医生这个职业的缘故，她秉性温存，关心他人，悯惜生命。知道亚娟离婚这事时，除了意外，就是替她发愁。如今，满大街的白领女子闺中待嫁的都不少，像她这样已经有两个孩子的母亲，谁敢娶？

愁死人了！

圈里朋友都知道，那个男人追求亚娟时，不能说惊天地泣鬼神，也是惊动了身边很多人，其"骚扰"程度搁现在足够报警啦！

之前的追求有多轰轰烈烈，之后的背叛便有多么难堪。男人不甘心整天朝九晚五上班，平平淡淡当个小医生，说要出去闯一闯。这一闯，工作上没闯出名堂，倒闯出了个小三。小三还理直气壮给亚娟打电话发短信："你们家先生已经把我搞成这样了，我必须和他结婚，你赶紧离吧。"小三很执着地认定：只要锄头挥得好，不怕墙根挖不倒。

那段时间，亚娟一下子憔悴了不少。一边，是小三在步步紧逼她，一边，是男人小心翼翼隐瞒。亚娟选择了隐忍。一个被背叛的妻子，她的隐忍可能是难堪，也可能是顾虑。是啊，毕竟两个活泼的儿子需要爸爸的呵护。

生活的河流涌动着无数的暗流，每一个暗流都推着亚娟去做泼妇怨妇，但她面对难堪竟然出奇的平静。选择一个合适的时机，她和男人长谈了一次。男人还是选择隐瞒，坚决隐瞒到底。"不知为什么，突然觉得眼前这个男人很陌生。男子汉大丈夫，既然选择了嫩妹，就坦荡荡承认也让我高看一眼，干吗偷偷摸摸，吃着锅里，惦着锅外，累不累啊?"慢慢地，亚娟发现自己已经开始瞧不上这个一点不敢担当的男人了，对他失望至极。

"真正的失望跟痛苦、悲伤没什么关系。反而让我心平气和，当我意识到自己不能依靠眼前这个男人得到快乐时，我决定主动给他自由，也让自己自由。"

命运的归命运，自己的归自己，一种明媚的敞亮。

从此，亚娟一个人就是一支队伍。

她克服寂寞，适应孤独，就像适应一种残疾。快乐这件事，有很多不以人的意志为转移的因素，但生活的充实，是可以自力更生的。亚娟把时间更多用在悉心呵护儿子成长，用在自己的身心健康上，用在学做各种蛋糕小点心上，因为儿子和朋友们喜欢她做的那些好吃的小玩意儿。在辽阔的世界面前，一个人有多谦卑，她就有多快乐。亚娟说她离婚后至少三个能力提高了：放下过去的能力，不再为过去所受的伤痛感到怨恨、内疚、悲伤、悔恨；面对现实的能力，包括对挫折的有效应对；享受当下的能力，找到自己的兴趣爱好，绝对是通往快乐的捷径。

到了周末节假日，她照样送儿子去爷爷奶奶家，她不想让儿子心里有仇恨，不想让老人失去享受天伦之乐的机会。"我原谅老天爷让那么多人比我美，或者比我智慧。原谅那个男人的背叛，原谅自己经受的挫折、孤独。因为，我也得到了许多好东西，比如：善良、爱心、自由。"

瞧瞧，多么伟大的一个女人！

实实在在的亚娟说出来的话朴朴实实。我对她真是刮目相看了。相比那些非要蹲在感情坑里死活不出来，与自己的伤痛战斗得血雨腥风的女人，亚娟堪称导师！

许多女人爱起来不是伤风感冒，基本上就是不明肿瘤，良性的也得开刀，恶性的就死定了。更可气的是，如果不爱的时候，也要把"不爱"这件事整得轰轰烈烈，天天捂着心寻寻觅觅冷冷清清凄凄惨惨，那副受气包样真让人想揍她。你想想，现在男人女人都在一个起跑线上，如果女人总背着感情的包袱跟男人竞争，就好比一个人戴着脚镣跟另外一个人赛跑，怎么能比？只有卸下包袱才能跑得快，这道理无比简单。

女人在职场上永远摆脱不了性别劣势，所以女人尤其是已婚女人，要尽量避免感情上的风云变幻，努力提升丰富自己，要让自己的外在和内心都坚强有力起来，等你真的在职场上嗖嗖地"快跑"起来，想不让那些混混男羡慕嫉妒恨都难！亚娟不与痛苦共舞，坚决不摆"忧伤"的 POSE，何况，忧伤也没什么美丽的，她该干吗干吗。

摆脱怨恨，选择放下，就为自己打开了一条通往幸福的路！

事情就是这么怪，当年的亚娟，有点像后宫中的华妃，终日为了那个叫作皇上的男人费尽心机，结果皇上找了别的嫔妃。当她把心思用来经营自己，找出自己的所长，享受生命中多元的乐趣时，她那仁厚的特质、乐观的精神，却深深吸引了另外一双目光。他叫徐速，一个阳光明亮，长着一双大长腿的男孩儿。他从中国戏剧学院京剧专业毕业，唱老生。完全是偶然的时间偶然的地点偶然的相遇，这个阳光大男孩儿被善良、能干、"阴阳相济"的亚娟沦陷了。

徐速说：遇到了对的人，内心的万千风景不必说，彼此会心有灵犀。就如好茶要遇上对的水，才会色、香、味俱佳。人更是如此，遇上对的人，可能生命就有了美好的诠释。

徐速比喻自己是茶，遇上了亚娟这样的好水。是啊，好茶，要有好水，才能有最完美的展现。反过来说，好水，若是没遇到好茶，那也是枉费了一片好的质地。在徐速眼里，亚娟有三点让他特别佩服：第一，没心没肺。她喜欢笑，是个阳光灿烂的女孩儿。生活已经很沉重了，笑是拯救我们的力量。第二，不翻旧账。有点不快就翻旧事，那太痛苦。整天抱怨世界对不起自己，浑身散发负能量，没人愿意和这样的人待一块。第三，见好就收。我们都是普通人，千万不能为难自己为难对方，都要学会自带梯子，除了原则问题，一律可上可下。徐速说，亚娟就是一大蝴蝶，他是只小蜘蛛，小蜘蛛没法不爱上大蝴蝶。刚开始，大蝴蝶根本没把小蜘蛛放眼里，主要是因为小蜘蛛比大蝴蝶小一旬。放谁身上，都会掂量半天这感情的真实程度。

"亚娟真实，一点不假，不像有些女人，太假了。"

"亚娟漂亮，她只是从不化妆，若化了妆站台上肯定比演员还漂亮。"

哎哟，这个徐速，真是着了魔了，哪根筋搭错了？堂堂一帅哥，非要找个大自己一旬的女人当媳妇，而且这女人还带着俩"拖油瓶子"。徐速的执着令亚娟心软了，但她依然担心，不知道徐速的母亲什么态度，老人会怎样看待儿子的疯狂？毕竟，徐速是独子，父亲不在了，母子相依。深思熟虑后，徐速给远在哈尔滨的母亲打电话表达了想和亚娟结婚的想法。电话那头，徐速母亲的沉默足足有三分钟，然后一字一句说："徐速，你能不能承担起做两个孩子父亲的责任？如果你能做到，你能一辈子对亚娟好，我就答应。"徐速也一字一句坚定地回答母亲："妈，我是经过认真考虑的，我相信自己能做到。"一个男人的慎重承诺！

徐速说："我觉得女人最好的化妆品就是微笑、善良和一颗快乐的心。这些亚娟都有。"

"我没有看尽千山万水，我知道世界很大，但不管怎么大，也大不过我和亚娟的一方小天地。"

"世界上的美食很多，美好的滋味品不完，但亚娟是我喜欢的那道菜，再好吃的东西也比不上亚娟给我煮的一碗麻辣泡面。"

"我现在没有钱，不能给亚娟荣华富贵，但我相信，很多的了不起和钱没关系。我会给亚娟一个了不起的爱！"乖乖！了不起的大男孩儿！了不起的徐速！

每一个女人都有一些优点可以让自己更强大，它可能是美丽的外表，活泼的性格，非常高的智商，善良大度和宽容，女人就是要放大自己的这种力量。

当一个人对自己感到满意的时候，就是她强大的时候！

女人可以花钱去买衣服，买首饰，买这买那，但这些物质的东西是没有能量的。女人的能量一定来自于自身的独立性、优雅性，当然，在喜欢的男人面前，最好还有一点小小的依赖性，它最终会形塑成女人的命运。如果一个男人不觉得你是他眼里最棒的女人的话，那就果断地把他休了，去找真正珍惜你的人在一起。因为生活中有很多的诱惑，你需要一个相信你是最棒的人在身边，他能让你发挥出你最好的一面，这样的爱情就值得死心塌地！

12月11日，是徐速的生日，也是亚娟和徐速的结婚纪念日。一大早，徐速就神秘兮兮地拿出一个苹果手机，真诚地说："老婆，我攒了一年的零花钱，给你买的礼物。"亚娟立马泪崩了。因为她知道，徐速的工资卡和所有收入都心甘情愿地交给亚娟，自己每月只留不到五百块的零花钱，他为了买这个礼物，该是怎样节俭自己……

晚上，亚娟在厨房忙活了几个小时，给自己亲爱的速同学亲手做了一个漂亮的生日蛋糕。她在微信上这样写道："速同学用他平时攒的零用钱给我换了 iPhone 6 的土豪金。拿在手里真的是爱意浓浓，为心爱的女人肯花掉身上最后一分钱的男人，我也愿意为他做任何事！"

"生命很短暂，最有效的生活，就是尽可能地延长自己幸福的时间。我不求多么长，但求过得好！"亚娟跟我说这话时，感觉她像个哲人。我说："傻妹子，过得好了自然就长了！"

我特别喜欢徐速那个茶与水的比喻。的确，茶的一生，需要水来诠释，才能得以极致地展现，让人有余音绕梁、回味悠长之感。好的水，若遇到那味对的茶，才会使它的内涵、外延，得到最好的发挥。于茶，只此一生；于水，再无二至。人的一生，更需要彼此懂得的人来诠释，生活才会更有色彩，更加完美。

愿天下有情人，能遇到懂你的那杯水……

是的， 我更喜欢精神灿烂的人

　　明末清初有个大名鼎鼎的和尚画家叫石涛，他在画家里吃苦瓜最有名，在和尚里画画最有名。他自称苦瓜和尚，餐餐不离苦瓜，甚至还把苦瓜供奉案头朝拜。他对苦瓜的这种深情厚谊，与他的经历、心境有密不可分的关系。

　　奇怪的是，能够入他眼的书画作品，有一个标准就是"精神灿烂"。我想，他一定是在用精神的甜来化解生活的苦。

　　自打"精神灿烂"这个词进入脑海，我发现，自己对它真是格外喜欢。

　　朋友住院，去医院探望，和她同病室的一位老人，正兴致勃勃地与小她半个世纪的我的朋友探讨手机微信的使用方法。老人已经八十五岁了，肾功能衰竭，她在自己的专业范围里，是一位德高望重的长者，但在手机使用上，却多有失误。

　　老人家充满探索之光的眼神，像探照灯一样扫过我的灵魂。看着她青筋暴突微微颤抖的手，我想，不知我这一生，可否活得像老人一样高寿？

　　不论生命的历程有多长，老人精神灿烂的眼神，给我留下了深刻印象。她对生活的这份挚爱，对自己不熟悉航道的求知精神，太值得我学习了。

　　好朋友郑薇，是原总政歌剧团演员。当主持人说得好，当歌剧演员唱得好。性格开朗活泼阳光，敢怒敢恨敢涕泪滂沱敢笑逐颜开，永远活得真诚真情真实。

薇子的率真，是实实在在的率真，这种干净利落的个性，缘于她成长中的经历。从小在部队大院里长大，英雄情结、奉献精神渗透进了骨髓。1987 年底，还是一名小兵的她，随炮十四师宣传队上前线慰问演出。宣传队驻扎在麻栗坡县南温河村，战士们给宣传队起了一个名，叫"战神演出队"。

在前线的半年中，薇子和"战神演出队"的战友们，走遍了所有的火炮阵地，与参战官兵结下了深厚友谊。

经过了血与火的洗礼，生与死的考验，薇子对生命，对生活更多了善良、怜惜和宽容的襟怀。在她身上，读不出狭隘和负累，有的则是敞亮，是坦诚及对日常生活恬静豁达的视野。薇子成长成熟的同时，更加柔中有刚，美中有雅，秀中有韵。

当看多了生活中那些惆怅的脸、焦灼的脸、愤怒的脸、委屈的脸、讨好的脸时，面对薇子这张阳光真诚、精神灿烂的脸，便如同梅雨季节的阳光，让人舒服温暖。

薇子后来不做专业演员，担任解放军歌剧院主任。她开始探索剧院转型发展的生存之道，把剧院经营得有条有理，风生水起，成为二环路上积水潭边一道亮丽的风景线。

做演员，薇子在小舞台上演人生；做主任，薇子在人生大舞台上干事业。从一个专业演员转型为一个称职的剧院管理者，这背后付出的艰辛，只有薇子自己知道。

薇子喜欢一首小诗：

心是一棵树，

爱与希望的根须扎在土里，

智慧与情感的枝叶招展在蓝天下。

无论是岁月的风雨扑面而来，

还是滚滚尘埃遮蔽了翠叶青枝，

它总是静默地矗立在那里等待，

并接受一切来临，

既不倨傲，

也不卑微……

　　这是老舍先生的戏剧《猫城记》中的一段。我知道，薇子所有的岁月和经验，所有的勇气和智慧，都厉兵秣马集合于她的内心，那就是她永远追求的精神灿烂。正是因为她有一种灿烂的精神，因此她的情绪才会安然从容，勇气才会源源不断。

　　我欣赏精神灿烂的耄耋老人。

　　我喜欢精神灿烂的漂亮薇子。

　　是的，我更喜欢精神灿烂的人，与他们打交道，心中会少了浊气。浊气到底是什么？是都市天空的雾霾，还是职场谨慎的世故？是感人盛情背后的虚伪，还是慷慨宽容背后的猜忌？好像是，又不是。浊气有时候说不清道不明，但遇到它，会让人在一段时间里，一直心情抑郁。只有远离浊气，才能使人神清气爽，精神清朗。

　　与精神灿烂的人打交道，心中会多些光明。人生百态，有博大、无私、安静之人，就必有自私、狭隘、癫狂之人。在生活这个大染缸里，情感困惑、职场暗斗、成长烦恼，烦心事儿不会少。叽歪叽歪，抱怨抱怨，解解压也就可以了，别当真入心，那只会让自己的心情更糟。梁冬说得好："心念一转，世界便转。为什么不能将发泄愤恨、妒忌、等待、不知所措等情绪的时间用来做抬头看天、深深地呼吸、与喜欢的人约会这些自由的事情呢?"

　　与精神灿烂的人打交道，能让我们发现琐碎生活中的可爱之处。很多时候，你觉得糟心、闹心，不是因为日子不好，而是因为心态不好。保持精神灿烂，在现实的焦躁忧虑，甚至满目疮痍中，发现身边的真善美，可以使我们的身心更加敞亮，使我们的生活更加多彩。

犹太女人的中国"绿卡"

2017 年 7 月 10 号，李碧菁在朋友圈发了一张她和派出所女民警的合照："三十八年后很高兴正式成为中国永久居民。"

看到这张照片，真替她高兴。这张中国"绿卡"是对她三十八年奋斗的最好褒奖⋯⋯

认识碧菁，是参加朋友组织的一个颁奖活动，正好我们坐在一起。金发碧眼的她，穿着一件中式改良旗袍，雅中透着秀。我很惊讶她中文说得如此流利，聊得很投缘，才知道她就是大名鼎鼎的和睦家医疗总裁李碧菁。

曾经看过很多关于她的新闻报道，知道她是美国犹太人，千里迢迢来到中国，是一个成功的创业者。当面对面零距离交流时，真的被她谦和质朴温文尔雅的气质吸引了。

碧菁是一个传奇。

作为和睦家的创始人、董事长兼总裁，她在中国已经待了整整三十八年。

她不是一位强势的领导者，但却有能力让来自二十五个国家，超过五百位的医学专家，千里迢迢来到中国为她"打工"。从和睦家走出去的医院管理者，如今，更是撑起了中国私立中高端医院的半边天。

时光倒回到 1972 年。那一年，是中美关系至关重要的一年。时任美国总统尼克松访华，成为历史上第一位访华的美国总统。那一年，远在大洋彼岸的碧菁开始上大学，在别人都热衷学习法律、金融的时候，她却对中国产生了浓厚的兴趣，选修了"东亚历史课"。

1979 年是一个很有意义的年份，发生了一件大事，就是中美正式建交。很快邓小平访美，那是新中国成立后中国领导人第一次访问美国。

邓小平的访美，更加坚定了碧菁要来中国发展的决心。

"我不愿意仅仅学习中国的过去，我愿意去看中国的未来。"

天遂人愿，她大学毕业后供职的美国制药公司，决定开设一个驻北京的办事处。于是，她千方百计争取到了机会。就这样，1979 年，她以"公司代表"的身份来到了中国。

"我记得到北京的那个晚上，从机场到北京饭店，一共见了没超过十辆汽车，当时的北京完全不像现在的样子。"

初到北京的印象，碧菁至今记忆犹新。"那时中国刚刚打开国门，无论是中国人看外国，还是外国人看中国，都觉得非常新鲜和有意思。"

这世上，犹太人似乎就是"天生"的企业家，他们做生意的天赋简直与生俱来。来华两年后，碧菁便开办了属于自己的公司。

或许是美国人的"冒险精神"以及犹太人"勤奋"的双重属性，让碧菁在中国土地上开始收获。

当时国际上新的医疗技术很少引进中国。碧菁看到了这中间的机会，她发挥桥梁作用，把当时美国的先进医疗设备引入中国。

至今，她还记得第一次将国际上先进的 B 超设备带进中国医院时的情形："医生们的眼睛都亮了，产科医生可以通过这个看到孕妇肚子里的胎儿，心脏科医生可以通过这个听到病人的心跳，在这之前，许多诊断都是依靠问询、把脉来进行的。"碧菁回忆说，"能给医生带来

'救命'的工具，这就是值得花时间去做的事情。"在这样的初心之下，她给当时的中国医疗行业带来了第一台 B 超、第一台核磁共振、第一台床前监护设备……

那些年，这个勤奋的犹太女孩儿，几乎每天工作二十个小时。在他们的努力下，越来越多的厂家参与进来，经过十年的时间，改革开放后中国的医疗事业首次完成了硬件上的升级转变，碧菁也收获了自己在事业上的第一桶金。

"如果在美国，我没有这样的机会，谁会需要我去做这样的事情？"在碧菁的眼中，自己创业的成功与中国的改革开放"有着绝对的关系"。

1989 年底，碧菁又有了一个大胆的想法，她要创立并运营自己的私立医院——和睦家。

一个外国人想在中国开私立医院，听上去好像很不靠谱。可碧菁认定的事，就义无反顾地去争取。

没有路，她要给自己"造一条路"。

整整八年时间，碧菁在无数次的努力，无数次的失败，无数次的困惑，无数次的争取中，不气馁，不放过一丝希望。她就像一个在孤岛上生存与守候的人，等待着从窗户上照过来的阳光和打开窗时，吹进来的风。

对一个如此执着的犹太女人，老天爷都会被感动。

随着中国的进一步改革开放，越来越多的外国人来到北京，国家有关部门开始考虑：或许设立一家服务于外国人群体的外资医院也是不错的主意，会对中国的投资环境起到比较好的推动作用。

政策的松动给碧菁和她的和睦家带来了机会。

于是，跑美国华尔街融资，跑中国相关部门审批各种手续。最终，伴随着一百八十多个公章的陆续敲定，八年的坚持和奋斗，1997 年，第一家和睦家医院终于在北京开业。

发展到今天，碧菁和她的和睦家已经在中国走过了二十年。

如今，和睦家已经在北京、上海、天津、青岛等地兴建了四家综合医院，卫星诊所十五家，专科医院一家，另有四家综合医院正在兴建中。

这二十年，碧菁用诚信精心打造着和睦家的形象。

南怀瑾老先生讲："世界上最厉害，最有效的东西就是诚实、信用。"这也是商业成功的秘诀。和睦家与中国的复星医药"联姻"，共同创造了一个由社区诊所、专科医院、综合医院、康复医院等构成的医疗体系，给患者提供预防保健和健康治疗的连续医疗服务。

我一直好奇，是什么力量支撑着碧菁，让她在中国三十八年如一日，兢兢业业地打造自己的医疗王国？

澳籍华人医师陆继科讲了一个故事。有一年，碧菁在雨中看到一个残疾小孩，她把小孩带回医院，委托陆继科医生对小孩进行全面医疗救护。在和睦家，这样的一次大病全程治疗，花费可能要超过五十万元。陆医生有点惊讶，后来他才知道，像这样的小孩，只是碧菁救助过的众多乞讨的残疾儿童之一。这件事，让陆医生很感动，他觉得李碧菁是一个充满爱心、善良的老板，这也是促使他下决心继续留在和睦家，与李碧菁一起奋斗的原因。

爱和善良，是世界通用文化。爱和善良可以超越一切，把一切激活。没有爱和善良，即便是勇敢的理想，也是可怕的；即便是巨大的成功，也是自私的。

爱和善良是人的最高德行。我们给自己定了很多做人做事的原则，但爱和善良应是最高的做人做事原则。

一切存活之道，发展之道，必然包含着大爱之道、善良之道！

我想起了毛泽东在《纪念白求恩》中的一段话：

"一个人能力有大小，但只要有这点精神，就是一个高尚的人，一个纯粹的人，一个有道德的人，一个脱离了低级趣味的人，一个有益于人民的人。"

碧菁用她三十八年的实践，回答了自己到底是一个什么样的人。

成为中国永久居民，碧菁当之无愧！

出马一条枪，要亮得出，镇得住

战友孙戈弋写了一篇文章《永葆青春的"小娟子"——特型歌剧演员袁军》。由于我在总政歌剧团工作过，对袁军也很熟悉，所以，读起文章感觉很亲切。

文末有一段视频，是中央电视台戏曲频道《梨园闯关我挂帅》中，京剧《谢瑶环》选段。

打开看完后，说实话，完全是震撼！震惊！彻底颠覆了我心中那个可爱、令人心疼的"小娟子"形象。

袁老师太厉害了！

基因？还是天分？

纯粹一个京剧艺术家的身形及唱功。

我不太懂京剧，对这门国粹艺术，一直抱有一种好奇。

时光的流逝，将一份百转千回的美丽时尚，变成了一份博大精深的厚重遗产。时至今日，京剧已经走过了两百多年漫漫征程。两百多年的卑微、屈辱，荣耀、风光；两百多年的苦闷、彷徨，呐喊、斗争，她如同一个无所不在，而又不知疲倦的精灵与使者，以自己载歌载舞、且歌且行的亘古姿态，为一个国家、一个民族，奉献了两百多年的温暖、欢娱和力量，见证、亲历了这个国家，这个民族从黑暗贫穷，向光明富强的艰难跋涉。

我一直觉得，梨园行，是个特别注重童子功的地方。曾经看过一位京剧大师的回忆文章："自古人生在世，须有一技之能。我辈既务斯业，便当专心用功。"每天清晨练功，大家会集体朗诵。京剧演员从寒冬到酷暑，需要做的就是一个字"练"。

难以想象，一个歌剧演员，又没有童子功，台上的那十几分钟，她需要在台下苦练多少回？毕竟，隔行如隔山啊！

袁军演唱的这段《谢瑶环》，可以说是京剧中的"咏叹调"。戈弋说："她的声音比以往运用得更加合理，戏曲中的高音也完成得更加轻松。可见，京剧艺术与歌剧艺术的演唱方法之间，不但没有冲突，反而互有裨益。"

让我感慨的是，袁军已经六十岁的人了，那手、眼、身、法、步，一招一式，是那么有韵味，她把自己从没接触过的厚底（靴子）、甩发这些京剧中的特有架势，完成得如此像模像样。

真是一个好演员！

从袁军身上，得到一个启示：成为一个好演员的关键，不是在舞台上，而是在舞台下。

演员上台好比战士上阵，出马一条枪，要亮得出，镇得住。所以台下即使是习曲、走台，都要出声、出力，久而久之，便铸进了心上、铸进了身上，时间再长也不会忘记。一首曲子、一段台词、一串台步，在台下几十遍地练下来，才会变成自然天成，人在舞台上才能镇定，有气场。

如何在舞台上镇定有气场？一句话：人前光鲜人后努力！

袁军是个好演员。

就凭她的这份努力。

记得我到歌剧团担任政治部主任时，正好赶上团里复排经典歌剧《党的女儿》。剧中十一岁的女孩"小娟子"的角色，就是由袁军扮演的。我万万没想到，此时的袁军已经是五十多岁的人了。

奇迹的是，袁军除了声音、台词与角色很靠拢外，神态、行走、跪拜、摔倒等等动作，都让人看不出破绽，相信她就是"小娟子"。

"小娟子"袁军，给我留下了深刻的印象。

我给一些看戏的朋友介绍袁军的真实年龄时，几乎所有人都不相信。

后来，逐渐了解了袁军，知道她是著名京剧表演艺术家袁世海先生的小女儿，也是总政歌剧团的特型演员，专门塑造各种类型的小女孩、小男孩。

印象中，袁军话不多，不显山不露水，但有自己的主见。人缘好，业务上很认真，对自己很有要求。或许是因为扮演"小娟子"的缘故，她有一颗永不消失的童心。无论岁月如何流逝，她始终"青春永驻"。一位观众评价她：生活中三十多岁，演唱时二十多岁，戏里十多岁。

袁军老师对待艺术的执着和认真，在同行中一直有很好的口碑。她几十年如一日，练功不辍，始终保持着良好的身段，以延长自己的艺术生命。"台上三分钟，台下十年功。"艰辛与坚持，不仅让她在歌剧艺术上成为一棵"常青树"，而且在京剧艺术上，不鸣则已，一鸣惊人！

也许是得益于父亲袁世海老先生对她的教诲，虽然袁军从事的是歌剧艺术，但她与哥哥、姐姐们一样，都属于"骨子里流淌着戏曲血液"的人。袁军的大哥袁少海、二哥袁小海都是京剧名家。家庭的艺术熏陶深深影响着她。

袁军在事业上勤奋进取，在生活中善良低调。我在歌剧团工作期间，与演员们接触较多。最欣赏袁军的一点就是，演出不讲场合好坏，不讲观众多少，不论在哪里演出，或是边防哨卡，或是连队操场，或是食堂餐厅，或是普通士兵，或是殿堂剧院，她都严肃认真，一丝不苟，从不马虎。

"我是一个演员，除了唱戏没有更多的本事，如果连这点本事都吝惜，那怎么对得起自己的良心？演员的作为，就是要豁上命把戏演好！"

袁军是这么说的，更是这么做的。她把舞台看作根，把唱戏视为命。对自己始终两个要求：一是台上演好戏，二是台下做好人。事业在她心中至高无上，观众在她眼里至高无上。

半个多世纪的舞台生涯，袁军既是一个虚心的好学生，又是一个刻苦的探索者。她在艺术田地里，用心耕耘着歌剧艺术与京剧艺术的苗，同时，还努力做着艺术实践的普及。

戏曲艺术像条河流，只有不断流进流出，才能源远流长。

岁月，留不住一个人的青春，却可以印下一个奉献者的足迹。

愿艺品、人品俱佳的袁军，艺术人生常青！

那个没脸的民国先生

春风梳岸柳，花下喝新茶。

世事有人管，你说我忙啥？

经常心生厌倦，世间真是麻烦。

与其跟人纠结，不如与花纠缠。

枯叶潦倒水岸，新荷又发池塘。

趴着看上一天，忘了世态炎凉。

第一次看到老树这些线条简约、大片留白、寓意深远的水墨画，就被吸引住了。作者老树，名字充满了沧桑与想象。

老树的水墨画中，经常是一位民国先生，着长衫戴礼帽穿布鞋，或行陌上，或慵懒斜倚断壁，或端坐红花绿树下，或兀立野渡小舟旁……他总是把民国先生放在古典山水一隅，让他的心事和生活缓缓展开。其中一幅，民国先生站在一片花红柳绿的田野中：

市井挣点小钱，山下种片菜园。

看看花开花落，度过有生之年。

这种避世和归隐之心，正是生活在大都市人的一个桃花源梦。

如今，很多人在城市住腻了，都有一颗向往山野溪流，喜欢泥土、草木之气的心。那树林里的鸟虫以及林间的清风，那无遮无拦的天空以及各种奇异的云朵，成为人们的梦想。老树画出了与现代都市人忙碌生活相反的、求之不得的东西——闲适的慢生活。他以水墨的魅力，激起了当代都市人对美好山水的不断追求。他用自己的画，告诉了人们一个深刻哲理，就是以不变应万变，永葆一颗平常心。他用自己的作品定格、升华、传达了这种感觉，在都市人的心里埋下了一粒桃花源的种子。

老树还画了许多带着浓厚超脱味道的市井生活。有一幅大白菜：

大白菜呀大白菜，
你是冬天俺最爱。
样子长得挺性感，
凉拌炖涮都不赖。
最后留下白菜心，
找个破碗作盆栽。
窗外大雪漫天舞，
一丛黄花静静开。

文图互补解释，就像筷子和碗，配合到位，缺了哪一样都感觉遗憾。

在一幅似宋代山水的画中，老树让民国先生肩扛桃花一枝，伫立河边，内心好像纠结，是否渡河看她。画面上的独白曰：

待到春风吹起，
我扛花去看你。
说尽千般不是，
有意总在心里。

肩扛桃花的民国先生，身上散发着又虚无又接地气的气息，一下掀起不少现代知识女性内心的潮起潮落。一位名叫"欢喜自在"的网友说："好爱这个长衫民国男。他肩上的花，是他内心的美景哦。如果哪天我先生也扛着一枝野花来看我，而不是等到什么节日纪念日，从花店订购一束，就像完成规定动作，我会觉得非常浪漫。今天的人都被消费主义绑架了。"

老树画中的恬静，是一种境界，一种回归，回归自然，回归自我，不为权、财、名、苦所累。老树在乱世乱象中，在人的心灵深处，开发出了一块恬静的心田。所以，他的画总能在观者中引起共鸣，让每个观者感觉："好向往这样的生活哟！""咦，这是在画我！"

文赤桦这样描述老树："喜在肃杀寒冬，描摹春日里恣意绽放的鲜花，绿叶长满枝丫的树。画里的花，一下给人春天的暖意。而到了春花时节，又想画秋天的景致了。没什么，就想什么，这就是人欲的普遍性。老树绘画中的民国先生最大特点是：没有眉眼五官。然而，他眺望的身躯，或微弯的腰身，或拘谨的手脚出卖了他的内心凹凸的沟壑，带出了几分寂寥，几分怅然，几分古朴，还有几分孤立遗世。寥寥几笔，一个隐于市的书生跃然于纸。"

老树早在 1979 年就开始画画，所画人物五官俱全，笔墨功夫了得，以至于当时就有人说，他画得"多像潘天寿，齐白石，八大山人啊"。他心想，"骂我吗？没有自己，很痛苦，1985 年就不画了。"

2007 年，老树父亲做胃癌手术，他有了切肤之痛，整夜失眠，于是，重拾搁置二十年的画笔。结果，"一提笔，就画出一个长衫男人，站在树下，没画五官，一看，别有味道，有了感觉，就这样画了。真是求之不得，不求自得。"他就这样画下来，没有脸的民国先生，已然成了老树绘画的个人化的符号，也成了众人喜欢的有人间烟火味的现实人物。二十年不画，一画就画个民国先生，有了自己的风格。

最后，要告诉大家：老树，本名刘树勇，公元 1962 年出生。正业为中央财经大学文化与传媒学院教授，文艺批评家，思想和文风以尖锐深刻著称，身高一米八有余，留光头，声音浑厚，嬉笑怒骂。他调笑自己说："看起来像个杀猪的。"然而，就是这位"杀猪的"，以太极手段，四两拨千斤，用他的画，将人们的愁苦从心头轻轻化去，让苦难不再发酵放大，干脆转而发酵为一坛美酒。这个体貌粗犷的山东汉子，内心却极其细腻敏感抒情。在当下多数人都在"快车道"上奔跑的时候，他把浪漫抒情的心思托付给了水墨，在绘画中追寻大隐于市的境界。

老树说："画民国先生，是为了解决自己精神层面的问题。画画，只是个人需要表达，而不是为了谁而画，为了什么而画，我只需要对自己的具体生活负责，如此，安好！"

马克思说："受难使人思考，思考使人受难。"

世上总有不平事，尤其是爱思考的人。世有多大，心有多忧，忧便有苦，苦则要排解。老树不是哲学家，但却一不留神，用他的画，给了繁忙的都市人一种人生智慧：

逆来顺推，化烦躁为平和！

梅花香自和田

写下这个题目，心里有一种骄傲感。

美丽的边疆小城和田，一年四季盛开着许多种花，可唯独没有梅花。但在我心中，从和田小城走出来的女画家、我的中学同学——吕春梅，就是一枝芬芳四溢的梅花！

这枝梅，从和田一路飘香到北京，又从北京一路飘香至世界各地。

许多心浮气躁的绚烂转瞬即逝。能被任何时间段、不同年龄层人们共同喜欢的，必定是经得起时间大浪淘洗，最终沉淀下来的安静沉稳、耐人寻味的东西。春梅的画作即是这样——无须问创作年代，每幅作品都有能契合、打动各年龄段人们内心的东西，那就是古老又永恒的温馨。

父辈的遗传，家庭的熏陶，使她敏锐细腻，才情洋溢。春梅的作品，总有一份清新脱俗的简单——简单的色块，简单的线条，简单的造型。但正是这份简单，却蕴含了极尽的细腻与丰富。就色彩来说，远观以红黄绿蓝为主的简单色块，但近赏，每个色块里的颜色，层次又是那么丰富。看似简单的色彩色调，比那些繁复的画面更令人意会，她用简单创造了更为动人的意境。

春梅以她先天遗传，后天养成的艺术敏锐感和艺术表现才能，轻而易举、近似本能地将中西绘画珠联璧合于作品之中，用加减混合法营造出她自己独特的世界。她的作品总给人一种扑面而来、令人震撼的视觉冲击力和纯真清新的自然气息。

欣赏春梅的作品，仿佛身入其境，静处轻诉，回味悠长。一棵白杨扎根砺石，枯裂的干枝上生长出细枝，身亦立，枝亦生，从中可以感悟到大自然之造化，生命之顽强。品画如品人，春梅的画让人感受到家对生命的庄重托付，与大自然的灵魂相会，给人一种"此处无声胜有声"的意境。

站在她的作品前，会有一种心甘情愿被拽住脚步的感觉。细细地品味，相信所有看过她作品的人都会有一种暖意。她身上透着女艺术家的韵致，典雅沉着，所以她的作品经得起回味。看多少遍，看多久，依然入心扉。春梅和她的作品，就像大漠戈壁的一株红柳，静静绽放着生命的伟大……

春梅爱和田，爱那里的每一株草、每一棵树、每一粒沙。自从2005年离开和田后，她除了应邀去国外，只要有时间，都会和丈夫一起，抽空回到新疆、回到和田写生创作。辽阔的新疆，以及大漠深处的和田、民丰，在春梅和丈夫的心中，有一份真诚的神圣。那是父辈们执着地撑起的，曾经洒过汗水和泪水，耕耘过收获过的天地。由父辈们奋斗和光大了的那份故土精神，无论儿女们远行到哪里，它都是一种沉甸甸的财富。

桃红柳绿的四月，中学同学王永红来北京，春梅主动邀我们一起，在一个叫火焰山的餐馆聚会。你瞧她选的聚会地点，都带着浓浓的新疆情结。

春梅坐在我对面，像她的画，典雅而素净。她说起自己的丈夫，著名画家王永生先生，眼里是满满的柔情。她讲起自己1996年在中央美术学院进修时的收获；讲起他们夫妻俩的奋斗足迹，以及他们在北京宋庄，那个闻名遐迩的艺术群落里的工作室；讲起他们共同在中国美术馆及应邀到美国、日本办画展的经历；讲起自己心甘情愿做丈夫得力助手的心路；讲起两人有时为一幅画，会因各自看法不同而争执的故事；讲起宝贝女儿的人生选择，等等。我们聊着这些家长里短，享受着这些家长里短，分享着那些充满生活烟火味的温暖。

曾经的一切都已是沧海桑田，三十多年漫长的积淀，让春梅在当下眼花缭乱的时尚和纷繁的艺术语境中，呈现出自己的信心和艺术实力。

她秀外慧中，心性纯正，不染画界江湖陋习，始终远离尘嚣，铭记沉潜持重。她知道作画是一件漫长的事情，就好比马拉松比赛，也许有人跑得很快，但作画不是百米冲刺，拼的是耐力和能否熬得住几十公里跋涉过程中的寂寞。春梅深知艺术定力的重要，她手中的画笔，始终保持着超然的心态，她收集美、打造美、挖掘美、升华美，心灵的曼妙和思想的坚毅结合在一起，构成了她独特的艺术作品风景。

爱和真诚始终充满着春梅的内心。那些跃动在眼前的斑斓的色彩，强有力的造型和精心建构的审美图式，体现在画中，知性和灵性并举，"形而上"与"形而下"相互交融；中与西、古与今兼收共荣，怀旧与创新、坚守与开拓并存。既不回避传统与写实，也不回避时尚与创新，而是贯穿着持之以恒的独立意志，如同她从大漠深处的小城和田，一路走来的坚韧。

她与丈夫共同创作的大部分画作都是以静制动，或温婉的诗情画意或深邃的哲思，或简约抽象的形式美感或直面生命的人文及宗教关怀。感性与理性相随，艺术章法与审美秩序相融。无论世间如何因循变故，也无论视觉表象如何演化，其内在的恒定，画作中凸显的自然本真，始终是主题。

她的画不雍容华贵，不幽谧玄奥。她追求的是轻盈俏丽，浓浓的"新疆味"发出天籁般的袅袅之声。时光岁月在画家笔下凝结成情感的晶体，寄托于大自然的万千物象之中，人性和人情的内蕴便如细雨和露珠般，不停地从画笔中流泻下来。

春梅把自己的人生，铺成了一条彩色之路，飞鸟的歌唱、山川的奏鸣、大漠的浩瀚、民风的流韵，都活跃在她的画笔之中。

生有涯，艺无涯。春梅与油画艺术结缘，与油画艺术相依相伴，轰轰烈烈地绘制着温暖醉人的生命之歌！愿春梅未来的画笔人生，更加丰盛辽阔。

一个不喜繁华，不善应酬，却把色彩沉淀进心底的画家，她的艺术生命，一定会有更加丰富的色彩！

我的"女皇"闺密

"生命就是一场填字游戏，多填一些让身心健康的词，才能不辜负自己的生命。"

这句"凡人名言"是我闺密讲的。她十年前被诊断为乳腺癌，医生婉转地告诉她："活五年没有问题。"反过来说，就是她还有五年的生命期。

如今，十年过去了，她不仅活得好好的，而且越来越俏，整天满世界跑，穿得花花绿绿，把自己打扮得像个"花蝴蝶"。

给她打电话，永远都是热情爽朗的笑声，最经典的是那句："有事说事，没事退朝。"

呵呵，把自己当女皇了。

看"女皇"大人的微信，经常会有一些"金句"：

"你在意什么，什么就会折磨你。"

"放松点生活吧，你又不用上朝。"

"不要太在意别人的眼色，那样你会生活得开心很多。"

"老天爷给我一把刀，是因为他身后藏了一个蛋糕。"

"没有我这个癞蛤蟆，你这个天鹅该多寂寞？"

一场大病，让"女皇"成了半个哲学家。

上周，"女皇"从新西兰旅游回来，嚷嚷着要聚一聚。于是，依然是老地方箸街花家怡园。

不用讲话，就知道她一定会帮我点那道百吃不厌的"硬菜"——土豆。而她自己，必定会要几个烤地瓜。

我是土豆。

她是地瓜。

土豆、地瓜是我们各自的最爱。两个"资深美女"，便在土豆、地瓜的芳香中，我说国内，她侃国外；我说东家，她侃西家地聊起来。

友谊这东西很怪，就是一个看不见的磁场。磁场对了，彼此就感觉舒服，磁场不对，总觉得哪不对劲。

我最佩服"女皇"的，是她笑对人生苦难的达观淡定。被查出癌症后，两次手术，丈夫也离开了她。有一千个理由让她抱怨，但她连一句沮丧的话都不说。

西北女人就是硬！

她有自己的看法，如果一个人总说一些埋怨的话、指责的话、恶毒的话，慢慢，这个人就会因为自己的语言而受到诅咒；如果一个人总说一些热情的话、赞美的话、善良的话，这个人也会因为自己的语言而受到褒奖。任何一个人说出来的话，都不会白白说出。

语言就是一个无线电，你发出沮丧的信号，得到的就是沮丧的回报；你发出热情的信号，得到的就是热情的回报。就像天坛的回音壁，你热情高，发出的声音大，回音也大；你情绪低，发出的声音小，回音也小。

她说："自己的话就是自己的世界。改变自己的话，自己的世界就会改变。"

"女皇"的事迹比较突出。

九十年代初，我们一起去广州玩，到了首都机场。

"我给你讲件事，你别生气哈！"她小心翼翼地对我说。

"啥事？讲吧。"我没当回事。

"你真的别生气哈。"她又强调一句。

"别神经了，快讲吧。"我最受不了她吊胃口。

"你向毛主席保证，不生气。"

居然把毛主席他老人家都搬出来了，看来事不小。

"机票忘带了。"

"真的，假的？"帮她翻遍了行李箱，确实没有。

鼻子都能被她气歪。还有呢，折腾了一番，终于到了广州。去逛服装批发市场。那时候，女孩子时兴穿透明长筒袜，因为广州的便宜，同事托她带些袜子回来。长筒袜倒是买了一大包，可出了批发市场，手里的袜子却不见了。原来，上一个摊位买的袜子，下一个摊位看到别的东西时，也顺手把袜子留下了。

没辙，这就是"女皇"，不配几个秘书不行啊。

我经常揶揄她："你别把自己丢了就行。"

"女皇"从不计较我对她的态度，话说轻说重，不用担心她犯什么心思。

有段时间，我们都迷上了看小说《红楼梦》，我喜欢里面的诗啊词啊，跟着模仿。她笑话我："你们喜欢文学的人是不是有点神经兮兮？"也不知她哪得来的这印象。她看《红楼梦》关心的是吃喝玩乐，里面有关于茄丁是怎么做的，蟹应该怎么吃，她都记得很清楚。还有贾母让黛玉换窗纱，柳绿配桃红。后来，我发现她的很多衣服，都是红绿相配。在我看来，这是"赛狗屁"的搭配，可她乐在其中。我觉得，她肯定是受了《红楼梦》中贾母的影响。

在饭桌上侃段子，是"女皇"的拿手好戏。一次，在一家小店吃饭，要了盘辣子鸡丁。她用筷子扒拉几下，让服务员喊老板来。我们以为她看到了什么不该看到的东西，劝她，算了，退了就行了。小店老板忐忑不安地询问何事。没想到，她大大咧咧给人家建议："老板，给你这个菜改个名咋样？就叫红灯区吧。"

"红灯区？"大家面面相觑，再仔细看，那盘红彤彤的贵州灯笼椒里，有几块鸡肉，还真有那么点"大红灯笼高高挂"的意思，大伙都乐了。

听说，小老板后来真的把菜名改了，这道菜成了小店的独创招牌菜。因为大家都很好奇，啥菜能鼓捣成"红灯区"？

几十年过去了，我与"女皇"手心手背，知心知己，君子之交淡如水。

无论是"裁衣添夏露"的日子，还是"剪叶补秋衣"的时光，只要老友见面，脸上都能笑出皱纹。"女皇"始终以她的乐观淡泊，对抗着疾病带来的恐惧不安。

我总觉得，"女皇"就像一颗荔枝，一眼看去，是粗粝的，而剥开表皮后，里面却是那样莹润细致。

这几年，她热心公益，经常去养老院做义工，还结交了一帮和她一样的病友，大家相互鼓励，抱团取暖，活得热气腾腾。

通常情况下，人年龄一大，往往从饮食、到生活、再到心理，会一步一步放弃自己，进入一个随波逐流的状态，更别说一个曾经被判过只有五年生命期的癌症病人。可"女皇"坚决不抚摸残缺，内心总是一片春之声。她就像一朵马兰花，虽柔弱，却一刻不停地将根茎努力往泥土深处扎下去，奋力伸出贫瘠的枝干，举起柔嫩的叶片，迎接风吹雨淋。每一天的日升月落，每一脚的步履沉重，平凡而重复，却都是生命的尊严。

"女皇"说："只要你认真去感受，去捕捉，友好地对待生活，就会发现，生活里，并不都是苦。"

我想起叙利亚诗人阿多尼斯的诗："世界让我遍体鳞伤，但伤口长出的却是翅膀。"这正是"女皇"的写照。

土豆吃完了。

地瓜吃完了。

走出花家怡园，相互摆摆手算是道别了。因为我们知道，不管谁说再见，都是客气。过不了几日，就肯定要再见。

我想写写"女皇"，问她要照片，她给了我两张"不要脸"的照片。

我问她："为啥?"

她说："万一谁看上我咋办?"

"你就臭美吧!"

虽然嘴上这么说，可心里真的觉得"女皇"不仅人美，心更美……

一个有颜值，更要用实力证明自己的特战女兵

马严提干啦!

这个消息给我带来的兴奋感，就好像自己中了大奖似的。

马严是谁? 她可是我崇拜的特战女神啊!

先来画个像：马严，又名"女汉子""假小子""霸王花""狙击玫瑰""火凤凰"；"特等狙击手""特战尖刀先进个人""特战尖兵"。敢与男兵比捕俘、练格斗；敢跟教练班长较劲跑 400 米障碍、攀登 20 米高楼，且常常胜出，刷新各项纪录、勇夺冠军……

厉害吧?

太酷了!

认识马严，是在 2015 年央视军事节目《谁是终极英雄》颁奖仪式上，当时她是唯一的获奖女特战队员。

我们坐一桌，看着她英姿飒爽的模样，心里那个喜欢甭提了!

马严的出现，勾起了我曾经的梦想。当年，我是抱着当一名女特战队员的梦想参军入伍的。

一个喜欢中国古典金戈铁马边塞诗的女青年，一个偷偷读雨果、托尔斯泰的女青年，大抵都有点英雄豪气。可入伍后的经历与想象中的"金戈铁马，气吞万里如虎"，远了十万八千里。明白了，特战女兵梦无枝可栖了。

看到眼前的马严，那个已经遥远了的梦想似乎又清晰了。只不过，

它已经由眼前这个小女兵实现着。于是，便一直默默关注着她的点滴进步。逢年过节，她会发来真诚的祝福，我也会叮嘱她千万注意身体。担心她训练中受伤，牵挂她比武后的恢复。我们不是亲人，可牵肠挂肚……

得知马严提干的消息，惊喜之中，也感到这是一种必然。人民军队，需要千千万万个像马严这样有忠诚、有信念、有担当、有追求的士兵。

在高手如云的特战旅，一个女兵，如果没有过人之处，是不可能让男兵服气的，更不可能在提干指标如此稀缺的情况下，获此殊荣。可想而知，马严所付出的努力。

2013 年，马严从四川绵阳入伍。新兵连时就获得新训比武考核第一名。后来当通信兵，下发的号码簿被她翻烂了四本，在旅里组织的话务专业比武中，获专业第二名。

旅里选拔一名女兵参加集团军狙击手集训，她自告奋勇参加。男兵练什么她就练什么，男兵什么标准她就什么标准。在她看来，男兵女兵除了性别没什么不同，所有的训练科目和强度都是一样的。

最后考核时，她从参训的百余名尖子中脱颖而出，斩获集团军历史上首位"特等狙击手"。

不久，她又参加"特战尖刀集训"，格斗、攀登、武装泅渡……每一个课目都异常艰难。

海上课目，集训队要求必须游到 5000 米，可马严不会游泳，是个"旱鸭子"。她从零开始，加班加点训练，脸上、身上不知晒脱了多少层皮，也不知道被海水呛了多少回。终于，能游 100 米了，能游 300 米了……1000 米、5000 米，她不断进步，不断超越自我。集训结束时，已成为一名合格的"特战尖兵"。

只争第一，向我看齐！这是马严的响亮口号。她这样说，也这样做。身为女子特战班班长，她处处高标准严要求，自己首先过硬，又把女兵班带得令男兵刮目相看。

入伍五年，短发依旧，皮肤变得越来越黑，手上的老茧越来越厚，身上的"伤痕"越来越多。所有这一切的背后，是她千锤百炼的付出。

千锤百炼，是锻造威武之师、必胜之师的人间正道。

正是领悟和信奉千锤百炼这个正道，马严对自己的要求是自觉自愿的。她说："越是祥和的日子，越要有危机感，越要严酷训练。"

在外人看来，特战女兵身上，多了男人气，少了女人味。对这个问题，我曾专门问过马严。她是这样回答的：没有一个女孩子"天生"就愿意这样，没有一个女孩子是不爱美的，关键是看你怎么个美法。你看到的花枝招展是美，我闻到的汗味是香。你厌倦了咖啡的滋味，我喝一口白开水也觉得甜。追求不一样，境界自然不一样。

她说自己曾经看到过一句话："战争让女人走开。"她认为，这句话大错特错了，应该是"战争让女人走来"才对。当兵，就是要时刻为打仗做准备，女兵也是兵，花里胡哨的不行，必须千锤百炼才能练出真功夫。

她在日记中写道："军人的颜值在于吃苦奉献、保家卫国；军人的颜值在于英勇顽强、能打胜仗；军人的颜值更在于逢敌亮剑、亮剑必胜。"

马严像一棵朴实无华的小草，在军营这块生机勃勃的绿地里，不慕虚荣，不求浮华，用青春美擎起岁月，忍艰难，忍困苦，忍辛劳，始终追求着强军梦的"精神高地"。

这就是马严，一个有颜值，更要用实力来证明自己的特战女兵。

其实，马严在那些狙击、耐寒、猎人、越障、耐力、伪装、滑降、攀登、射击、潜水、跳伞、军事地形、野外生存等等训练中，以突破女儿身极限，赢得对手尊重的顽强意志，忍受了多少常人不能忍受的艰难，许许多多的细节如果展开来写，不是千把字能够容纳的。但她不让写，说写多了，担心女孩子们害怕当特种兵了。

是啊，这种担心不是多余的。当一批批颇有些娇嫩的士兵走向军营的时候，当战争的残酷被"娱乐化包装"的时候，当利益与享乐受到社会更多追捧并浸染到部队的时候，谁来给士兵刻苦练兵的动力？谁来锤炼士兵敢于拼杀的强悍作风？谁来让士兵在现代战争中成为如狼似虎的勇士？

特战女兵马严的追求，告诉我们：千锤百炼永不过时。

军人，只有千锤百炼，才能赢得过去、赢得现在、赢得未来！

冰山上的来客

写在前面的话：打开中国军视网，在酷图栏目里，看到一组照片，反映的是喀喇昆仑山上三位 90 后女兵的工作生活。

岁月悠悠，岁月难忘。看到这组图片，让我想起了三十年前采访过的三位女兵：吴国娟、党新群、白素芬。她们打破了喀喇昆仑山海拔5000 米以上"生命禁区"从没有女兵上去过的先例。她们不仅上去了，而且光荣完成了任务。

如今的喀喇昆仑山守防官兵，工作生活条件已发生了天翻地覆的变化。想一想三十年前，我们的边防官兵，那是在怎样的艰苦环境下，靠着惊人的信心毅力与恶劣的自然环境作着顽强抗争？吴国娟、党新群、白素芬，你们现在在哪儿？三十年过去了，你们还好吗？

快过春节了，谨以此文献给当年三位伟大的女兵！也献给那些常年默默奉献在喀喇昆仑山上的边防官兵们！

向你们致以最崇高的敬礼！

横亘于新疆、西藏的喀喇昆仑山，平均海拔 5500 多米，是世界第二大冰山。这里空气稀薄，终年积雪，被生物学家喻为"生命禁区"，被地质学家称为"永冻层"。

然而，在这万山之祖的喀喇昆仑山上，却奇迹般地飘来三个兵姑娘。

她们普通，普通得像几片飘落在喀喇昆仑山上的小雪花；她们平凡，平凡得只能用"一般"这样的词来形容。

狂风呼啸着卷起山顶的积雪，脚下的路像一条飘逸的带子，消失在深涧里。像蜗牛一样蠕动的汽车，迎着风雪，发动机"呜呜"吼着。

"快到麻札了。"吴国娟推了推斜靠在她身边的党新群。

"麻札?"党新群不自觉地坐直了身子。

听老司机讲，雪山上被风暴夺去生命的人，能找到尸骸的，都埋在这里。久而久之，藏民们便给这儿取名为麻札。

党新群紧了紧大衣，想想沿途看到的事故车辆，她下意识地抓紧了吴国娟的手。

"大家准备准备，今晚我们就住在麻札。"队长吩咐大家。

"快看，那里有帐篷。"说话的是白素芬。这个二十四岁的姑娘，性格开朗，热情活泼。

车停了。迎接她们的，只有从山上飘来的潮湿的风和如墨的夜色，几点朦胧的星光。

她们被带进了帐篷。

第一次有女人走进属于男人的世界——帐篷里坐着的、躺着的男子汉们都愣住了。寂静，足有一分钟。突然，"呼啦"一个战士站了起来，紧接着，"呼啦"站起了一片。男兵们把最好的一顶帐篷让给了三个姑娘住。

夜风撕扯着帐篷，像幽灵一样吼叫着。夜风钻进帐篷，像猫爪一样抓挠着三个姑娘的心。高山反应，使她们头痛得像要炸开，胸闷得如同有一堆棉花堵着。已是后半夜了，她们依然背靠着背倚在一起。吴国娟打开手电，翻着日记。为了能争取到这次上山执行任务，她们三个几次找领导请战才如愿以偿。她们的任务是负责安装、检修载波机、电话等。工作地点还没到，再往上走，还会出现什么反应，不知道，一切都还是个未知数。

只有风雪、风雪，还是风雪。

要过黑卡达坂了。坡道上全是冰雪，汽车打滑无法通过，她们只好步行。

阴沉的天空还飘着碎雪，积雪没膝。不一会儿，大头鞋变成了冰靴，汗水从内衣向外渗透，雪水固执地从外往里推进。当雪水和汗水在棉衣上会师的时候，刺骨的刀子风便找到了一条通道。渐渐地，她们感到后背冰凉。

所幸的是，巴仑台站有车来接她们。

可是，不知是联络出了差错，还是别的原因，她们在预定时间地点没见到接应的人们。失望，顿时使人感到精疲力竭，举步维艰。

党新群被风湿关节炎折磨着，步履有些蹒跚。现在还不是最困难的时候，最困难的是登顶，风更狂，雪更大，路更险。

饥饿、寒冷，像两个幽灵，折磨着这一队行进在人迹罕至的雪山路上的人。在一个避风的雪窝里，队长下令吃点东西再走。每个人手里捧着鸡蛋、罐头，却无法送进嘴里。零下四十多摄氏度，所有的食品都变成了铁硬的冰块。吴国娟从口袋里摸出一截青葱。那是离开麻札时，一个小战士给她的。吴国娟当时只觉得小战士挺有意思。

白雪皑皑的雪山中，这截青葱那么鲜艳，让人悦目。此时，她们才真正理解了小战士的用意。绿色，是生命的颜色和象征呀！

天黑前，一队雪人终于到达目的地。

在风雪中冻了一天的姑娘们，手脚发僵。白素芬内急，手是僵的，越急越解不开腰带。两个女伴帮忙也没能折腾开。急得白素芬快落泪了，吴国娟只好向男兵求援。队长下令："小张，你去，这是任务！"小伙子只好硬着头皮去完成这特殊的任务。

喀喇昆仑山，一座冰山，一座雪山，笑纳了这一切！

怎么，眼睛忽然睁不开了——好强烈的阳光。白雪皑皑的山顶，闪着银子般的光辉，天空，碧蓝如洗。不一会儿，浑身竟有了暖意。老天爷终于给世界微笑了。三个姑娘上山后第一次遇到这么好的天气。

"走，采雪莲去。"吴国娟看到天气这么好，招呼女伴们去找雪莲。只听说过雪莲是名贵药材，还真没亲眼见过。

她们离开驻地半小时，起雾了，路径难辨，没有经验的姑娘们迷路了。

气温骤降，碎雪夹杂着细雨，劈头盖脸而来。都说昆仑山的天气是小孩儿的脸，一天好几变，真是这样的。三个姑娘互相搂抱着取暖。白雪纷纷，把她们一路上留下的足迹抹得一干二净。冻得直打哆嗦的党新群，又想起了老司机说的，被风雪夺去生命的人，能找到尸骸的，都埋在麻札……她流下了眼泪。

……我们还年轻，还有好多的事等着我们去做，无论如何得回驻地！……生命多美好啊！那罐头盒里生长的无名小草……还有可爱的战友们……这一切都那么亲切……我们都还没结婚，爱情，多么吸引人。被人爱，又是多么幸福……不！不！决不能在这儿……

风雪昆仑，摆开阵势与青春、信念较量。

三个小时后，她们被救回营地。三个姑娘在男兵们伟岸的怀抱中醒过来了。男子汉火一样的胸怀温暖着快要冻僵的姑娘，传导着生命的希望。

泪水无声地流。女兵哭了，铁一样的男兵也哭了，为了三个复活的生命！

清晨，三个姑娘伫立在雪坡上远眺——山下，很远的地方，也许家人正围在电视机旁，欢声笑语不断。空气中弥漫着醇香，那儿，有亲人、朋友、同学，是一个狂欢的世界。

"你说山下的人能理解我们的孤寂吗？"党新群歪着头问吴国娟。

"能，等我们让最边远的地方和北京通上电话。然后，下山把这些讲给他们听，他们一定能理解我们。"

"我真想听听舒伯特的小夜曲！"党新群梦呓般地轻声说。

"我想痛痛快快洗个热水澡，那才叫舒服，比小夜曲强多了。"白素芬的愿望。

难怪，姑娘们自上山后就没洗过一次澡，就连洗脸水，都是靠一盆一盆的融化雪水。

三个姑娘站在雪坡上，放开喉咙，一起对着雪山大喊："啊——"

大山把她们的呼唤传得很远很远："啊——啊——"

喀喇昆仑山，又飘起了小雪花……

|第四辑|

微人微语

坚持是一种品格，坚持是一种力量，坚持更是一种智慧！

越坚持，越进步；

越勤奋，越幸运！

没有大胸襟、大抱负、大志向，就不可能有大才华、大手笔、大篇章！

只有相信梦想，梦想才会回馈我们！

岁月送给我们苦难，也一定会馈赠我们清醒与冷静。

真名说假话，假名说真话

这是两个真实的故事。

前些年，在云南边境的一场战斗中，士兵老何以身体滚爆山坡上的一个地雷阵，上级决定授予他特等英雄的称号。但是，老何对前来采访的记者说："我不是有意滚雷，是不小心摔下去，没办法，只能顺势滚下去。"记者说："特等英雄的称号已经报了，你就顺着主动滚雷的说法说吧。"但是老何觉得不好意思，坚持说他是不小心摔下去的。结果，那次获得英雄称号的是另外两个战友。现在，他们都已经成了副司令员。而老何很快就复员了，回到四川农村，现在仍然是个农民。

一些人问老何是否后悔，老何说："我本来就是一个种地的，如果摔一跤摔成了大官，那才后悔呢!"

上世纪九十年代，秦医生在一家医院的妇产科工作，有一天快下班了，来了一位病人，他匆匆忙忙检查了一下："你子宫里可能长了个东西，最好尽快动手术。"病人的脸一下苍白了，怪不得最近总是虚弱心慌。幸亏发现得早，应该不至于扩散。

手术很快就安排了，对秦医生而言，已经有上千次手术的经验。这个肿瘤应该不大，只需一个小切口。打开病人的腹部，向子宫深处观察时，他惊住了，汗珠冒上额头。这是他行医数十年中，不曾遇到的失误。子宫里不是肿瘤，是个胎儿。他陷入矛盾，如果把胎儿拿掉，然后告诉病人摘除的是肿瘤，病人一定会感激万分，而且可以确定那所谓的肿瘤，一定不会复发。相反，迅速缝合刀口，承认自己的失误。几秒钟的心理挣扎，他选择了后者。

回到办公室，等待病人苏醒后，秦医生来到病人床前。他严肃的神情，让病人和旁边的亲属们手脚冰凉，等待癌症末期的宣判。

"对不起，是我搞错了，你只是怀孕，没有长肿瘤。"他深深地道歉："孩子安好，一定能生下一个可爱的小宝宝。"

病人和亲属全呆住了，隔了十几秒钟，病人的丈夫突然冲过去，抓住秦医生的领子，吼道："你这个庸医，我要告你!"

后来，孩子安全产下，发育很正常。但是家属不依不饶，秦医生被开除了公职，只好到一家私立医院去打工。他昔日的朋友很同情他，问他为什么不将错就错？就说是个畸形死胎，又有谁知道？秦医生淡淡一笑："老天知道!"

讲真话，你必须承受得起同步而来的憋屈、窝囊和痛苦。

老何与秦医生令人敬佩，他们什么都可以舍弃，但不舍弃内心的真诚；什么都可以输掉，但不输掉自己的良心。

一个敬畏自己灵魂的人，才是真正的英雄。

一个承认自己有错的人，才是人格高尚的人。

现实生活中，许多时候假话充斥在我们周围，没有人敢讲真话，很少有人愿意讲真话。平时，人们用真名说假话；网上，人们用假名说真话。

一个单位，一个团队，如果人们习惯于讲假话，那一定是这个单位、这个团队出了问题：假话受到了真话的待遇，而真话受到了假话的待遇。

如假话成为假话者的通行证，真话成为真话者的墓志铭，才是一个单位、一个团队的最大悲哀!

有人调侃：生活中存活率最高的人，恰恰是不说话的人。

人在囧途，不说话显然做不到，但我们可以守住说话的底线：力争讲真话；不能讲真话时可以保持沉默；无权保持沉默而又不得不说假话时，则不要伤害别人。

有时候，讲真话，做好人，是一件很辛苦的事，但也是一项立身立行，让人生增值的事。讲真话，让人理直气壮，为人淳厚，人生自在，永远不怕"穿帮"，活得无愧、无悔；做好人，让人心灵安宁，坐也坦然，行也从容，永远不怕"鬼敲门"，活得踏实、心安。

一位哲人说得好：为人，头顶天，脚踩地，行得端，才能走得正。处世，莫欺人，莫欺骗，怀揣真，才能收获暖。帮过你的人，一辈子都要铭记于心。暖过你的人，一辈子都要珍惜于心！

坚持， 是生命的一种智慧

竹子用了四年的时间，仅仅长了三厘米。从第五年开始，以每天三十厘米的速度疯狂地生长，仅仅用了六周的时间，就长到了十五米。其实，之前的四年，竹子将根在土壤里延伸了数平方米。

做人做事亦是如此，不要担心你此刻的付出得不到回报，因为这些付出都是为了深深扎根，人生需要储备，多少人，没熬过那三厘米！

汉字"洒"与"酒"的区别，仅仅在于其中的一小横。

传说很久以前，有两个人偶然与酒仙杜康相遇，杜康授他们酿酒之法，叫他们选用秋熟饱满的黑糯米，调和以冰雪初融时高山流泉的碧水。

注入千年紫砂土制成的陶瓮，再用初夏第一张看见朝阳的新荷覆紧，密闭七七四十九天，直到凌晨鸡叫三遍后方可启封。

像每个传说里的故事一样，他们历尽千辛万苦，找齐了所需的材料，把梦想一起调和密封，然后潜心等待那个时刻。等待总是漫长而令人焦虑的，第四十九天到了，两人夜不能寐，盼着鸡鸣的声音。东方微曦，传来了第一声鸡鸣，过了很久，依稀响起了第二声，第三遍鸡叫到底什么时候才会来？其中一个人忍不住了，他打开了陶瓮，里面的一汪水像醋一样又黑又酸。大错已经铸成，损失无法挽回，只能失望地把它洒了……

而另外一个人，其实也是按捺不住想要伸手，但还是咬紧牙关坚持到了第三遍鸡鸣响彻天空，甘甜清澈的美酒呈现在眼前，他只是多坚持了一刻而已。从此，"洒"与"酒"就有了那道，看似普通但又不寻常的一横。

成功与失败，需要机遇，聪明的头脑，更需要多坚持那么一刻。坚持是一种品格，有时可能是一年，有时是一天，有时，仅仅只是一遍鸡鸣，就收获了快乐的果实。

一个人，每天完成一些简单的事，坚持下去就变成了不简单。坚持看似简单，实则不简单，这里藏着成功的最大奥秘。坚持不一定成功，但没有坚持，肯定不会成功。坚持，是生命的一种智慧，命运永远也阻挡不住全力以赴的人。

我们的生命中，有两样东西非常珍贵，一是时间，二是坚持。只要我们抓住时间，学会坚持，就离自己的梦想越来越近。通往成功的路上，不需要太多的豪言壮语，不希求太多的掌声鲜花，只要——

认准目标，坚持到底；耐住寂寞，抵住诱惑；守住干净，把住方向，成功的小花就会向你摇曳。

成功需要梦想，梦想需要勤奋，勤奋需要坚持。做到了这三点，就没有做不好的事！

古人说的好：

有志者，事竟成，破釜沉舟，百二秦关终属楚；

苦心人，天不负，卧薪尝胆，三千越甲可吞吴。

坚持是一种品格，坚持是一种力量，坚持更是一种智慧！

决定一个人成就的，不是天分，也不是运气，而是坚持和付出，是不停地做，重复地做，用心地做，当你真的努力了，付出了，你会发现，自己潜力无限。

越坚持，越进步；

越勤奋，越幸运！

回避逢迎，怀念真情

看到一则名人逸事。

季羡林和胡乔木是老同学，胡乔木对季羡林的友情，始终有增无减。胡乔木多次探访季羡林，奇怪的是，季羡林却一次也没有回访过。即便如此，胡乔木有了新鲜的吃食，也不忘给季羡林捎一点，和他分享。

平素最讲礼仪的季羡林，却"来而不往"，"什么吃的东西也没有给胡乔木送过"。

有一年，胡乔木约季羡林到敦煌去参观，他也婉言谢绝了。据说，胡乔木逝世后，季羡林撰文《怀念乔木》，追述他们相识、相知的往事，文章平淡从容，温馨感人。季羡林说，两人相处六十年，胡乔木生前，他刻意回避；胡乔木去世后，他不胜怀念。他回避的是逢迎，怀念的是真情。

我把这个逸事讲给朋友听，"编的吧？"朋友不太相信，又说，"也许过去有，现在不可能有这种事了。"

这个逸事是不是编造加工的，我不知道。但我专门在百度百科上阅读了《怀念乔木》这篇散文，真情厚谊流露笔端，读出的是季羡林老先生那颗对人、对己、对万物存在的真诚初心。

也许，当代人的经历比较复杂，人际关系也比较复杂，心思已被磨砺得复杂了，不能欣赏，难以相信季羡林老先生这种回避逢迎，怀念真情的做派了。

的确，今天的社会，比比皆是围绕大人物，从者蜂拥，奉承阿谀，人人都以能打扰他们为耀。

政治哲学是第一哲学，而分清敌我是政治的首要。

如果，你不随现实需要起舞，只有被淘汰下去。人微自然言轻，没有谁以一个小人物的是非为是非。

季羡林老先生就像一棵无言的树，不喜繁华，不善应酬，却长满了真情实意。

我相信这个故事是真实的，我也始终相信：长留史册的，不是锱铢必较的利益，而是肝胆相照的真情。与人坦诚地交往，会使我们留存着对真诚的敬重，会使我们润泽在真诚中，沐浴在阳光里。

世间万物，瞬息万变，唯一不变的，是人间的真情。

真情胜过万金。

有一个形容词：见多识广。可有时候，见多未必识广，有的人位高权重，经得多见得多了，反而增长了傲气、骄气、狂气、奢气……反倒比孤陋寡闻的人离真诚更远。

见闻只有进入智慧的大脑，真情的大脑，才会化为精神的养料。

当我们在决断利益分配时，在选择个人发展途径时，在追求地位名利时，如果把"逢迎、恭维、假话"作为生存的必需，人就离"人"的本质越来越远了。

当真情、真话、真诚成为我们这个时代的稀罕物时，悲哀就成了常客。

在当下缺失真情、缺少真话、缺乏真诚的时候，季羡林老先生的这种回避逢迎，怀念真情的精神境界，如一块蒙尘的玉，闪耀出它惊艳的光泽，给人们以警示。

红尘世间，我们要一点一滴地找回真实、真情和真诚，尽管很艰难，但依然充满了希望。因为，我们总要趋光而行，总要与美好相依为命。

什么是伟大的时代？就是谁也不把伪君子放在眼里，谁也不给投机分子机会，谁都鄙视说假话的时代。

女人，男人

　　女人有她们不可改变的天性，她们总是很自信地执有一种优越感，总是希望有人来哄她们，欣赏她们，爱她们。女人有一种根深蒂固的依赖性，她们很少想要自己创造和改变，总是在依赖男性，最多也只能做到一种维持和对现有自在状态的保护和对自我的完善。她们在人类的结构或家庭的和社会的结构中，起着一种承上启下的连接作用。成熟前依赖父母，成熟后依赖男人及儿女。

　　在人类的历史上，几乎就找不到几个女人是哲学家、思想家，潜意识大量积贮的依赖性使女人不愿去思辨，她们仅凭直感去认识一切，或者说，是在感受，而不是严格意义上的认识。

　　女人喜欢流眼泪。她们在悲伤的时候哭，高兴的时候也哭，为死的人哭，也为生命的诞生而哭。鲜花的凋落，缠绵的乐曲，一句不合适的话都能引出女人的泪水，所以，有人说女人是水做的。

　　女人喜欢抱怨，跟自己的配偶闹不愉快时去跟朋友抱怨，跟朋友闹不愉快时，又会去和配偶抱怨。她们觉得是因为关系没有处好才抱怨，其实，是因为总抱怨，所以关系才处不好。她们不应该抱怨，而是应该找出问题所在，去解决问题。

　　男人就不同了。他们的成熟也就是他们苦苦奋斗的开始，也是他们烦恼和痛苦的开始。与生俱来的男人的责任使他们每时每刻都在想到背上沉重的压力。他们必须动用更大的毅力和力量来承担，这就逼迫着他们比女人想得更多，迫使他们来更强地完善自己的精神。而感情被压缩了，只能占有很小的量，以至于"感情用事"这个词几乎成了男人的一种懦弱和耻辱。

优秀的男人对那被压缩的一块比例很小的感情要求很高，他们不能得到很多的量，就只有要求质了，他们需要很纯的质。男人必须从宏观上来认识世界，来适应世界，他们必须具有或几乎是本能的主动性，对外界的防御以及改造或创造，他们是主动的。而女人是被动的，缺少进取，在她们的潜意识里，更多的是消极的抵御。

女人一贯从微观上来认识世界，她们眼中的外界是抽象的，是不具体的；而男人眼中的外界就必须是具体的，不管他愿意不愿意，他都必须具体地去认识世界，而后才谈得上适应外界和改造外界境态。

女人的天地太小了，她们只能把自己的言语、痛苦、忧虑等一切，统统限制在狭小的天地里。因此，女人的心永远不满，于是靠吃零食来填。女人愿意把自己牢牢拴住，这在她们是有潜意识地追逐时尚，好好的脸成了各种化妆品的试验田，女人是自己有限天地里的女神。

男人始终处在一种动荡的活力中，他们必须经受永恒的锻打才能够生存，这是他们的天性。他们执着于工作，似乎工作成了身份的同义词，而且工作愈是重要，身份也愈是显赫。因此，男人成了世界的主宰，成了播种人，成了冒险家，成了征服者……

一个完整的女人，要有点阳刚之气；一个完整的男人，也应有阴柔的能量。一个完全阳刚的男人和完全阴柔的女人，都不是完整的人。只有调和、平衡好自身的阴阳能量，人生才圆满！

桃花源在心中

夜晚，是心的故乡。

朋友发微信，文艺男一枚，借山而居，曰："有个家有个院，还有一个桃花源，并没有那么难。"看得让我怦然心动。

当初，陶渊明写下三百六十字的《桃花源记》时，一定不知道他所描绘的：土地平旷、良田美地、鸡犬相闻、怡然自得。一个自自在在的社会，一种轻轻松松的生活，会永远在人们心中埋下一粒桃花源的种子。

无论岁月如何更迭，每当看到"桃花源"三个字时，都似乎让人心生桃花，暖意融融。毛泽东晚年多次谈到想放浪形骸，寄情山水，去做徐霞客。他上庐山，山下的九江就是陶渊明的家乡，于是赋诗道："陶令不知何处去，桃花源里可耕田?"邓小平在"文化大革命"中落难江西时，在一个绿树砖墙的小院里，养了几只鸡，种了几垄菜，挑粪担水，劈柴烧火，如陶渊明般"守拙归园"，"戴月荷锄"。后来让他出山，他说，我是桃花源中人，只知秦汉，不识魏晋。也许，就是这种能屈能伸的淡定，才让他后来一出山就带来国家的中兴。毛泽东与邓小平，两代伟人都是中国历史上的群山高峰，可他们内心深处，都有一个静谧的桃花源，能隐能出，能动能静，收放自如。桃花源的淡定和怡静，是一种境界，一种回归。回归自然，回归自我。

文学营造的世界温馨浪漫。现实中，也不是每个人都能做到，去山里租农家院当活神仙。休个假住几天尚可，让你天天待在那儿不出一年，想再长留下来的估计很少。还是要回到一地鸡毛的现实。

人能彻底获得自由吗？卡夫卡早就给出了令人绝望的答案：不能。

放眼四周，一些人追逐"酷炫""个性""不羁""另类""特立独行"；一些人胖了，老了，从饮食到生活到心理，一步一步放弃自己，基本进入随波逐流的状态，对自己不再有要求，经历着等待和消耗；一些人闪转腾挪，见风使舵，左右逢源，力争在风云变幻的官场上站稳脚跟。头上的乌纱帽，是其唯一的立场，心里没有原则，只有权术。还有身边少不了的那些伪善、谎言、牢骚、狭隘、平庸、虚荣、贪婪……

正是现实的难，桃花源才成为人们心中挥之不去的梦！

梦，终还是要有的。只要有生命，就会有梦，哪怕是有点遗憾的梦。有了好的心境，桃花源可以在我们心中！因为心境不同，眼里的世界、身边的声音就会不一样。一片原野，我看到的是枯木逢春，你只感到一片空茫；远处传来歌声，我听到的是春之声，你听到的却是喧响；我眺望的是内心丰盈，你抚摸的只有残缺。

不管上天是否厚待我们，只要永远保持心灵的宁静，精神的飞扬，心中的感激，眼中的热泪，只要遵循大地的伦理，抛弃失望、仇恨、孤独、怨气、装腔、嫉妒，无论你是草根还是达官，在生活的琐碎面前，保留一份高贵和优雅，保持住内心的善良和真诚，你就是桃花源中人！

如果你想把好的东西给这个世界，你心中就要先存储好的东西。如果你愿享受心中的桃花源，就先把自己搁在明亮处，对人有真情有深情，不要去发冷发狠，时刻督促自己往高处走，因为下坡路上，没几个人能刹得住车。执着认真地做好一件正确的事，收获就会源源而来。

心定气闲，繁华和清贫就没有多大区别。不虚度不颓丧，光明和希望就在前方。喧嚣中独守一片平淡，富有中坚持一份简单，人生旅程中只有月白风清的淡定，才有那静若秋水的从容。

心中有了桃花源，生命就不老，就能谛听到山水自由的呼吸，大地神秘的心跳，纵使知音稀少，依然一世风流……

心中若有桃花源，何处都是水云间！

人要活得自然本真

"我们活着，常常感到苦，感到累。与人寒暄，言不由衷；为人处世，身不由己。在灯光迷离的舞台上，搽脂抹粉重重衣冠；在觥筹交错的宴席间，虚与委蛇频频举杯；在步履匆匆的旅途上，脸如春色轻轻握手。可是其中有几许真几许诚？有几许从心中迸出的血接通彼此的手心？""我们都有过这样的体验：步入家中放下行装，洗掉生旦净末的油彩，解开紧箍脖子的领带，脱掉僵硬带威的西装，光着膀子卷着身子，或横躺或直卧，彻底地放松自己，露出生命的本来面目，我们就会感到无穷的开心和惬意，谁在乎脸上有雀斑呢？谁在乎姿势不体面呢？谁在乎自己有这样那样的缺点与遗憾呢？生来不很完美，但我们很真实，我们自自然然地把本相交给自己，为什么不坦坦荡荡地把本心亮给他人？"

读这篇精致的短小美文，不禁让我怦然心动。

这是对自然本真的呼唤！

这是对自然本真的期盼！

这是对自然本真的追求！

花儿开着开着就谢了，小草绿着绿着就黄了，孩子长着长着就大了，人啊活着活着就老了。

人生中，许多真切的情感、滋味，年少时懵懵懂懂，毫无知觉。只有到了一定的年龄，当阅历越来越厚、见识越来越多时，身上的尘土也越来越厚，心中的沉重也越来越多。回过头咂摸自然本真的滋味，才真正体会到，能保持住这一美好品质是多么宝贵！多么不易！

有一种人，如花，摇曳多姿；如剑，侠骨铮铮。她既不热衷于品评别人，也不关心别人眼中的自己是女神还是女神经。她没长得那么惊为天人，但自有其可贵之美，洗练洒落，气场独特。这种人，活得自然本真！

有一种人，她不找自己的烦，不挑别人的刺，己所不欲，勿施于人。出门一笑大江横，不斤斤计较。遭遇不公，私底下舔伤口，不抱怨，少生气。她知道，因为你不够牛，别人才敢这样待你。只有强大到一定程度，才能真正做自己。与其郁闷埋怨增加毒素，不如悄悄练"内功"，不如在跑步机上、瑜伽房里丢掉几百大卡，痛痛快快地将负面情绪代谢掉。她懂得合理分配喜怒哀乐，并积极转化，这是呵护自己的最佳方式。这种人，活得自然本真！

有一种人，因为不平淡，所以要承受更多的审视与挑剔，但她知道自己的价值所在，不会被别人的评判干扰。只妥协真理，不畏惧诋毁，把黑夜摁进黎明，在长久的努力中，不断成全更优秀的自己。人生没有满分，缺憾是进步空间，也是美丽余地。这种人，活得自然本真！

有一种人，舍得在自己喜欢的事情上投入时间与心血，并且无怨无悔。当甘愿放下名利的欲望时，根本就不需要去假装说套话了，无论做什么，只要用功、用心、用力就行。每一个人活着的目的，不就是专注地忠于自己的良心吗？她懂得，与其忧惧未来，不如趁现在提升自己，敞开心扉感受身边的关爱，鼓足勇气，提起精神，活出最真实独特的自我。这种人，活得自然本真！

梦自己想梦的，做自己想做的，生命只有一次。自自然然，本本真真。植物缺少了阳光照耀会枯萎，人生缺少了自然本真也会枯萎，那是一种内在的枯萎。当自然本真内化为你的气质，即使到了白发幡然的年华，也会有如白云在蓝天飘逸，高雅澄静令人敬慕。当自然本真内化为你的追求，就算你两鬓斑白，双眼也依然会闪烁着智慧光芒。

时间不会停步，人的生命有限。当我们在追逐梦想、探求成功、渴望名利的时候，如果能重视自然本真的阳光对自己的滋养，也许我们的人生会更有尊严、更加温馨！

生命是用来绽放的

曾经有两部纪录片中的情节给我留下深刻印象。

在一部介绍非洲风土人情的片子中，我认识了一种叫依米花的植物。这种植物只有一根细长的根，必须用五年的时间，才能完成根部对泥土的植入，第六年春才吐蕊绽翠，开出的花极其娇艳绚丽。令人惊叹的是，花期只有两天，之后连根带花全部死亡。

在一部介绍东非草原百万角马大迁徙的片子中，尽管差不多四分之一的角马会命丧在漫长遥远的迁徙途中，但每年又会有将近五十万的新生命，在到达目的地后诞生。新生命的诞生是大迁徙史诗中最神圣的篇章，刚出生的小角马，必须在十几分钟之内完成站立和行走，跟上母亲的脚步，新生命迈出的第一步也标志着新一轮大迁徙即将开始。

我，被深深震撼了！

小小的依米花，在非洲荒漠那么恶劣的自然环境下，倔强地生长。六年的风霜雪雨，它默默无闻，让所有忽视它的人见证了生命的顽强。六年的漫长煎熬，它将自己的生命彻底点燃，两天灿烂的绽放，证明了当初无悔的选择。试想，茫茫大漠，风沙肆虐，脆弱的依米花独自承受，它细小的根里该有火一样的信念在支撑着！

小草追求盎然的春色，在严寒中孕育出点点新绿；

谷穗追求丰盈的秋光，把硕果奉献给金色的大地；

依米花追求一个永恒的满足，让生命辉煌壮丽！纵使寂寞一生，也要赢得一个透彻的美，纵使叶落英残，也要绽放出自己的精彩！

看到小角马出生踉跄着摔倒又站起的那一刻，让人由衷地感叹生命的顽强与不羁——那些从塞伦盖蒂草原长途跋涉而来的动物，只是为了马赛马拉雨季肥美的青草，它们将在这里繁衍后代。没有任何东西可以阻挡它们前进的步伐，无论是凶猛的狮豹还是残忍的鬣狗；无论是炎热的太阳还是弥天的沙尘；无论是熊熊的山火还是浓浓的烟雾；无论是湍急的马拉河激流还是饥肠辘辘的鳄鱼，角马怀着对生存本能的渴望，怀着对未来生命的希望，怀着对清新绿草的期盼，冲破狮豹利爪和鳄鱼尖牙的阻截，冒死渡河，勇往直前，绝不后退！

在这个世界上，万物都有灿烂一回的权利，这是上苍赐予的福祉。小小的依米花绽放了自己的生命，而我们人类，比依米花要智慧理性得多，灿烂一回的理想比依米花更强烈，可我们有没有一生都不屈不挠地去努力？有没有在所有的岁月里，都信念不改？很多的时候，我们的梦想会屈从于命运的安排，我们的豪气会退却在困难窘迫面前……

角马在迁徙过程中，饥饿和温饱、弱肉和强食、生存和死亡只差一线。从某种意义上说，只有经过了马拉河水洗礼的那些生命，才有权利和资格活下去。马赛马拉给了这些动物有尊严的生命。而这百万只角马及其他动物，也成就了马拉河在那个时刻，成为地球上最波澜壮阔的河流！

依米花绽放的生命和角马神圣的繁衍启示我们：唯有经过地狱的洗礼，才能练就创造天堂的力量。

生命的价值不在于活得长短，而在于活出精彩！

人生的意义重在奋斗的过程，重在永不放弃的追求。即使生活中有明明暗暗、冷冷暖暖、聚聚散散、坎坎坷坷、起起伏伏、曲曲折折，但没有人能夺走我们追梦的自由和尊严。

没有大胸襟、大抱负、大志向，就不可能有大才华、大手笔、大篇章！

只有相信梦想，梦想才会回馈我们！

努力奋斗永远都是有意义的！所有的山峰都是用来攀登的，所有的大事业都是由一点一滴的小事业积蓄的。尽力尽情尽一切可能，努力去实现自己的梦想，就会使自己得到更多的智慧和光明、更多的成就和成功。

我欣赏依米花和角马的顽强，在命运无常的风云里，不懈抗争，创造属于自己的独特壮美，即使生命艰难，也无怨无悔！

防火防盗防小人

明朝时，有一个大家公认的小人名叫曹钦程，这个小人还是个进士。

曹钦程最大的本事，是攀附上了明朝大太监魏忠贤，而且，还认魏忠贤为"干爹"。他与一帮小人在一起，对"干爹"吹吹拍拍，极尽阿谀奉承。堂堂一个文化人，认阉人为父，够无耻吧？

魏忠贤本身就是个臭名昭著的小人，曹钦程居然还认他为父，堪称是小人中的"战斗机"。

到了崇祯时期，魏忠贤被诛，阉系遭到清算，曹钦程被算作同党关入死牢。魏忠贤死于1627年，李自成1644年攻陷京城时，曹钦程在大牢里已经待了十七年，结果侥幸被放逐，也算是一个"小强"式的小人。

后来，历史照着曹钦程的模样，给小人画了一幅像：不懂敬畏，没有廉耻，嫉妒心报复心强，见不得别人好，最爱挑拨离间，而且，生存能力极强——不管在什么环境下，都能迅速找到卑诣之道，是典型的投机分子，一副"我是流氓我怕谁"的嘴脸。

物以类聚，人以群分。如今，曹钦程式的小人，认阉人为父不大可能了，但小人的招术还是蛮有特点的：

嫉妒心强。表面心连心，背后动脑筋。看到别人升迁或有好事，恨得牙痒痒，想尽办法搅浑水，惯用"听说"，歪曲事实，无中生有。这种人心胸狭窄，犹如井底之蛙，想的看的就是那么一点小天地，一旦自己的愿望没有实现，便认定是人家挡了自己的道，侵犯了自己的利益，于是，表情阴郁，心里别扭，动不动向人撒晦气。武大郎开店："我们掌柜有个脾气，比他高的都不用。"嫉妒是此等人永恒的本事。

生性多疑。分化同事感情，制造纷争事端，鹬蚌相争，结果渔翁得利。民国大才子张友鸾形容这种人："狐埋之而狐掘之，是以无成功。"意思是狐性多疑，刚埋一物，又不放心，复掘出来看看。以此骂那些疑虑心重，出尔反尔，翻手为云，覆手为雨，翻脸比翻书快，善于撇清责任，办不成一件事的人。

刻意撒娇。见人说人话，见鬼说鬼话，舌灿如莲花，热情嘴巴甜，让人晕陶陶而迷失方向。这种人看似有义气，实则很会刻意"撒娇"。《水浒传》里，李逵犯错宋江大怒要监押他时，李逵道："哥哥剐我也不怨，杀我也不恨。除了他，天也不怕。"注意这最后一句："除了他，天也不怕。"这是当众表忠心，也是当众撒娇。一句话，不但消了宋江的气，而且让宋江念起他的好。撒娇到这种地步，宋江还舍得杀李逵吗？

小鬼难缠。小鬼弄鬼，表现在工作上，言行不一，善于表面功夫，伺机邀功抢功。表现在待人上，表里不一"双面人"，当面夸你奉承你，背过去就损你出卖你。古人早有总结：阎王好见，小鬼难缠。即使抓住了小鬼的把柄，最多无非是批评教育一下。如果和小鬼认真，搞不好还会落个心胸狭窄的名声。一般情况下，人们也不愿多计较，宁可息事宁人。于是，小鬼，就这样一直猖獗了下去。

真诚虚伪。谁得势就依附谁，谁失势就舍弃谁。利用别人的权势，提升自己的地位，没有利用价值的人，进不了他的朋友圈。这种人有时也很豪爽、慷慨、热情。但他豪爽的气概掩盖的是阴毒的用心；慷慨的宽容包裹的是卑劣的猜忌；感人的盛情渗透的是可怕的虚伪。他会以很真诚的态度，表演着拒绝。自己不干事，不担责，也不让别人干事。

落井下石。只要有人跌倒或失败，他会追上来再补一脚。喜欢为烈火烹油，生怕事闹不大是他的特质，还经常扮演事后诸葛，说一些看似关心，实则幸灾乐祸的风凉话。

找替死鬼。明明是自己有过错，却死不承认，昧着良心硬扯瞎掰，也要找一个冤大头来背黑锅。这种人通常口才犀利又敢发誓，很能误导大家以讹传讹，日久则众口铄金，积非成是。至言不能推广，恶言就会获胜，有时，"真相"就此石沉大海，永远被扭曲蒙蔽了。

拉帮结派。善于搞小圈圈，彼此气味相投，或一起捧事，或一起捧人，"拉拉扯扯"当"有趣"，玩得心安理得毫不惭愧。小圈圈里边的人天然具有排他性，一旦看谁不顺眼，便会明枪暗箭，打小报告，写匿名信，造谣中伤。虽然这些谣言，不至于使人缺胳膊少腿，但却让你时时感到心痛。最阴沉的谣言，就是听了这谣言半信半疑，调查之后仍是半信半疑，最后没有结果不了了之……

事实上，小人的特点不只这些，凡是藐视法律，鄙弃公理，刻薄寡情，不遵循伦常道德，唯利是图，损人利己，容易鬼迷心窍的人，通常都带有小人的性格。

古人讲，"画虎画皮难画骨，知人知面不知心""逢人且说三分话，不可全抛一片心""害人之心不可有，防人之心不可无""人不可貌相，海水不可斗量""明枪易躲，暗箭难防"等等，都是告诫人们要看清小人，保护自己。

小人，若是极少数人，制造一些麻烦，挑起一些矛盾，于社会于他人虽说不利，危害终究不会太大。若是手中有些权力，用小恩小惠笼络人心，官场给官帽，商场搞交易，玩猫腻坏世风，遭殃的就是社会大众。若狼狈为奸，串起来搞腐败，带给社会的就是更大的灾难。

如今，不知是社会转型的缘故，还是市场浮躁的必然，好像小人很多也很肆无忌惮。很想提醒那些正直的人、善良的人、单纯的人、年轻的人、快速赶路无暇他顾的人、在江湖上一心行走的人：

要防火防盗防小人！

幸福就是不断的重复和忍耐

有人说，幸福是一种感觉；还有人说，幸福是一种心态。

幸福到底是什么？

我们不能分析它，因为它的成分无穷无尽；我们不能叙述它，因为它没有固定的形态；我们想用文字来定义它，就像要把空气抓在手里：除了不在手里，它无处不在。

幸福确实很难捉摸，人们在讲述幸福的时候，也只是描述它的效果。比如：幸福是哭的时候有人疼，笑的时候有人靠；幸福就是你爱的人，他刚好也在爱着你；幸福就是不管你走到哪里都有人挂念；幸福就是有人陪伴，有人心疼。这些都是比喻，至于幸福本身是什么，还是没说明白。

一次偶然的机会，采访央视"感动中国人物"，被誉为"中国核潜艇之父"的黄旭华院士。

一个人在他的一生中，能创造出如此辉煌壮丽的奇迹，赢得如此非同寻常的荣誉，应该说完全可以问心无愧了。可九十一岁高龄的黄院士告诉我：人生，直到它的终点都是一个挑战。个人的要求要知足常乐，追求创新要永不知足。

谈起生活，黄院士很有自己的心得：天下之福，莫大于知足，天下之祸，莫过于不知足；养生之道，各有其道；琴棋书画，自得其乐；不攀比；想得开；老来俏。

我们聊到了什么是幸福这个话题，黄院士说：幸福就是不断的重复和忍耐。

细细咀嚼这句话，我有一种金声玉振、震撼心灵的感觉。

幸福就是重复。每天跟自己的爱人在一起，听他无数次提起童年往事；每年的同一天和他庆祝生日；每年的中秋、端午、七夕、除夕和他共度。多少年来，嗅着他的气息，听着他的鼾声，甚至连吵架也是重复的，为了一些琐事吵架，然后冷战，然后和好。我们不就是在这些不断的重复中，相信并习惯这种平淡中的幸福吗？

幸福就是重复。有人说，世上所有的幸福家庭都是一个样子的，不幸则有很多种。所谓一个样子，也许就是重复。如果，每天早上睁开眼睛再看不到他，再也嗅不到他的气息，听不到他的鼾声，他不再像往常一样吻你，不再像过去那样温柔地待你……不重复了，幸福也就不再属于你了……

幸福就是忍耐，长久的持续的充满定力的忍耐。忍耐一个任性的姑娘，成长为干练的妻子；忍耐一个办事不靠谱的小伙子，成长为坚如磐石的汉子；忍耐岁月的孤独和风寒……忍耐磨砺成爱的光洁，使她在坚硬的同时，润泽而美丽。

每一个家庭，都是有生命的精灵，正因为家是活的，所以家也会得病也会康复。婚姻有时也可能会骨折，我们的责任，就是当好自己家庭的保健医生……

幸福就是不断的重复和忍耐。这句话真诚而庄重，凝练而含蓄。

人们对幸福的理解有多种：

幸福不是你房子有多大，而是房子里的笑声有多甜；

幸福不是你开多豪华的车，而是你开着车平安到家；

幸福不是你的爱人多漂亮，而是你爱人的笑容多灿烂；

幸福不是吃得好穿得好，而是没病没灾；

幸福不是在你成功时喝彩多热烈，而是失意时有个声音对你说：亲爱的，加油！

幸福不是你听过多少甜言蜜语，而是你伤心落泪时有人对你说：没事，有我在……

的确，幸福很难有统一的标准答案，每个人都有自己的幸福观，就如同天下黄河，一百个人写，就有了一百个不一样的黄河。

但有一点可以肯定：自己喜欢的日子，才是幸福的日子；适合自己的生活，才是幸福的源头！

谁也不用自卑， 谁也不要骄傲

每个人的生命都有高潮期和低潮期。高潮时顺风顺水，春风得意自不必说，如何度过低潮期，才真正考验一个人的智慧和耐力。

如何度过低潮期？一位哲人讲得好：好好睡觉，像一只冬眠的熊。锻炼身体，坚信无论是承受更深的低潮或是迎接高潮，好的体魄都用得着。和知心朋友聊天，少发牢骚，多回忆快乐时光。多读书，看一些传记，增长知识，顺带还可瞧瞧别人倒霉的时候，是怎样挺过去的。做家务，把平时忙碌顾不上的活儿，都抓紧此时干完。

当我们快乐幸福的时候，成功欣喜的时候，觉得命运是如此公平。当我们沮丧彷徨的时候，孤独寂寞的时候，觉得命运是那么不公平。

命运不是一只筐，任你随便往里扔心情。

当美好辉煌的时候，要提醒自己，那是命运的光环笼罩了你，在这个光环里，居住着机遇、偶然，居住着帮助过你的人。当挫折悲哀袭来的时候，提醒自己，走出软弱、纠结和怨天尤人，镇定地面对困难。

岁月送给我们苦难，也一定会馈赠我们清醒与冷静。

安静的夜晚，一盏灯，一壶茶，一抹月光，翻开书页，邂逅那些带着哲思的语言，用心感受每一篇文字的芬芳，用心体会每一张图片的精美，走进内心深处最安静最美好的宁静时光，细细品味那隐藏在日常生活中微小的快乐和幸福，灵魂会一点点被擦亮。

人生短暂，真正的幸福，不是活成别人希望的那样，而是做自己喜欢的事，爱自己喜欢的人。慢下来，不要急，享受生命之花的从容盛开，让活得太仓促的我们，重新发现平淡生活的柔美诗意。毕竟，生活除了奋斗，还有享受当下。

这个时代，始终做一个善良正直的人很难。有太多的诱惑，太多似是而非的理由，让我们怀疑坚持心中的良善是否真有意义。然而不管怎样，还是要坚持做善良的自己，至少善良使我们坚强，面对生活的挫折磨难，才不会轻易失掉内心的安宁。

谁也不用自卑，谁也不要骄傲；站得高未必看得远，跑得快未必先到达。围棋大师吴清源说得好："下围棋就是两个人接连地犯错误，犯得大的、犯得多的输棋。"

人生也是如此，从有钱人变成没钱人，从有权人变成阶下囚的事，已经不少了。人生棋盘上，少走几招坏棋你就是赢家！

那些很牛的人，往往喜欢突破惯性思维

看到两个小故事。

毕加索早年闯荡巴黎，默默无闻，贫困异常，画的画一张也卖不出去。当时他的兜里只剩下十个银币了。于是，他雇了几个大学生，让他们每天都到巴黎的画店转悠，每个人在临走的时候，都要询问店里的老板：

"请问，你们店里有毕加索的画吗？"

"请问，在哪里能买到毕加索的画？"

"请问，毕加索到巴黎来了吗？"

……

不到一个月时间，全巴黎大大小小的画店老板，耳朵里都灌满了"毕加索"这三个字，他们多么渴望见到这位大名鼎鼎的毕加索先生啊！

这时，毕加索带着自己的画，出现在如饥似渴的画店老板面前，成功地拍卖了自己的作品，从而一夜成名。

二十二岁的大学生生蒙，毕业后一直找不到工作。尽管他揣着一张英国伯明翰大学新闻专业的文凭，但在激烈的人才市场上，仍然四处碰壁。

为了求职，他走进了世界著名的《泰晤士报》编辑部，十分恭敬地问："请问你们需要编辑吗？"

对方看了看貌不惊人的他说："不要。"

他又问："那你们需要记者吗?"

对方回答说："也不要。"

生蒙并不气馁："那么,排字工,或者校对呢?"

对方已不耐烦："也不要。"

他却微微一笑,从兜里掏出一张制作精良的告示牌给对方,说:"那您肯定需要这张告示牌。"

对方一看,上面写着:"额满,暂不雇用。"此举让招聘人员很意外,被他的聪明幽默打动了。结果,他被录用了。

二十年后,生蒙成为这家王牌报社的总编。

有时候,事情就是这么简单:比别人多一个心眼儿,多开辟了一种思路,事物的背后,就可能是另一番天地。

倘若毕加索一直不辞辛劳地推销他的作品,或许他永远只能默默无闻;倘若生蒙一味地在招聘人员面前推荐自己,他可能受到的还是冷遇。可贵的是,他们在一次又一次努力未果时,依然不退缩,不卑不亢,不急不躁,让心灵适时地拐了一下弯,以变通的思维,独辟出一条蹊径,最终化逆境为顺境,使不可能成为了可能。

握有好牌的人,未必是永远的赢家;拿到烂牌的人,往往反败为胜。

世上的许多事情都是这样,如果你墨守成规,等待你的可能只有失败;相反,对传统的思维方式进行一些突破,或许就能得到意外收获。

生命,需要突破。

一棵小草,只有突破冻土的压抑,才能装点绿满原野的春色;一泓清泉,只有突破峭岩的阻碍,才能飞泻成为气壮山河的瀑布;一匹骏马,只有突破藩篱的禁锢,才能呈现驰骋大漠的气概;一只雄鹰,只有突破风雨的袭击，才能造就搏击长空的翅膀。

生命，在突破中苏醒，在突破中激扬，在突破中磨砺，在突破中飞翔！

人生，需要突破。

一个人在生活的道路上，总会出现这样那样的偏差，纠正偏差和避免失误都是一种突破。突破幼稚，纯净的心田会收获成熟的果实；突破狭隘，火热的胸怀会包容广阔的天地；突破保守，智慧的头脑会闪烁创造的火花。

人生，在突破中奋进，在突破中重生，在突破中辉煌。

突破需要勇气，突破需要毅力，突破需要智慧。

突破需要思想的解放，心灵的超越，情感的净化，精神的升华。

生命，永远在不断突破中走向完美！

生活最好的状态是丰富的简单

随着年龄的增长，越来越明白：若想生活得随意些，就活得平凡些；若想活得辉煌些，就活得痛苦、复杂些；若想活得长久些，就活得简单些。

简单，不是凑合。

简单，不是浅薄、简陋、粗放。

我说的简单，是在通过自身的努力奋斗后，拥有了基本物质生活的前提下，及时地修正人生的目标，追求简单生活的真谛，追求弃繁从简的理念。

这种简单，其实是一种丰富中的深刻、淡定、精致，是一种专注中的用心、上心、精心。

用心的人改变自己，专注的人改变命运。

居里夫人的会客厅里只有两把简单的椅子。居里夫人获得诺贝尔物理学奖后，来参观拜访学习的人猛然增多，当地政府决定送她一套豪华沙发，但被她拒绝了。原因很简单——有了豪华沙发，就需要人去打扫，客人来多了，招待的工夫也多了，在这方面花费时间未免太可惜了。居里夫人说："我喜欢安静的工作和简单的家庭生活。"

生活如同一把椅子，坐上了庸俗和卑劣，就坐不下伟大和崇高；坐上了虚伪和暴戾，纯真和善良就无处落座；坐上了自私和冷酷，爱心和热情就无法容纳……有了奢华的沙发，自然会想到与之协调的华丽房子，还有苦心经营的位子，以及轻飘飘而又沉甸甸的票子。于是，忙忙碌碌，八面玲珑，心情沉重，哪还有坐下来的轻松和惬意？

著名作家刘心武说："在色彩斑斓的现代生活中，我们一定要记住一个真理，那就是活得简单，才能获得心灵的自由。"

甘地也有句名言："简朴的生活，崇高的思维。"

简单，说起来容易，做起来不易，可一旦做到了简单，你就能搬动大山。

简单的力量，源自纯粹。

一个复杂、闹腾的人，收获的肯定还是复杂、闹腾；一个简单、纯粹的人，大多在某个领域内，成绩斐然。

《人民日报》曾多次推崇极简主义生活方式。我理解，就是返璞归真。明白自己最需要什么，清楚什么对自己最重要，然后用有限的时间和精力，专注地去追求。放弃拜物，精简欲望，简单生活，从而获得最大的精神自由。

简单生活就是享受！

简单生活，能让人在喧嚣浮躁的世界里，得到心灵的宁静安详。

霍华德·金森在《幸福的密码》中讲："所有靠物质支撑的幸福感，都不能持久，都会随着物质的离去而离去。只有心灵的淡定宁静，继而产生的身心愉悦，才是幸福的真正源泉。"

简单生活，既节约能量又节约时间，腾出更多的精力去侍奉心灵。人生如同草木的荣枯，终归会由激越走向安详，由绚丽走向平淡。如果我们能化繁为简，不让无穷的欲念攫取心灵，抬头观看日落，低头欣赏花朵，宁静阅读思考，在丰富中简单地生活，身心一定会清爽很多，踏实很多。

生活最好的状态就是丰富的简单，简单地行走在路上，走过稚嫩的春，喧闹的夏，走进成熟的秋。把人生的涵养、经历和沧桑，化成一份醉人的简单，丰富活着的尊严。

年龄不同， 各守其分

南怀瑾先生说，人生大致可以分为青年、中年和老年三个阶段。

第一个阶段以青年为顶点，人生处在"万物萌动"的春天。

春天自有属于春天的桃红柳绿，莺飞草长，喜雨惊雷，盎然生机。春天自有属于春天的纵横奔放，激情四溢，内涵风骨，外映神采。

青春与三个"想"有关：理想、梦想和思想。如果我们坚持自己的理想，追逐自己的梦想，探索自己独立的思想，青春就开始慢慢成熟了。

不管时代如何变迁，青春里永远不会改变的内核就是学习。

这个世界唯一不败的，是一个人的能力，而成就一个人能力的，除了个人先天的智慧之外，就是知识。所以要不断学习，就像呼吸一样，呼吸着，学习着，便永远不会落伍。

笃学，勤奋兼颖悟，鹏翼初展，虽毛羽未丰，只要匍匐而行，甘于寂寞，张弛有道，板凳甘坐十年冷，大器何待晚成？

青春里最怕患上彼得·潘综合征。

英国剧作家巴里的著名童话《小飞侠》中，有个小孩儿彼得·潘，他希望自己永远生活在梦幻般的"永无乡"里。人们把具有这种强烈的"不愿长大""自扮年轻"心理的人称为彼得·潘综合征患者。

这类患者害怕面对现实世界的激烈竞争，渴望回到儿童世界，依赖他人，不愿承担责任。

孩子在父母的乾坤里，很难独步天下。

那些横刀立马不放手，恨不能化作"千手观音"来呵护孩子的父母们，很有可能培养出的就是彼得·潘综合征患者……

第二个阶段是中年，历经人世沧桑，多了自信、自爱、自尊、自强。

"挥挥手，青春不再有"，心有余而力不足，犹如球赛到了下半场，不会气冲霄汉，不可一世；不会建功心切，舍命拼闯。下半场打的是理性球，讲求成功率，情态自然地老到，少了浪漫；气韵自然地宁静，少了冲动。

人到中年，明白了活着就是一个心情。不能爱的不去爱了，不该想的不去想了，不可求的不去求了，历练出不急不躁的生活外观，不温不火的性格内里。人生的目标，心底的欲望，慢慢调整得更加现实。尤其是经历了一些大喜大悲的变故，看过了一些大起大落的境遇，领悟了一些人生无常的道理之后，更是从容了很多，看淡了很多，便有了随遇而安、乐天知命、秋高气爽般的心境。

人到无求，心必坦荡，言必真诚，志必磊落，行必光明。

中年里最需要精简欲望，缩小梦想。精简与缩小反而是对梦想的一种沉淀，是对人生的一种预见。中年往往"山高自有势，树大必有荫"，一不留神，常胜将军也有可能一败涂地变成草寇。

中年里最需要自律。身材好说明在嘴上自律，气质好说明在学习和修心上自律，人缘好说明在脾气上自律，事业好说明在时间、精力、体力、心力上自律。自律是成功路上的方向盘，把握好了，人生才能一路坦途，到达想要的终点，遇见更好的自己！

第三个阶段是老年，智性大于智慧，"猝然临之不惊，无故加之不怒"。

老年如舵手。在人生这条航船上，舵手手握舵柄，把握着航行的方向。是的，舵手也许干不了年轻水手们干的事情，但舵手干的却是更重要、更关键的事情。成就伟大的事业有时不是靠力气、速度和灵巧，而是靠思想、威望和判断力。

人到老年，历练过复杂之后，学会了九九归一，以不变应万变，自身具备了过滤、化解、澄清的能力。无论这世界如何变化，有自己的见解，有自己的风华。

心清则世界清，心浊则世界浊。

青山不老，为雪白头。

老年里要忍受种种失落，韶华不再岁月流淌，体力下降记忆衰退，生老病死新陈代谢，需要有足够的弹性，来抵御忧郁。

人一老，谈话的兴趣增加，饮食的欲念减退。要经常提醒自己，享受阳光，补钙；享受生活，补爱；保持良好的修养，控制住特别喜欢给年轻人讲道理的习惯，尤其要控制住批评年轻人的欲望。

做老人，切不可倚老卖老，指手画脚的招人烦。劳累了一辈子，好好享受一下岁月静好比什么都好。

年龄不同，各守其分，应该成为我们的座右铭。

善待自己的心

翻开《新华词典》，以"心"为偏旁的字有很多："念、想、思、恩、恶、愁、慈、忘……"。除了这些卧在底下的"心"以外，还有很多站着的"心"："悦、怀、怕、恨、惜、快……"。

可见，我们的老祖宗在造字的时候，是多么重视"心"的作用。

心为血之海，那里汇聚着每个人的品格智慧精神情操。

心的质量，就是人的质量。

有一个故事：苏格拉底单身时，和几个朋友一起住在一间狭小的屋里，生活非常不便，但他整天乐呵呵的。有人问："那么多人挤在一起，你有什么可乐的?"苏格拉底说："我们随时都可以交换思想、交流感情，这不是很值得高兴吗?"

过了一段时间，朋友们相继搬了出去，屋子里只剩下苏格拉底一个人，但是他仍然很快乐。那人又问："你一个人孤孤单单的，有什么好高兴的?""一个人安静，我可以认真地读书，这怎么不令人高兴呢?"

几年后，苏格拉底搬进一座七层楼，他住最底层。底层的环境较差，经常有人从上面扔一些乱七八糟的东西，苏格拉底还是一副自得其乐的样子。那人又好奇地问苏格拉底为什么高兴，苏格拉底说："住一楼进门就是家，进出、搬东西都很方便，而且还可以在空地上种花草……还是有很多乐趣的。"

过了一年，七楼有一个偏瘫的老人，上下楼很不方便，苏格拉底便将一层的房间让给老人，自己搬到最高层，每天依旧快快乐乐。那人揶揄他："住七楼是不是也有许多好处啊？"苏格拉底说："是啊，没有人在头顶干扰，白天黑夜都安静，还有很好的光线，看书写字不伤眼睛。"

后来，那人遇到苏格拉底的学生柏拉图，问道："你老师为什么总是那么快乐？"

柏拉图说："因为老师不能控制别人，但可以掌握自己；不能左右天气，但可以改变心情；不能选择容貌，但可以展现笑容。"

徒弟对老师的解读很到位。同样一件事，悲观的人面对，是萎靡、消沉；乐观的人面对，则是轻松、快乐。

如果一个人的眼里都是垃圾，那他的世界就一片腐臭；如果一个人的眼里都是鲜花，那他的世界就一片灿烂。

一颗自强之心，带来的是勤奋刻苦、百折不挠；一颗尊严之心，带来的是珍惜自然、善待万物；一颗羽翼丰满的心，就会乘上梦想的翅膀，去抚摸星星和月亮……

有时候，我们的心很坚韧，千百次的委屈，照样修整如初；有时候，我们的心很柔软，如泣如诉如绢如帛；有时候，我们的心很脆弱，一句谎言，就让它痛不欲生，一个阴谋，便让它万劫不复……

一颗心，是我们活在世上的立身之本。唯有守住这颗心，我们才能认清自己。

善待自己的心，想最好的，做最好的，期待最好的！

心如冰雪，自会高洁耐寒；心如丝绸，自会柔滑飘逸；心如玻璃，自会晶莹剔透。

心鄙俗，必然带来行为的鄙俗。

心高贵，必然带来行为的高贵。

呼吸着学习着

著名作家王蒙先生说："学习是我的骨头，学习是我的肉，学习是我的精气神，学习是我的追求、使命、奋斗。学习是我的支撑，学习是永远不可战胜的堡垒，学习是我的永远的主动性积极性，学习是我的立于不败之地的保证。"

"伴我一生，成为贯穿我的生活自始至终的内容，成为我一生的一条主线的东西，就是学习。不受任何条件的限制，从不停歇，从来没有怀疑过其价值和意义，从来都给我以鼓舞和力量，给我以尊严和自信，给我以快乐和满足。"

这位八十多岁的老人，一直称自己为学生。"我的最大特点，我的贯穿平生的身份不是别的而是学生。我从来没有停止过学习，每个人都是我的老师，每个地方都是我的课堂，每个时间都是我的学期。"

这是一种多么快乐、健康、坦然、清爽与光明的境界！

绝不仅仅是令人感动，这是一个大师追求学也无涯、思也无涯的人生真谛，是一种洞悉宇宙无止境的人生哲学。

的确，这个世界上唯一不败的，是一个人的能力。而成就一个人能力的，除了个人先天的聪慧之外，就是知识了。所以，要不断学习，就像呼吸一样，呼吸着，学习着。

学习犹如补钙，可能一时半会儿看不出结果，但时间久了，终生受用。一切体验经验都是学习。新体验新经验是学习，老体验的重复也是一种学习，温故而知新，所有的"故"里都可能有你未曾发现的新天地、新感觉。

学习是一个人的真正看家本领。一个人无论干什么，归根结底要有实力，而实力的绝大部分来自学习。本领需要学习，道德修养需要学习，知识需要学习，享受生活质量、拥有健康心理都需要学习。学习是从始至终的，全天候的，无条件的。

学习涵盖一切。生活即学习，学习即生活。有文凭的人不一定有水平；有职称的人不一定就称职；有资历的人不一定有能力；有智商的人不一定有智慧；有知识的人不一定有思想；有文化的人不一定有教养；有见解的人不一定有见识。人在职场，会经常遇到困惑，会经常有抉择的痛苦。虽然抚慰焦虑、缓解痛苦的路径有很多，但学习无疑是一条捷径。

现实中，人往往会犯的毛病就是孤单时才会想起朋友；生病时才意识到生命的脆弱；分离时才后悔没有珍惜感情；有人赞赏时才相信自己。学习也是如此，常常是遇到问题时，才真正意识到它是一种建设力，一种免疫力。

学习让人不仅仅能够咀嚼，而且能够消化承受人生的苦难。学习让人自信面对人生厄运，百折不挠地赴难如归，水里火里如履平地的坚韧。学习让人背得起十字架也放得下，还能大气地走出自怨自怜的怪圈。学习让人不仅拥有智慧，而且人格澄澈分明，具有包容心更强的深层智慧。

王蒙先生对人应该怎样在学习中来通达人生、享受人生的见解启示我们：与智慧和光明为伍，人生就会更坦然、更清爽、更健康、更快乐！

平衡中的生存智慧

　　曾经在朋友家看到两块石头，一个大石头立在一个小石头上，而且还稳稳当当。主人给它起名叫平衡，这场景很有点哲理呢。

　　平衡不仅是一门艺术，更是一种生存智慧！

　　平衡中有共赢精神。私欲利一时，共赢传千秋。共赢精神是中华传统智慧的结晶，是人类信仰的核心。你要想生存下去，也应当让别人能生存下去，如果你使别人无法生存下去，结果你也将生存不下去；你要想得到安宁，也应该让他人能安宁，你如果使他人无法安宁，你也会得不到安宁。

　　平衡中有幸福密码。复杂的事情简单去做，简单的事情重复去做，重复的事情用爱心去做。幸福的家庭，不是一个讲理的地方、算账的地方，家就是一个"和稀泥"的地方。男人是泥，女人是水，"和稀泥"才能和谐。家就是一个重复的地方，每天重复一个承诺和梦想，听他无数次提起童年往事，每天早上睁开眼睛看到他，嗅着他一个人的气息，为一些鸡毛蒜皮的琐事磕磕碰碰，然后冷战，最后和好。很多时候，重复做着这些习以为常的事情。其实，幸福就蕴含在这些平平淡淡、简简单单、汤汤水水、坛坛罐罐的重复中。

　　平衡中有生存智慧。人的脆弱和坚强都超乎自己的想象。有时，可能脆弱得一句话就泪流满面；有时，也发现自己咬着牙走了很长的路。无论精彩还是平淡，无论路窄还是路宽，都要前行。人生，就是在得得失失中沉沉浮浮，在恩恩怨怨中纠纠缠缠，在对对错错中颠颠倒倒，在悲悲喜喜中来来回回。平衡好自己的心态，不随意苛求别人，也不盲目要求自己。

平衡中有大道至简。春风秋雨，花开花落。有时候，会为遥远的美扼腕叹息，却忘了欣赏身边的美，待其逝去，才幡然醒悟。往者不可谏，来者犹可追。年轻，就肆意享受青春的张扬；暮年，就坦然接受成熟的睿智。有什么样的心，就会种什么样的因；有什么样的心，就会结什么样的缘。能施能舍，心如大地；好争好斗，心如秽土。

人生之路，崎岖漫长。天下之大没有过不去的沟、迈不过的坎，凡事多往好处想，平衡好生活和事业。不求尽如人意，但求问心无愧。不要太在乎别人的评价。你再优秀，也会有人对你不屑一顾；你再不堪，也会有人把你视若宝贝。走在泥泞中时，如果好心人扶了我们一把，那是我们的运气。但切记一个人不会总有好运气。别人的脚步注定别人的去处，自己的双脚走出的才是自己的路。

教育家陶行知老先生有首诗："滴自己的血，流自己的汗，自己的事情自己干，靠天靠地靠老子，不算是好汉。"

的确，父母都不可能依靠一生一世，更何况他人？因此，把握好人生路上的平衡，多一些生活与事业的平衡艺术，会让我们享受到更加惬意的美好人生。

明媚着，便是快乐

关于向日葵，有一个凄美的故事。

仙女克丽泰在树林里遇见了正在狩猎的太阳神阿波罗，她被这位俊美的神吸引，疯狂地爱上了他。可是，阿波罗却对她不来电，克丽泰陷入了单相思，每天注视着天空，看着阿波罗驾着金碧辉煌的日车划过天空。她目不转睛地注视着阿波罗的行程，直到他下山。一天又一天，一年又一年，她就这样望着，望着……

后来，宙斯怜悯她，把她变成一朵金黄色的向日葵。她的脸儿变成了花盘，永远向着太阳，每日追随他——阿波罗，向他诉说她永远不变的恋情和爱慕。

我特别喜欢向日葵，倒不是因为这个感人故事，而是因为向日葵总给人一种积极、向上、迎着太阳绽放的情怀。

如果有一千种风情，我愿构思她的丰腴；如果有一万种想象，我愿描绘她的飘逸。

记得小时候在新疆和田，爸爸所在的部队医院，没有楼房，大家都住平房，几乎家家门前都会种向日葵。到了六月底七月初时，仿佛它们会接到上苍的统一号令，在一夜之间全部爆发性地绽开了笑脸。向日葵没有华美的衣饰和妖冶的装扮，而是以淡淡的浅黄，慢慢过渡到浓浓的金黄，舒眉展眼，以幽幽的芬芳，吸引着五彩缤纷的蝴蝶翩翩鼓翼，把她当成忘情的天国。

我的小学同班同学张炎记忆特别好。有次我们在微信上聊到新疆的向日葵，他说："我记得写葵花的作文，你小学就写过，比喻葵花是我们红小兵，太阳就是毛主席，葵花始终向着太阳，红小兵跟着毛主席。"

的确，向日葵一直是我的最爱。上中学后，有一次学校举行作文比赛，我写了一篇《我家门前的向日葵》，没想到居然还得了奖，奖品是一个精美的笔记本。那也是我中学时第一次在全校比赛上获奖。这个奖造成的后果是，我严重偏科，数理化基本在及格线上徘徊，只喜欢读各种各样的书，凡是家里能搜罗到的书全看了。有一次，把妈妈给的买菜钱直接挪用来买书，为此，还挨了顿揍。我最喜欢上两周一次的作文课，因为，语文课赵老师会在全班同学面前念我的作文。

我那篇获奖作文的大意是夸奖向日葵，没有浓荫蔽日、枝叶蔓披的欲望，为的是让夏日的其他谷粟更多地承接甘霖和阳光。向日葵的根不像其他树木那样霸气扩张地盘，而是极力往深处扎，为的是让其他作物更多地吸吮土中的养分。这种叶不争春，花不争艳，根不争地，冠不争天的侠骨柔肠令人感动。赵老师在"叶不争春，花不争艳，根不争地，冠不争天"这四句话下面打了粗粗的红线。我估计，大概是这四句话打动了赵老师，所以，赵老师推荐我的作文参加学校组织的作文比赛。后来，还把这篇作文替我投给了《和田报》，作文变成了铅字，那叫一个美。

2006 年，女儿中考结束，为了让怀在新疆、生在兰州、长在北京的女儿了解父母曾经戍边工作过的地方，我们专门带女儿回了趟新疆。在从阿勒泰前往布尔津的路上，意外惊喜地遇到了千亩向日葵。我当时的感觉就是，美丽的新疆，就像一个富贵而大气的王后，又帅气得让人眼热心跳。那密密匝匝、攒攒挤挤的向日葵，汇成了无涯的和谐。每走一步，就如掉进自然的画框，太阳光在向日葵上肆意地跳跃，我的眼睛，还没有做好接受视觉盛宴的准备，目光竟有些忙乱地不知所措。在连吸口气都感到清香的向日葵田地里，我的身躯、生命和心灵，都成了这花儿的"俘虏"，就像洗了一次"向日葵浴"似的百脉俱开。

哦！我风流妖娆的向日葵！我勇敢坚强的向日葵！空旷的原野，因你的生命而丰富；沉滞的步履，因你的微笑而轻盈。你是痛苦奋争后那一抹灿烂的笑容；你是饱经风霜的成熟女人的所有浪漫。你金华灼灼，绿叶婆娑，枝干绰约，临风弄影，默默灿烂着一片土地，点缀着一方天空。你淡然静默，朴实无华，自然纯净，从容自适，温暖着我的视野，激扬着我的心灵。你不择地势，不惧风雨，甘于谦卑，不求不争，用尽所能地回报着生息繁衍的土地，温暖着浑浊黯淡的尘世。晴空夏阳，山高水长，赤橙黄绿青蓝紫各领风骚，我独爱你，我的向日葵！

世界上的一切事物，常是弱小里含纳着博大，屡弱里蕴藏着刚强。其实，我们每一个人，不就是行走的向日葵吗？盛开是对信念无尽的仰望，向着太阳生长，才能享受阳光的滋养。

凡尘俗世，岁月沧桑。也许生活与期盼很多时候不对等，你所渴望的，成了海市蜃楼；你所向往的，成了一帘幽梦。于是，失望让我们选择关闭心门；痛苦让我们把曾经的灿烂锁进心底。

静下心来细细体会，其实，人生不如意才是常态。谁都会老去，无论你长了一张什么脸，所有的人都会化作尘埃，没有什么不可宽恕，没有什么不能放下。重要的是，保持一颗高高在上向着太阳的心，向着阳光的笑脸，哪怕别人给我们的是寒霜，哪怕世界给我们的是风雪，我们也要用明媚的微笑，清澈的眼睛，自由的脚步，诗意的遐想和梦中的歌声，在不完美甚至寒碜的现实中，创造生活，寻找温暖。

每一个人因年龄、性情、阅历和生存境遇不同，对向日葵的感受喜好也大异其趣。知天命之年的我，始终对"叶不争春，花不争艳，根不争地，冠不争天"的向日葵情有独钟。无论怎样，坚守一份真善美不过时，忠诚自己的良心不过时。为人存厚，人生自在！

当我们忘却曾有过的种种虚荣和矫饰，忘却生活旋涡中曾有过的有幸和不幸，忘却社会舞台上曾有过的荣辱和得失，像向日葵那样天然淡定，那样澈不染尘，与贪婪、纷争、利用、世俗保持一定距离时，生活一定会如向日葵一样，明媚、执着、快乐、温暖。

我喜欢向日葵！

所有没能杀死你的东西，都会让你变得更强大

德国心理学家霍尔曼提出过非常著名的"凹点"心理。由于这条心理学定律来源于高尔夫，又被人称作"高尔夫"特征心理。

高尔夫运动刚刚兴起时，只对球的重量、体积作了相应规定。球手们为了让自己的球显得美观且与众不同，设计了很多图案刻在表面。比如五角星、圆点、自己名字的缩写等等。奇怪的是，几乎所有的高尔夫球手都很喜欢用旧球，特别是有划痕的球。一些球手甚至在新球上故意弄出些伤痕。原来，有伤痕的球反倒比光滑的球，飞行能力更强。

于是，科学家们根据空气动力学原理，设计出了表面有凹点的高尔夫球。这些凹点让高尔夫球的平稳性和距离性比光滑的球更有优势。从此，有凹点的高尔夫球成为比赛的统一用球。

霍尔曼通过对人类"凹点"心理的研究指出："有阅历的心灵，富有持久的战斗力，也更容易达到个体所制定的目标。"他所指的阅历，就是个人经历的失败，以及这些失败在心理上留下的痕迹，如同高尔夫球上的"凹点"。换句话说，成功更青睐那些经历过挫折的人。

生活中的困苦、沮丧、失败、病痛、衰老……都是人心理上的"凹点"。人生中埋藏着成功，也埋藏着许多失败。很多时候，成功难以复制，失败反而更具有传染性和病毒效应。

在某种意义上，认真反思失败，打理好失败，才有机会具备继续往

前走的底气。

人们常说：失败是成功之母。其实，失败不是成功之母，对失败有所反思并且付诸行动，才是成功之母。

高尔夫球飞行的高度和距离，除了自身表面的凹点起到了作用外，也离不开击球那一瞬间的爆发力。爆发力越大，高尔夫球具有的能量也就越大。

同样的道理，一个经历挫折的心灵，也需要一种爆发力，这种爆发力往往取决于个人的态度。越是态度积极的人，越容易获得心理上的爆发力。

当一个人需要勇气的时候，就能战胜自己的懦弱；

当一个人需要勤奋的时候，就能战胜自己的懒惰；

当一个人需要谦虚的时候，就能战胜自己的骄傲；

当一个人需要宁静的时候，就能战胜自己的浮躁。

面对失败，宽容地接受自己的失败，没什么大不了的，那只不过是暂时遇上了人生的红灯而已，拐过弯，也许就是绿灯一串。收起沮丧的脸，旧社会的脸，怀才不遇的脸，别给自己找借口，如果总把失败归结于那些借口，你赢得的只会是下一次失败！

回避失败的时间越长，付出的利息就会越多。

面对失败，调整积极的思维方式。爱迪生曾经使用过一千二百种不同的材料做白炽灯灯泡的灯丝，都没有成功。有人批评他：你已经失败了一千二百次了。可爱迪生不这么认为，他充满自信地说："我的成功，就在于发现了一千二百种材料不适合做灯丝。"

从自己的失败中学习，从别人的失败中学习，从别人的成功中学习。

"所有没能杀死你的东西，都会让你变得更强大。"调整自己的心态，明确自己的目标，带着对成功的敬畏，对失败的反思，前进！前进！像一首歌里唱到的：

> 想要梦想的路
> 永远亮着绿灯
> 就算跪着
> 也要朝着目标狂奔
> 山高高不过心高
> 路远远不过梦想
> 我们用微笑融化艰难
> 我们用坚强铸就坚强
> 我们是我们自己的未来
> 我们是我们自己的力量
> 来吧，为我们自己加油喝彩
> 让我们成为我们自己的榜样
> ……

小善成就大业

哈佛大学之所以享誉全球，是因为它为美国培养出了三十多位诺贝尔奖获得者、二十多位普利策奖获得者和几位总统。据说世界首富、微软总裁比尔·盖茨还是它不合格的辍学生。

这所著名的大学，创建于 1636 年，起初的名字叫剑桥学院。后来改成了哈佛大学，是什么原因让他改名？

1637 年，英国青年约翰·哈佛从英国剑桥大学毕业，来到美国新建的剑桥学院工作。哈佛只有二十九岁，但患有肺病。他热爱自己的工作，希望通过自己的努力，使学校能够发展壮大。然而天公不作美，1638 年 9 月，哈佛肺病严重，不治身亡。他临去世前立下遗嘱，将自己四百本藏书和一半资产约七百八十英镑捐赠给学校。

这些捐赠，虽然微不足道，也不是什么大数目，但哈佛的这个善举，却意义非同寻常。因为，在当时的美国，这种善举也属凤毛麟角。大家都刚刚移民来到新大陆，大家都在淘金创业，没有人想到要为暂时还看不到利益回报的教育事业做一些事情。

当时的州政府和学校敏锐地意识到了这一点。他们想，应该让哈佛的善举化为一种风尚。他们做出了一个让哈佛因为这点微不足道的捐赠，因为自己一个小小的善举，而赢得永世的世界声誉的决定：

把学校的名称由剑桥学院改为哈佛大学！

年轻的哈佛，因为自己小小的善举，成就了自己，更成就了一所大学。他还为以后的美国人提供了一个榜样。也正是从哈佛开始，捐赠文化教育事业，成为富裕了的美国人的一种价值观念。

今天的哈佛，已是一个多学科的综合性世界一流大学，但是，所有的人都知道，它成功于年仅二十九岁的名叫哈佛的早逝青年一个小小的善举。

善举来自一颗善良的心！

而善良，是人性光泽的一束亮光，是道德品格的一座丰碑，是心灵世界的一个金矿。

法国思想家卢梭说："善良的行为有一种好处，就是使人的灵魂变得高尚，并且使它可以做出更美好的行为。"

英国哲学家培根说："善良是人类一切精神和道德品格中最伟大的品格。"

"三字经"里讲："人之初，性本善，性相近，习相远。"

善良是人生的雨露甘霖，是心与心的亲和与信赖，是爱的共振与交融。善良让人间充满仁爱，让岁月溢满温馨。它是风雨中为你撑开的一把伞；它是黑暗中为你点亮的一盏灯。

多一颗善良的心，生活就会多些光明；

多一颗善良的心，人生就会多些温馨；

多一颗善良的心，人心就会多些希望；

多一颗善良的心，人性就会多些高尚。

善良是一种远见，因为善良，你会得到灵魂的回馈；

善良是一种胸怀，因为善良，你会包容周围的一切；

善良是一种自信，因为善良，你会让自己永远美丽；

善良是一种文化，因为善良，你会让自己变得深邃；

善良是一种精神，因为善良，你亮出了做人的高贵！

　　有时候，哲学解决不了我们精神里那份永远的困惑，科学也解决不了世上许多的问题，但善良、善举、善念能让我们接纳、承受、包容。这才是我们心灵永久的家园，这才是世界上最强大的力量。

　　一个播种善良的人，一定会收获爱的果实！

爱有余香

由父辈们用青春岁月撑起来的那方洒过汗水泪水、耕耘过收获过的天空，由父辈们抛家舍子、埋头奉献铸就和光大了的那份故土精神，在远行的儿女心中，总是一份沉甸甸的记忆。

每一个离开故乡远行的人，无论飘得多高多远，终有一天，还是要踏上回家的路。

在这个世界上，有一种简单的浪漫，就是陪伴；有一种动听的誓言，就是遇见你，走到底；有一种暖心的相处，就是好好说话……

幸福的味道

一张照片，在十五万张照片中突围而出，获得 2017 年国际奥林巴斯大奖赛唯一一个特等奖。

它没有特别亮丽的色调光泽，更没有大片的浩瀚展现，它只记录了一家人的温馨。正是这种朴实自然的微笑，其乐融融的幸福味道，击败了无数的大片，赢得了好评。

这是全球不同肤色、不同种族、不同文化的人共有的眼光。

一个幸福的家庭，充满阳光的笑容，比任何耀眼的东西都重要！

"幸福就像一只蝴蝶，在被人追求的时候，总是无法捕捉得到。但是如果你安静地坐下来，它就可能栖息在你身上。"

我曾经去重庆万州大山深处一个偏僻的山沟里采访，当年这里属于一个历史名词"大三线"。"大三线"是我国从二十世纪六十年代开始，为了战备而建设的战略大后方。今天，山沟里许多地方已经人去楼空，但是万州这里始终有一批军工人坚守着，因为这里有"大三线"建设人的历史，有着他们的信仰。

那天，我们赶到万州区天城小镇时，下起了倾盆大雨，我和一位姓何的师傅共在一个伞下，自然就聊得多一些。何师傅的父亲曾是当年支援"大三线"建设的军人，后来集体转业成为军工企业人。何师傅笑称自己是"工二代"，他告诉我，由于山地原因，他们依然靠积蓄雨水然后沉淀，解决吃水问题。他和爱人都在厂里上班，两个人工资加起来不到四千元，女儿在重庆上大学，会抽空回来看他们。何师傅说："虽然生活苦点，但我们精神快乐，还是挺幸福的。"听着何师傅的话，看到何师傅那朴实真诚的笑容，我的眼睛真的有流泪的感觉……

那些吃着眼泪拌饭砥砺前行的人，从不说自己苦！

像何师傅这样的军工人有很多很多，他们不富裕，住房紧张，收入微薄，工作自然也被有些人看来不风光。但他们家庭里老少夫妻子女老人和睦和顺，相互有很紧密的温情联系，他们的人生，在静静地绽放中，传递出芳香和美。这是一种脱离世俗污染的质朴、纯净和温暖的幸福滋味。这样的幸福滋味或许会被不少"土豪""富贵"们讥笑，但这样的幸福滋味，"土豪""富贵"们未必拥有。

幸福的滋味不是靠金钱财富及权力才能获得的。我始终相信，精神和情感以及人在相互关系中的道德完善，才是生活满足和幸福的重要内容。

何师傅以及众多的大山深处的军工人，他们以最平常的生活，最朴素的情感，支撑着我们社会的核心价值体系。没有他们的坚守，我们的社会理想就不完美，也就没有了中国梦。我们今天的中国梦的理念和理想，正是来自于普通人民对生活的坚持和追求。没有了他们，中国梦就没有了价值，也就没有了意义。

滚滚红尘中，许多人辛苦奔波，忙碌疲惫，虽然所处的位置不同，环境不同，感受生活压力的方式不同，但面对各种诱惑是共同的，精神信仰缺失是普遍现象。时代大潮下，许多原本很有滋味的东西，变得似是而非界限模糊了，没有了对错，失去了底线，人与人之间情感淡了，信任少了，反而猜忌更多，提防更多。幸福这只鸟儿，似乎也无枝可栖。

感谢这张获奖的照片，告诉我们一个实实在在的朴素道理：幸福的滋味，就隐藏在我们最平常的日子里，最琐碎的事情里。

生命中真正的幸福不是求来的，而是修来的。每个人胸襟的宽窄，决定着命运的格局，这个世界有太多的变数，我们的心能包容下多少，就能成就拥有多少。

一个清新的早晨，一滴闪亮的露珠，一份悠悠的牵挂，一次黄昏中的散步，一句温暖的话语……幸福的样子有多美？著名诗人王久辛诠释得好：

最天然的表情，

就是幸福的样子。

就是拉着妈妈的手，

小狗狗在路的前面奔走。

一切都是本来的样子，

一切都是沉默的血液，

和无声的星月，

在我们的周身涌流，

在我们的头上漫游。

无须任何雕饰，

无须多余的表露。

哪怕被你看见，

哪怕被人拍入镜头。

那也是纯天然的装束，

不带一丁点儿的粉饰，

痛或者疼，痛苦或者甜蜜，

永远都是自我和本真的模样。

最幸福的样子就是这样主观，
它属于欣慰中心动的父亲母亲，
属于由衷感受到欢喜的孩子，
和一直忘我，但却梦想着
这一切的，所有追梦的人……

三种鱼的感人故事

　　大马哈鱼生活在海洋深处。雌鱼产完卵后，就守在一边，孵化出来的小鱼还不能觅食，只能靠吃母亲身上的肉长大。

　　雌鱼忍着剧痛，任凭撕咬。小鱼长大了，母鱼却只剩下一堆骸骨，无声地诠释着这个世界上最伟大的母爱。

　　这是一种母爱之鱼。

　　天下父母，都是痴心不改的父母；天下父母，都是牵肠挂肚的父母。

　　父母对孩子的关切，就像一件旧时的毛衣，只有在严寒的时候，才会忆起它的温暖；风和日丽的时候，常会忘记它的存在。对父母来说，孩子身体上的一点不适，都会牵动父母的每一根神经；孩子取得的任何一点成绩，都会让父母觉得比自己得了大奖还高兴。

　　父母的心，永远追随着孩子，感应着孩子。孩子的笑容，可以熨平父母额头的皱纹；孩子的苦恼，可以让父母久久地咀嚼。为了孩子，父母可以横刀立马；为了孩子，父母可以成为千手观音。在这个世界上，再好吃的东西都有过期的时候，唯独父母的爱，永远不会过期。

　　传说长江流域有一种叫乌鳢的鱼。这种鱼产子后便双目失明，无法觅食而只能忍饥挨饿，孵化出来的千百条小鱼天生灵性，不忍母亲饿死，便一条一条地主动游到母亲的嘴里供母鱼充饥。

　　母鱼活过来了，子女的存活量却不到总数的十分之一，它们大多为了母亲献出了自己年幼的生命。

这是一种孝子之鱼。

从呱呱坠地的那一天，我们就与父母结下了血脉之缘，爱与被爱成为我们生命中最重要的事情。

孩子在父母的乾坤里，难以独步天下。放飞，是聪明父母的明智选择。孩子在成长中，许许多多真切的情感、滋味，常常是懵懵懂懂、毫无知觉，只有长大后，自己有了生活经历，才能感悟出其中的真味。这是一个必然的过程。

等一朵花开，的确需要很多耐心和微笑。

儿女是父母灵魂里一滴开花的血，是一面被泪水擦亮的镜，是父母生命树上最美的一片叶。我们要让飞翔的孩子知道，父母同样需要被呵护。一个人，只有明白自己被他人需要时，才有可能产生责任感。我们常常感恩生命中，那些扶持我们成长，替我们搭梯的贵人。反过来，我们也应该感谢自己的儿女，在这个薄情的世界里，他们，才是我们深情活着的最大动力！

每年产卵季节，鲑鱼都要千方百计地从海洋洄游到自己的出生地——那条陆地上的河流。

央视《动物世界》曾经播放过鲑鱼的回家之路，极其惨烈和悲壮。回家的路上要飞跃大瀑布，瀑布旁边还守着成群的灰熊，不能跃过大瀑布的鱼多半进入了灰熊的腹中。跃过大瀑布的鱼已经筋疲力尽，却还得面对数以万计的鱼雕的猎食。

只有不多的幸运者才可以躲过追捕。耗尽所有的能量和储备的脂肪后，鲑鱼游回了自己的出生地，完成它们生命中最重要的事情——谈恋爱，结婚产卵，最后安详地死在自己的出生地。

来年的春天，新的鲑鱼破卵而出，沿河而下，开始了与上一辈一样艰难的生命之旅。

这是一种乡恋之鱼。

心没有栖息的地方，到哪儿都是流浪。

每一个离开故乡远行的人，无论飘得多高多远，终有一天，还是要踏上回家的路。

故乡，在游子的心中，有一份真诚的神圣。

由父辈们用青春岁月撑起来的那方洒过汗水泪水、耕耘过收获过的天空，由父辈们抛家舍子、埋头奉献铸就和光大了的那份故土精神，在远行的儿女心中，总是一份沉甸甸的记忆。一如树高千尺没有健壮的树根就会倾覆，高楼万丈没有稳固的地基就会坍塌。

我们从故乡走来，我们的生命源头在故乡，我们的精神在与故乡的依恋与分离中，在难以割舍与大胆寻觅中，接受着洗礼和锻造，唯此，生命才显出饱满的活力与生机。

三种鱼的故事令人感动。

鱼的故事，也是人的故事。在某种程度上，我们都是一群群孤独的鱼，一不小心游到了这个世界上，从此被这个世界收留。

但毕竟，人的道路不是动物的道路，人会超越生存，人会优化选择。无论我们怎么选择，无论我们选择什么，有一点是必需的，就是每个人都要和周围的人相互依存。

面对无边无际的宇宙，个人的生命和感受实在有限，而一种让我们的世界变得更加宽阔、更有价值的重要方式就是分享。

分享是生命的一种相濡以沫，就如同三种鱼儿一样，既是爱，也是一种责任。人类正是因为有了爱这个责任，才能支撑起温暖的世界。

我们每天接受阳光的沐浴，呼吸着空气，分享着人世间的温暖。阳光和空气不会说话，但它们却有着宽广的胸怀。这个世界上，没有一个人可以孤立地活下来，学会分享，把你的快乐，你的幸福，你的温暖，你的爱，与人分享。

因为分享，你会赢得朋友；因为分享，你会赢得真心。

你的情绪你做主

人活着，情绪是不可回避的。有时候积极，有时候消极。

情绪是什么？其实就是一种能量。舒服的情绪可以滋养我们的生命，而负面情绪需要接纳、化解、释放，才能让我们身心健康。

消极情绪是一种慢性炎症，如果不及时治疗，天长日久，就会留在身体里面，向内会伤害自己的身体，向外则有可能迁怒于他人。

怎样去转化这种能量，让积极情绪滋养我们的生命，让消极情绪释放出去？

朋友丰力说他就是四个字：看、谈、移、放。

看就是"看一看"，看一看有没有其他的解决办法，看一看是否换个角度想这个问题。站在高处看一看，也许就看出了门道；站在不同角度看一看，也许就看出了端倪。

谈就是"谈一谈"，同相关的人谈一谈，沟通沟通。与朋友谈一谈，帮忙出出主意；与家人谈一谈，缓解心理压力。俗话说，求同存异，可以求大同存小异，也可以求小异存大同。

移就是"移一移"，转移一下注意力，不要死缠烂打钻牛角尖。英国哲学家罗素曾说过："强烈的爱好使我免于衰老。"摄影，让大脑老得慢；唱歌，使人心肺舒畅；跳舞，锻炼腿脚忘掉烦恼；书画，动中有静修身养性；旅游，开阔视野健身强体。总之，投入一些精力到喜欢的事情上，排解情绪，调整状态。

　　放就是"放一放"，一时没有好办法，就放一放。这一放，没准就放出了办法，所谓事缓则圆就是这个道理。今天解决不了的事情，不要着急，也许明天还是解决不了，放轻松，时间自会解决一切。

　　赖杞丰老师讲："即使你付出了很多，委屈了自己，当你期待他人来照顾自己的情绪时，基本都是无效的，都不如自己照顾自己的情绪来得爽快和自由。这就像是吃饭，别人来喂来照顾，被喂得恰好可能很棒，但是更多的时候，可能是不方便或不舒适。自己喂自己更任性更自由。"

　　同事小张说他如果白天受了委屈，喜欢晚上去打拳，嘿嘿哈吼地发泄一通，直到胳膊酸胀，委屈也烟消云散了。

　　我难过的时候，喜欢发愤图强。

　　二十世纪八十年代，在南京读大学时，有的同学问："你们新疆那么落后，没有自来水吧？你是不是骑毛驴啊骆驼什么的来上学的？"

　　这让我有点难过，大概他们想当然地认为，新疆有塔克拉玛干沙漠，肯定缺水，要靠骑骆驼才能出来。当然，这也激发了我的动力：一定要好好努力，要比你们强，让你们别再小看边疆。

　　其实，这也是一种报复，不过，高级了点。受伤的心会跑得更快，遭人轻视更让人埋头发奋。

　　想一想自己之所以将努力变成了习惯，跟动不动就被人忽视、轻视有很大关系。

　　人的一切痛苦，本质上源于对自己无能的愤怒。

　　有些人，在生气的时候，喜欢大吼几声，大有震倒雷峰塔之势；有些人，在伤心的时候，泪不绝于眼，似乎要哭倒长城。不管以什么方式排遣，你的情绪你做主，做自己情绪的主人，是最要紧的事。

　　我们所经历的每件事，都有可能影响着前路，那些压不垮意志的负重，都会成为我们更加强大的推手！

积极情绪犹如弹簧，不到最后一刻，都不知道会弹得多高，关键是我们懂不懂借助它成就自己。

消极情绪犹如炎症，虽然一时不至于要命，但时间久了，会给自己的身心，带来越来越沉重的负担，令自己活得越来越累。

有时候，情绪想找个落脚点，那就接受它，然后送它走便是了。不怨天尤人，命运没有薄待任何人，若你悲观，它自会把你推向更悲观；若你坚强，它自会给你更强的力量。

柏拉图讲：人生最遗憾的，莫过于轻易地放弃了不该放弃的，固执地坚持了不该坚持的。

每个人，都在争取一个完美的人生。然而，世界上没有绝对完美的东西。太阳一到正午，马上就会偏西；月圆，马上就会月亏。有缺憾才是恒久，不完美才叫人生。情绪更是如此。

每个人身上都有不愿碰触的一面，但恰恰是这些不完美，才让我们成了独一无二的自己。

接纳自己情绪的不完美，潜意识里给自己鼓励，适当地肯定自我，自爱者方能为人爱。

越真诚面对，越能处理好自己的情绪。

人生，就是一场自己与自己的较量：让积极打败消极，让快乐打败忧郁，让勤奋打败懒惰，让坚强打败脆弱。在每一个充满希望的日子里，告诉自己：努力，努力，再努力，就总能遇见更好的自己！

成长·责任·追求

女儿过生日那天，我正好去四川成都出差。孩子长一岁，父母老一岁。人年龄越大，越希望和孩子相处的时间长一些，似乎一不留神，她就离我们越来越远了似的。

以往女儿过生日，我都喜欢以写信的方式祝福。一来这种方式成本低，不用费劲巴力去选什么礼物；二来这是件快乐的事。我总认为人生理当有阅读的兴趣，工作和生活需要，精神和情感更需要。打开信阅读犹如打开窗户观望，景象景致尽收眼底，这不是一件很快乐的事吗？

出差收拾东西，顺手在书柜里抽了一本《泰戈尔诗选》，打算在闲暇时翻翻。巧合的是，书里夹了两页纸，竟然是女儿参加清华附中举办十八岁成人仪式时，我们作为家长写给女儿的一封信。

翻开这两页已经有点发黄的信，心里有一种暖暖的酸酸的感觉。做父母的都有一个共同的感受，那就是孩子或许是自己最大的快乐之源，也可能会成为自己最大的疼痛之根。但无论如何，孩子都是我们最宝贵的财富。我为没能给女儿过生日而心里隐隐难受，把这封十年前写的信誊下来，算是送给女儿的生日礼物，来共同追忆逝去岁月中的点点滴滴……

宝贝女儿：

在爸爸妈妈无数次期望和憧憬中，岁月悄悄地流逝，年轮静静地增长，不知不觉中，我们的女儿十八岁了，要参加成人仪式了。

十八岁是一个标志，标志着在人生舞台上，你将成为主角，从此演绎人生精彩；十八岁是一个起点，代表着在人生长卷中，你可以用自己的双手，从此书写波澜壮阔；十八岁是一个分水岭，意味着在人生长河间，你将少一点父母呵护，从此尽情展翅翱翔；十八岁更是一种责任，预示着在人生轨迹里，你将肩负起家庭、集体、社会和民族的希望，从此镌刻历史辉煌。从今天起，你就正式加入成人行列了。在这样一个庄严而又有特殊意义的时刻，爸爸妈妈想和你说几句心里话：

希望你能面对生活享受成长经历。十八岁了，你有权利也有资格自己面对真正的生活了。生活就像是一道多解的数学题，用不同的方式，会有不同的人生答案；生活又像是一篇命题作文，可以写成诗歌散文，也能写成长篇巨著；生活更像是一部舞台剧，不同角色轮番登场，高潮低谷此起彼伏。你会遇到真诚，也会遇到虚伪；会遇到美好，也会遇到丑陋；会遇到光明，也会遇到黑暗；会遇到顺利，也会遇到挫折；会遇到成功，也会遇到失败；同时，生活中你还会遇到种种诱惑和考验。但无论你遇到什么，我们都希望你能勇敢地面对，接受挑战，坚守底线，与人为善，谦虚厚道，不抛弃做人的原则，不放弃对生活的信心。荣誉面前不骄傲，挫折面前不低头，常怀感恩之心，保持平和心态，踏实做人做事，积极健康生活。

希望你能热爱生活勇于承担责任。爸爸妈妈都是军人，忠诚奉献国家是我们的责任。生活在这样的家庭，我们想你更能深刻理解"责任"的意义。不同的角色有不同的责任。你十八岁了，今后你不仅是我们家中的一员，也是社会的一员，更是国家的公民。你要承担起家庭的责任，继承我们军人家庭特有的忠诚奉献品质和顽强坚韧精神，履行好自己一生中作为女儿、将来还要为人妻、为人母的使命；你要承担起社会的责任，勿以善小而不为，勿以恶小而为之，用自己的智慧和爱心铸就一个对集体对社会有益的人；你要承担起国家的责任，"苟利国家生死已，岂因祸福避趋之"，当祖国需要的时候，要像一名战士一样，困难时刻能看出来，关键时刻能站出来，危险时刻能豁出来，矢志不渝建功业，一片丹心报国家。

希望你能创造生活不懈追求梦想。生活本身就是五彩缤纷的，十八岁的花季梦想更是绚丽多彩的。追求梦想，让心儿自由飞翔。梦想是你在不断前行中成长追求的目标，也是你在挫折困惑中引领方向的火炬，用心过好每一天，认真对待每件事，不管现实多么艰难，心里始终有梦想。有梦想，才会对人生价值有理解。成就光荣，追求梦想，永不言弃。就像汪国真诗里写的："我不去想，是否能够成功，既然选择了远方，便只顾风雨兼程。"在追求梦想的路上，你要学会忍受孤独、顶住非议、勇于舍得、摒弃浮躁、经受挫折，用辛勤的汗水和不懈的努力去培育真正属于自己的美丽果实。"九万里风鹏正举，风休住，蓬舟吹取三山去！"

想说的话还有很多很多，但最想说的是：亲爱的女儿，你是上天赐予爸爸妈妈最珍贵的礼物；你是爸爸妈妈生命树上最美的一片绿叶；你是爸爸妈妈留给这个世界唯一的火种；你是爸爸妈妈孤独与幸福的见证人！

祝福女儿！爸爸妈妈永远是你生命中最坚强的后盾！！

来生， 让我们再爱您

　　我总想为这个人写点什么，可总也没有动笔，也许是逃避这个至今也不愿接受的事实，也许是觉得自己笔钝，写不出这个人的不平凡和平凡。

　　说实话，与这个人接触八年中，零距离见面加起来也就是五六次，可他的每一次笑，每一声叹息，都像涓涓细流，时时在我的脑海流过。他为人坦诚，没有一丝虚假、伪善。他从不将自己的意志强加于别人，很少埋怨什么，绝不亵渎任何人。两次脑溢血，使他半身不遂行动缓慢，讲话含混不清。但他绝不放弃对生活的憧憬与热爱，每天清晨坚持挪着脚步，到医院大门口，与看大门的师傅点根烟，用眼神交流，听他们讲那些家长里短的生活琐事。他只是默默地听着，偶尔微微笑一下。

　　院里的很多人都知道他，他们说他很不平凡，有一手治疗青光眼和白内障的绝活。他是医院五官科大夫、名医，曾给许多到北戴河疗养的国家领导人看过病。他工作很拼命，周围十里八乡的老百姓都愿找他瞧病，很多老百姓都把他当亲人、当恩人。可他不到五十岁，由于过度劳累患脑溢血，无法讲出一句完整的话，无法提笔写出一个完整的字。所有知道他病情的人，第一句话差不多都是：可惜了！可惜了！废了一手好技术……

　　他的不平凡是听很多很多人说的，但他的平凡是我真真切切感受到的。他静静地过着自己淡定的生活，很有几分超然的味道。我第一次见他时，他拄着拐杖，没有语言，因为无法讲话。他的神态是那样平静安宁，甚至让我有一些失望。可就在这平静安宁下，他却做出了一件让我终生都不能忘的事。寒冬的北戴河，刚刚下过一场小雪的路面结了一层薄冰，他竟一点点挪着蹭着去院里服务社买大虾，他要让我这个没见过大海的西北人尝一尝海鲜。不到三百米的路，他竟挪了两个多小时。我万分自责，真不敢想象，万一他滑倒了，万一他再一次脑溢血，万一……心在滴血。这么多年过去了，我依然不能原谅自己当时的无知。而拎着大虾回来的他，脸上挂着笑意，那笑意如暖阳，温暖我全身。

1990 年，我曾接到过他一封信，信封是别人代写的，而信的内容如天书，那歪歪扭扭如蝌蚪般的字，是我连猜带蒙的，大意是：知道你快生小孩了，非常高兴，如果是个男孩，就寄去一千元，如果是个女孩就五百元。我以为他不过说说而已，没当回事。生下女儿后，他真托人寄来五百元。他的认真固执宽容让我既感动又感慨。

他每天雷打不动要做两件事：清晨收听广播。一台墨绿色小收音机已被磨得褪了色，要给他换台新的，他摇头表示不用。傍晚看《新闻联播》和天气预报。他最关注新疆的天气，因为那里有他唯一的儿子在边防。很多人劝他，想办法把儿子调回身边吧。他只是微微一笑并不多说什么，却让老伴告诉儿子，好男儿志在四方，专心干事业，家里不用操心。他把对儿子的思念深深埋进心里，就那么默默地承受着、关注着、期盼着……

他是一个老军人，1932 年生，1948 年入伍，在白求恩医院从卫生员干起，凭着自己的刻苦努力成为军医，后来又到北京军区北戴河二八一医院工作。1994 年 8 月 1 日，他平静地走了，那天是建军节。此后，每到建军节，我都会默默地为我们军人的节日多敬一个礼，那是替他——一个驾鹤西去的老军人敬的。

他是一个不平凡而又很平凡的人。时间久了，就是他曾经的战友、同事，也会渐渐地将他淡忘，就像世界上从来没有这样一个人。尽管这是自然规律，但我不愿这样，所以，我写下这篇拙文。这世上曾有过这样一个平凡而又善良的人，他安安静静地来，安安静静地过他的生活，然后安安静静地离开了。我是他的儿媳，他是我的公公，名字叫刘彩芝。他不炽热，不耀眼，不张扬。他是悬在天边的那弯明月，永远照耀着儿女们前行。我相信，爱一定有来生！

来生，让我们再爱您……

清明节快到了，作为他老人家的儿媳，我写下这首小诗，表达心中的绵绵思念：

今天，我们来和您相聚

二十四年了，您没有和我们告别怎么能走？

门前的那棵大树

依然安静地耸立着

无数个酷暑寒冬

向天空自由伸展

绝不离开大地

永恒如您

不朽如您

原谅我们的不孝

没能守住您的健康

那些爱您的泪水啊

管也管不住砸得心生疼

我们有了不少积蓄

积蓄了阅历睿智勤勉和善良

却没攒下一毫米健康

那才是我们最想送您的……

今天，我们来和您相聚

好吃的糕点

新鲜的水果

我们要惊动您的安眠

呼唤着您穿透这时光

——卷土重来！

因为，您牵挂着儿女

一如儿女不愿您离去……

您听见了吗？

敬爱的爸爸……

对家里人，更要好好说话

那天，虽然风不大，但我却感到很冷。

萍姐的丈夫走了，还有三天，就是他六十岁生日……

他们夫妻俩是我在文工团工作时的好朋友。这些年，虽然我因工作调整，离开了文艺团体，但是一直还有来往。

他们这对夫妻很有意思，说实话，我都不明白，他俩当初是怎么好上的。

萍姐的丈夫老李是乐队吹大管的，长得黑黑瘦瘦，身材挺拔。他喜欢肖邦，喜欢巴赫，业余时间，还喜欢动手做点手工活儿。

萍姐这人怎么说呢，老李给她有个基本定调："抽烟、喝酒、甩老K，没有理想，整个人都废了。"

在我眼里，萍姐像一团火，就好像热带海域的夏天，忽而阳光四溢，忽而台风骤起。萍姐活得真实，活得热情，生命有丰沛的质感。朋友聚会，她永远是饭桌上的段子手，那些笑话从她嘴里叽里咕噜蹦出来，比桌上的饭菜有味多了。萍姐的这种直爽性格蛮招人喜欢的。

萍姐说她特别看不惯老李那股拿腔拿调的精致劲儿。因为老李经常穿西装衬衣、打领带。回家了，也是脱了西装，衬衣穿着，领带照打不误。

萍姐就数落他："哎哟喂，您这还真是，打个领带就以为自己是CEO啊，穿上西装还不得嘚瑟成奥巴马了？"

老李脸一红，憋半天也说不出反驳的话，因为他实在不善言辞。就这样，萍姐还得理不饶人，经常用《智取威虎山》里的台词挤对老李："哟，脸怎么红了？精神焕发！怎么又黄了？防冷涂的蜡！"

老李口味清淡，喜欢吃青菜，萍姐喜辣的咸的。每次吃饭，老李问："怎么这么咸？"萍姐就讽刺他："您老人家又不做，有的吃就不错了，还以为自己是太上皇，要七荤八素的伺候着。"结果两人经常会因为饭菜的咸淡吵架，甚至会拍桌子。

老李："还过不过了？"

萍姐："过也得过，不过也得过，老娘就这样，怎么着吧？"

他们俩吃饭简直就是硝烟弥漫啊！

我记得有一次去她家，两人为吃饭口味问题又争吵起来，老李可能看我在，不好意思恋战，就生气地一甩门，钻进自己的小屋，锁着门也不知道干啥。我劝萍姐，别那么霸道，跟人家老李说话客气点。萍姐满不在乎："家里人，用不着像外人似的。别理他，烦人着呢，肯定屋里藏着零嘴儿！"

在外人眼里，这两口子早晚一天要离婚。老李很逗，抄了一副朋友雨巷写的对联：上联是，你说是她说非是是非非无是非；下联是，她讲好你讲坏好好坏坏没好坏；横批是，睁只眼闭只眼。两人就在这种睁眼闭眼、吵吵闹闹中，虽然不和谐，但也磨磨叽叽地过了三十多年。

那天，当萍姐告诉我"老李走了"时，我以为她在开玩笑。

"是心梗。早晨起床时感觉不舒服，120来了也没救过来……"

电话里，萍姐的哭声让我意识到，是真的！

"我像疯了一样按压老李的胸口，以为做人工心肺复苏他就能醒来。120的急救人员把我拽开了。医生说，你这样按下去，他的胸骨会被按断的。我就是幻想着，也许再按一次他就能醒来……"

"他再也听不见我骂他了……"感觉萍姐如孤儿般无助……

老李走后半年多，我去萍姐家看她，萍姐留我一起吃饭，我发现，她做的饭不像以前那样又辣又咸，而是味道很淡，淡得我感觉快没味了……

萍姐说她没事就听肖邦和巴赫的曲子，她在吃饭的时候，会喊"怎么这么咸，还过不过了"。因为这些都是她家老李过去的台词。

萍姐说："老李同志就是个大笨蛋，可是离了他，我真的不适应。"

"我怎么就这么浑蛋呢，把所有的好话，都说给了外人，我对陌生人客客气气的，可对老李总是急赤白脸的？"

"你知道吗？我过去猜错了他，他每次生气，躲到房间里不是因为藏了零嘴儿，而是在给我做手工包包，他喜欢鼓捣这个。他这段时间又做了一个我喜欢的，还没来得及给我，自己就走了……"

我听萍姐说这些话，心里真的是五味杂陈……其实，我们许多人都很"浑蛋"，把好听话、恭维话、客气话都说给了领导、同事，甚至八竿子打不着的人，而对自己的亲人，往往恶言恶语，像倒垃圾一样把那些坏情绪、不好听的话扔给他们。越是亲近的人，我们往往越是放肆。

我陪萍姐吃着那盘没有什么咸味的青菜，这味道曾经是老李的最爱，如今，成了萍姐的最爱。

萍姐说："我活着，老李就活着。"

"老李在身边时，我觉得他多余。他走了，整个世界都是他。"

"老李走了，我才发现自己很爱他……"

花儿谢了还会开，雨儿歇了还会再下，鸟儿飞走又飞还，人若走了，可真的永远回不来了。很多事错过了，就永远无法弥补，就像萍姐对老李那些来不及说出口的爱……

在这个世界上，有一种简单的浪漫，就是陪伴；有一种动听的誓言，就是遇见你，走到底；有一种暖心的相处，就是好好说话……

想起一位哲人说的人生"八个"不能等：

不能等到"失败"时，才想起他人的"忠告"；

不能等到"孤独"时，才想念起你的"朋友"；

不能等到"有了职位"时，才去"努力工作"；

不能等到想要得到"爱"时，才去"付出"；

不能等到"生病"时，才意识到"生命脆弱"；

不能等到"分离"时，才后悔没有"珍惜感情"；

不能等到有人"赞美"时，才"相信自己"；

不能等到别人"指出来"时，才知道自己"错了"。

我觉得，还应该加上一个不能等：

不能等到"人走了"，才想起来要好好说话……

我们的生命，并不会因为生老病死而改变；更不会因为怀念相思而延长。

我们父辈那一代人的爱情很简单，没有车子房子作保，没有钻石鲜花铺垫，但牵了手就是一辈子。

当我们步入成年，走向老年，才真正懂得：怦然心动只是刹那惊艳，柴米油盐、一蔬一饭，才是最长情的告白。那些真正细水长流的爱情，从来不会高调地出现在网络热搜上。那些长长久久的爱情，都是相互包容相互忍让的硕果。相濡以沫绝对不仅仅是一句成语，一定是夫妻之间的惺惺相惜，包括好好说话这种小事。

回家后，我给萍姐发了一条短信：好好活好当下，爱自己就等于爱老李……

拥有一个健康的身体， 是第一要务

央视《开讲啦》栏目邀请原卫生部副部长王陇德院士，作了一场关于健康问题的演讲，引起广泛关注。"健康是1，事业、财富、婚姻、名誉种种都是0，有了前面的1，后面的0才有价值，才越多越好。如果前面的1没了，后面的0再多也毫无意义。我们每一个人的身体，不仅属于自己，也属于整个家庭、整个社会……"

院士的呼吁令人深思。

我们每一个人，由无数星辰日月草木山川的精华汇聚而成。只要计算一下我们一生吃进去多少谷物，饮下去多少清水，才凝聚成一具具美轮美奂的躯体，我们一定会为那数字的庞大而惊讶。对由亿万滴甘露滋养出的万物之灵，我们的确不能掉以丝毫的轻心，拥有一个健康的身体，是我们的第一要务！

对于我们的父母，我们永远是他们不可复制的孤本。无论他们有几个孩子，我们都是独特的一个。我们身体上的风吹草动，在他们心里就是惊涛骇浪。尽管我们成年了，有足够的能力照顾好自己，但在父母眼里，我们依然是孩子，依然让他们操心，依然让他们牵肠挂肚。尽管我们学会了只报喜不报忧，尽管父母的这种操心和牵肠挂肚，有时候甚至会成为孩子的一种负担，一种累赘，但父母永远痴心不改，永远牵肠挂肚。

但也正是这种牵肠挂肚的血缘，使我们的纽带更加紧密，使我们的人生更加充实。因此，为了让我们的父母少牵挂，也要好好爱惜自己的身体，善待自己的身体。

对于我们的孩子，我们是他们最初的宇宙。孩子是父母生命树上，最美的一片叶子。孩子如同父母的一件艺术品，这件艺术品从无形到有形，父母充满了对这件艺术品的热切期待。伴随着成千上万次枯燥的技法训练，无数次的自我怀疑、自我否定、甜酸苦辣中，是火烧火燎的对孩子生活的介入。父母在分数竞争中奋力参与，脚步是匆忙的，目光是焦虑的，身影是慌张的，很有点刹不住车似的失控感，好像一松手，孩子就出局了。父母认为那是自己对孩子的爱，是应该的，理所当然的。但是孩子的感受可不一样，尤其是年轻的时候，会觉得父母啰唆，甚至产生野草似的怨恨，决绝的反叛。

也许，这个世界上，所有的爱，都是沉重的、束缚的、纠缠的。孩子，永远是父母最大的快乐之源，也是父母最大的疼痛之根。尽管如此，父母依然痴心不改。留一份爱给自己吧，好好爱惜自己的身体，就是对孩子的关心。因为，父母要给孩子一个踏实的港湾，无论他们走多远，你永远有一条路要为他们留着，那就是——回家的路。

对于我们的伴侣，我们是彼此的记忆。我们就像两种混合在一起的颜色，无法清楚分开。你原先是黄，我原先是蓝，我们搅拌在一起就是绿，绿得生机勃勃，绿得苍翠欲滴。我们就像一个人的左脚和右脚，抬起落下，共同忙着赶路。如果有一个人原地不动，另外一个肯定会跌倒。时间久了，我们变得很相像，像一对古老的花瓶，并肩立在博古架上，披着薄薄的烟尘。失去妻子的男人，胸口就像少了生死攸关的肋骨，心房裸露着，随着每一阵清风滴血。失去了丈夫的女人，就像被扯断的琴弦，每一根都在雨夜长久地自鸣……为了我们爱的人，也为了爱我们的人，要好好爱惜身体，多关心自己一点，就能让伴侣多放心一点。

对于我们的朋友，我们是珍贵的古董，丢一件就永远少一件。如同计算机丢失了一份不曾备份的文件，在记忆中会留下深深的遗憾……

我们生活在这样一个社会关系的"大网"中，我们牵扯着那么多亲人朋友的情感，我们的生命已不仅仅是自己的，而是亲人朋友的。我们除了向自己负责以外，还要向亲人负责，向社会负责。因此，佛家说，一个人活着，要报四重恩——父母恩、众生恩、国土恩、三宝恩。

我的一位同事不慎摔倒骨折，一段时间生活不能自理，全靠家人照顾。当她康复后，深有感触地告诉我："人最大的幸福是有自理能力。"

是啊，自理才有自尊，自尊才能自信。

从现在开始，从今天开始，好好爱护自己的身体。

不要把好吃的东西，非要留给孩子；不要老想着攒钱，去帮助银行赚钱；不要把所有的精力，都投入到没完没了的工作。到了退休的年龄，第一要务是照顾好自己，科学安排"吃喝玩乐"，保持一颗宁静的心，少些期盼，多些宽容，宠辱不惊，微笑向前，善待慢慢老去的自己，活出健康和精彩。

今天，我们为自己的身体健康多投入的一分爱，未来，就是为我们爱的人多减少一分辛苦……

对自己满足是最大的满足

海明威的短篇小说《老人与海》中的主人公原型，一百零四岁的富恩特斯去世时，世界上有近三十家网站发布了同一张公告：

"有个人，他几乎什么都有。论地位，他是享誉世界的大师级人物；论荣誉，他是诺贝尔文学奖获得者；论金钱，他的版税在他成名之前就已使他成了富翁；论爱情，他曾经拥有过四段婚姻，许多女人愿为他奉献一切。在他的国家他享有充分的自由。他爱到哪儿旅游就到哪儿旅游，哪怕是敌对的国家。总之，他是一个令世人非常羡慕的人。

"可是，在他获奖后不久，却用猎枪结束了自己六十二岁的生命，而他的一位朋友——一个靠出海打鱼为生的渔夫，却悠然地颐养天年。请问，为什么一个拥有一切的人却选择了死亡，而一个一无所有的人却选择了活着？假如你已经知道了答案，请发给我们，我们愿把它刻在这位诺贝尔奖获得者的墓碑上，因为他的墓碑至今还空着。"

之后，世界各地的网民踊跃回应，每家网站得到的回答日平均四百多条。几家网站根据点击率，公布了前两名网民的回答。

（1）正面：人生最大的满足来自于对目标的追求。

背面：一个人一旦在自己所从事的领域达到了高峰，就会有一种空前的寂寞感，这种寂寞感所带来的迷茫和绝望会把你送进天堂。

（2）正面：成功也是一件非常可怕的事。

背面：人人都追求成功，其实成功的背后往往隐藏着魔鬼，而失败的背后才有一个救命的天使。

在各网站热热闹闹征集答案时，渔夫的儿子公布了一封信，说是海明威去世前一天写给他父亲的，并叮嘱他帮着刻在墓碑上。信是这样写的：

人生最大的满足不是对地位、收入、爱情、婚姻、家庭生活的满足，而是对自己的满足。

萧伯纳说："人生有两大悲剧，一是没有得到你心爱的东西，另一是得到了你心爱的东西。"

过去，我曾经深以为然，而且佩服他把人生的可悲境遇表述得轻松俏皮。看完海明威与富恩特斯的故事，我更愿意反其意而说：人生有两大快乐，一是没有得到你心爱的东西，于是你尽可以去寻求和创造；另一个是得到了你心爱的东西，于是你尽可以去品味和体验。

民国元老、著名书法家于右任虽饱经沧桑沉浮，但荣辱自安。常有友人问起他高寿的秘诀，他总是指给别人看客厅里悬挂的一幅字画，笑而不答。那是一幅写意的莲花图，旁边有一副对联：

不思八九，常想一二。横批：如意。

不是吗？常想眼前的一二，庆幸自己还拥有人生里的如意之一二，对自己满足，岂有不长寿之理？

有位哲人说过：得之，我幸；不得，我命，如此而已。

的确，无论挫折还是顺达，相信一切都是最好的安排。修剪欲望越多，对自己满足就越多。

剪去物欲，与梅为伍，品自高洁；剪去戾气，与松为伍，能傲霜雪；剪去自卑，与山为伍，顶天立地；剪去生命中的歪枝斜权，人会更加从容淡定。

心态平和静如云，轻看名利淡如菊，正直为人挺如竹，笑对坎坷韧如藤。

对自己满足，你就会清楚，不管是春光灼烁，还是阴雨暴雪，内心始终会保持一种风度。豁达，淡看功名利禄，笑看坎坷曲折；宽容，青山不改绿水长流，灿然一笑泯恩仇。

对自己满足，你就会调整，山外有山，天外有天，不会让有限的生命在比较中变得无岸无涯。心可以如一朵彩云，扶摇九霄；也可以如一叶扁舟，荡游万里；但更应该有一种韧性弹性，即使失败了，挥手过往，重整山河再出发。

对自己满足，你就会懂得，昨日不可留，今日不可欺，明日不可负。喜欢自己的过去，看重自己的现在，乐观自己的未来。乌云再黑，黑不过沉沉的夜；乌云再厚，厚不过黄天厚土。带着阳光走，黯然失色的心，也会被镀得金碧辉煌，光芒万丈。

对自己满足，你就会明白，要信任自己，平和对待生活，友善与人交往，以宽恕之心向后看，以希望之心向前看，以同情之心向下看，以感激之心向身边看。心一片安然，生活才会一片祥和。

对自己满足，你就会知道，一个人的笑颜，不是春色，人与人应相互扶持，相互尊重。不必叹息自己的平凡，不必计较自己的默默无闻，该抬头走路时就大方迈步，该站出来说话时就别吞吞吐吐，该大胆做的事就不用羞羞答答。自信则人信，自卑则人鄙。

对自己满足，你就会清醒，钱多钱少，一日三餐，吃饱就好；名大名小，无足轻重，温馨就好；房宽房窄，容身之所，踏实就好；爱了恨了，简单阳光，拥有就好；生老病死，人之常情，无愧就好。

天地阔，宇宙大。对自己满足，生命，才会因你而厚重；精神，才会因你而高远……

野心和梦想，是永恒的特效药

法国传媒大亨巴拉昂患癌症，临去世前，出了一道考题，通过当地一家报纸征集答案。题目是：穷人最缺少的是什么？凡是答案与他预先锁在保险柜中的答案完全相同者，即可获得一百万法郎奖金。结果，在近五万份答案中，只有一个叫蒂勒的小女孩拿到了奖金。她的答案是：野心。此事在当地引起轰动，人们在议论小女孩的同时，也开始反思自己的人生理念和生活方式。

在中国，野心往往是带有贬义色彩的。实际上，巴拉昂所谓的野心不是要争权夺利，而是指一个人有没有改变现状、不断超越，从而使自己抵达人生顶峰的梦想。正如一位作家所言，野心和梦想，是永恒的特效药，是所有奇迹的萌发点。

野心和梦想，人人都曾有过。二十世纪五六十年代出生的人，你问他童年的梦想，大概百分之八九十都会说想当科学家、文学家或其他各式各样的家。随着岁月的磨砺，经历了许多失败和挫折，蓦然回首，发现多数人仅仅满足于小富小安，已经没有什么野心和梦想了。

因此，那些始终怀揣野心和梦想，不断负重前行的创业者们的经历，就显得尤为珍贵。

任正非和华为公司，堪称当代商业史上的传奇。1987年，四十三岁的任正非从部队转业，在人生的拐点上，他经历了许多挫折和磨难，与五个志同道合的朋友集资2.1万元成立华为公司，利用两台万用表加一台示波器，在深圳的一个"烂棚棚"里起家创业。三十多年后的今天，华为公司已从默默无闻的小作坊成长为通信领域的全球领导者。他可以让苹果低头交费，让思科忌惮头疼，让霸主美国感到紧张，这是一个中国榜样式的彪悍企业。在2016年召开的全国科技创新大会上，任正非抛出一个雄心勃勃的目标：2020年销售收入要超过1500亿美元。也就是说，用五年时间，华为的销售收入要突破1万亿人民币，也就是接近澳大利亚全国的GDP水平。作为华为领军人物，任正非从一名中年创业者成为全球知名企业家，深深影响了许多人……

二十世纪的"烟王"褚时健，七十五岁出狱后在云南大山深处，埋头创办属于自己的实业，他承包了两千亩荒山开种果园。一个七十五岁的老人，患有严重的糖尿病，而他所要承包的荒山又刚经历过泥石流的洗礼，一片狼藉，当地的村民都说那是个"鸟不拉屎"的地方。可诸多困难并没有阻挡住他的"疯狂"行为，他脱下西装，穿上破圆领衫，成天戴个大草帽奔波在山上。昔日的企业家完完全全成为一个地道的农民。他用努力和汗水把荒山变成了绿油油的果园。

制烟曾经让褚时健的事业如日中天，但并没有给他带来财富。而种橙，却让八十五岁的他成了亿万富翁。他在曾经的辉煌中跌倒，但在跌倒后又一次创造神话。这个九十岁的老人，面对人生的沧桑，懊恼过痛苦过，但流过泪后，擦干泪水，又一次点燃希望之火，用心过日子，将日子过得红红火火，并让周围的人幸福、快乐。

每个人都曾失败过，是一蹶不振还是再次站起，褚时健给了人们一个答案。正如巴顿将军的话，"衡量一个人成功的标准，不是看这个人站在顶峰的时候，而是看这个人从顶峰上跌落低谷之后的反弹力"。

任正非、褚时健的这种成功无法复制。这其中，有时代和环境的特殊性，也有人生经历的偶然性，更有他们性格决定命运的必然性。但他们身上共同的特质，"沾着手的事情就要干好，只要活着，就要干事，只要有事可干，生命就有意义"，他们对梦想的执着追求，值得人们深思。

生活总有高有低，就看你如何处之。能承受得了多大的福，就应该能吃得了多大的苦。在高处走运时，不心花怒放，斜眼看人；在低处背运时，不自惭形秽，妄自菲薄。有些东西要靠炼、靠熬才能悟出。别人的经历，可以作为一个参考，只有对自己的经历反省和总结，才能带来新的思维。

因特网协会会长杨宇航说："当你捡到一块金子时，你千万不要去看别人手里拿的是什么，你要坚信自己手中的才是一块无价之宝。"当我们位卑言轻时，不要自己掐断梦想之翅。要知道，所有的大人物，都是由不断努力的小人物成长起来的。所有的大成功，都是由无数次的失败积累的经验教训得来的。只要心中有梦想，不断超越自我，建筑工也有可能成为房产商，快递员也有可能成为连锁集团老总。

一个人的心胸格局有多大，他的幸福指数就有多大！

在心底给梦想留一块自留地，悉心照顾，梦想的种子就会开花结果！

回过头来再看看巴拉昂这个"野心"家，在解释自己为什么要搞一个百万法郎征答时立下的遗嘱：

"我先前是个穷人……我不愿把我成功的秘诀带走。"

愿这位"野心"家的话，能唤醒人们已经沉睡了的"野心"和梦想！

诗书藏在心， 岁月不败人

2017年春节，央视最火的节目是《中华诗词大会》第二季，最火的女孩是上海复旦附中高一女生武亦姝，最火的主持人无疑是董卿。

长发披垂，柳眉凤目，身材颀长，将一身汉服穿得飘逸出挑，诗词储备丰富，写得一手好字，十六岁少女武亦姝堪称"颜值与才华齐飞"。长相端庄大方，笑眼盈盈温婉，腹有诗书信口拈来的董卿，比主持春晚更加明艳动人。

完美的"腹有诗书气自华"。

心中多一分诗意，生活便多一分趣味和情怀。

春天，看到了盛开的桃花，你会明白什么是"桃之夭夭，灼灼其华"。而不是只会说："呀，花开了！"

冬天，西风凛冽，天空阴沉，行人都急匆匆地奔走，到了家，烤着炉子，外边洋洋洒洒地下起了雪。知道了什么是"晚来天欲雪"，什么是"红泥小火炉"。而不是只能感叹："妈呀，冻尿了！"

夏天，摇一叶小舟在荷叶中穿行，知道了什么是"接天莲叶无穷碧"，什么是"水光潋滟晴方好"。而不只是觉得："俺的娘，热晕了……"

秋天，过了天高云淡，就是凉风乍起，梧叶飘黄，知道了什么是"老树呈秋色"，什么是"苒苒物华休"。

如果有人吟：小桥、流水、人家，你一定会想到：枯藤、老树、昏鸦。

"枯藤老树昏鸦，小桥流水人家，古道西风瘦马。夕阳西下，断肠人在天涯"。这二十八字的诗，每一句都是经典，会经常被单独引用。

枯萎的藤，苍老的树，黄昏倦飞的乌鸦，古道两旁景物的衰飒萧条；小小的桥，潺潺的流水，依水而居的人家，秋日溪边小景的清丽可喜。

古老的城郭小道上，刮着萧瑟的西风，一匹衰瘦的马蹒跚而行，浪迹天涯的人，在暮色渐浓的夕阳下，凄苦愁怀，能不"断肠"吗？

此时，一只昏鸦鸣叫着更添悲惨苍凉。难怪人们听见乌鸦叫就认为没什么好事，还要朝着乌鸦叫的方向"呸呸"几声，仿佛才解气放心。

当然，这是一个谬误。

乌鸦不仅很美丽，而且很聪明。这种小鸟似乎登不了大雅之堂，入不了水墨丹青。可它却有一种真正值得我们人类称道的美德——养老、爱老。

小小的乌鸦在母亲的哺育下长大后，当母亲年老体衰，双眼失明飞不动的时候，它将觅来的食喂到母亲的嘴里，来回报母亲的养育之恩。"乌鸦反哺"的故事曾无数次打动人心。

其实，乌鸦很聪明，会运用沉浮定律找水喝；乌鸦很厚道，不会像鹦鹉一样到处学舌；乌鸦很善良，开口歌唱却把肉给了狐狸；乌鸦也很高贵，你看那些出席重要活动的"要人"，常常穿着黑色礼服……

诗人戴立讲："中华民族是最优雅的民族。诗词之韵律，方寸之间，更是有千年万载，千山万水。诗词，是古老文明漫长的岁月里，中国人为自己寻找到的，最美的生活方式。先人们的精神和灵魂都在诗词里，绵延着属于中国人的文化基因。无论世界有多么的喧嚣躁乱，属于中国人的独特文化都是宁静的港湾，这里月明风清……"

诗意的栖居，永远是人们永恒的渴求。

喜则跃然，"红杏枝头春意闹"；

怅则深远，"人有悲欢离合，月有阴晴圆缺，此事古难全"；

愁则黯淡，"行路难，不在山，不在水，只在人情反覆间"；

慨则广阔，"数风流人物，还看今朝"；

惘则迷离，"雾失楼台，月迷津渡"；

悲则凄凉，"东风恶，欢情薄，一杯愁绪，几年离索。错错错"；

豪则爽快，"明月几时有，把酒问青天"。

世间，最美的状态是诗境，最动人的意念是诗意，最精妙的语言是诗句，最激发人想象的言外之意是诗情。

雄浑苍茫的"大漠孤烟直，长河落日圆"；

壮阔悲戚的"无边落木萧萧下，不尽长江滚滚来"；

绵绵意蕴的"问君能有几多愁，恰似一江春水向东流"；

疏朗清峻的"明月松间照，清泉石上流"；

婉转迷离的"两情若是久长时，又岂在朝朝暮暮"。

由于职业的执着和感情的色彩，尤其喜欢和欣赏那些铿锵有力的边塞诗。

"黄沙百战穿金甲，不破楼兰终不还"的浩然绝唱；

"醉卧沙场君莫笑，古来征战几人回"的慷慨悲歌；

"孰知不向边庭苦，纵死犹闻侠骨香"的英雄本色；

"晓战随金鼓，宵眠抱玉鞍"的凛然气概；

"男儿何不带吴钩，收取关山五十州"的郑重诘问，实在令人击节，使人向往。

窈窕优美、金戈铁马的诗歌，是智慧的奇遇，灵光的闪耀，魂魄的悸动，难言的感动。诵之，满口余香，激情澎湃，千样心情，万般意绪。

在今天这个节奏明快、资讯发达的时代，聊聊诗歌，品味人生，似乎有点奢侈。

我们的人均 GDP 已上升到世界第二，我们内心的精彩，也应该走向世界前列。在追求美好生活的道路上，除了奋斗的力量，多一些诗意，会让我们更有情怀。

真希望《中国诗词大会》引起的这股风潮，能够一路走下去，让古老的诗词歌赋再度焕发青春，让"腹有诗书气自华"成为更多人的追求。

诗书藏在心，岁月不败人！

你可以高看自己，但不要小瞧别人

邻居于姐是单位的财务主管，儿子在美国读书，半年前，终于学成归来了。

于姐的儿子上初中一年级时，老师布置作业，要求以"我的妈妈"为题，写一篇作文。于姐的儿子是这样写的："妈妈说我是个碎钞机，我本来可以有个弟弟或妹妹的，但是为了集中财力和精力，妈妈打消了这个主意，毕竟质量比数量重要。她说按照她严密的规划，只要我好好学习，长大以后，我就可以变成一个印钞机，就像我的小舅舅，他在投行工作，一年能挣一百万。"

于姐对儿子的教育特别重视，她早早为儿子算计好了，要让孩子去美国读商学院。为了让孩子开阔眼界，从四岁开始，就每年带孩子到国外去玩，她要培养儿子做世界人，挂在嘴边的一句话就是：不看世界，哪来的世界观？

她给儿子报了英语辅导班，还陪儿子去学马术，这种课的学费四十五分钟五百元左右，但于姐舍得，她认为从小培养儿子的贵族气质很重要。她家隔壁的孩子小辉学的是游泳兴趣班。于姐不让儿子和小辉玩，说小辉这孩子喜欢玩大人手机，学习成绩也一般化，将来没多大出息。

儿子初中毕业，于姐就想办法托人联系好了美国的私立高中，四年的学习和生活，儿子花了二百多万块钱。

海外学成归来，于姐认为儿子可以直接进入高级管理层，对普通的工作不屑一顾。挑三拣四高不成低不就，一晃半年过去了，儿子还在待业中。

于姐对儿子的要求太精致，导致儿子的适应力和生存力变得脆弱。于姐替儿子作了太多决定，导致儿子的心理应激能力和决策能力也有些缺失。

我没好意思告诉于姐，那个她曾经鄙视，根本瞧不上的邻居家孩子小辉，虽然上的是国内普通大学，但他从喜欢玩游戏到自己开发游戏，现在一家大网站做程序员，年收入百万以上。前一段时间，又被一家开发人工智能的大公司看中，猎头找了他几回，许以高薪，让他专门为人工智能做程序设计。虽然小辉没有成为"世界人"，却凭着自己扎实的编程本领，成为职场香饽饽，大公司抢着要。

于姐是财务管理出身，可能是职业的原因，她善于规划算计。但在我看来，于姐肯定没有算计到互联网发展会如此迅速，人工智能的更替速度会如此之快。于姐的视野，全都聚焦在儿子的学业，聚焦在和周围孩子的竞争上，在她精心设计的世界里，只有人算。

但人算不如天算。

你可以高看自己，千万不要小瞧别人。

没有人能准确地预测未来，预测孩子的命运。因为关于未来最大的确定性，就是它的不确定性。

谁也无法预知今后的就业形势，现在的宝爸宝妈们，等他们的孩子长大成人时，目前学的许多知识，未来能否用得上真不好说。

但做好准备还是必要的。其实，提高孩子的生存能力，最重要的就是三样：一是身体好，二是心理素质好，三是有自我驱动的学习和再学习的能力。

若想不被淘汰，只有一条路：一辈子不断学习，不断打造全新的自己。

只有奔驰着，才能有诗和远方

"太不可思议了，年轻人竟然不想上班。"

一位刚刚度完"十一"长假的小姑娘，在电梯里跟我说："一想到要上班，觉得比痛经还难受。"

说实话，我有点诧异。

想起凤凰卫视主持人窦文涛曾经在微博上做过的一次问题征集——什么是"最让人焦虑的问题"。结果发现，呼声最高的问题竟然是："不想工作怎么办？"他在节目中感叹："太不可思议了，年轻人竟然不想上班！"

另一位对"年轻人不想上班"现象发表激烈意见的公众人物是企业家董明珠。2016 年年底，在央视财经频道《对话》栏目中，董明珠有些激动地说，很多 90 后不愿意去实体经济企业工作，而喜欢开网店，一个月赚两三千元，能生活下去就满足了，"这一代人或将成为我们国家经济发展的隐患。"

董明珠这番话被很多人解读为实体经济和互联网经济的"打架"。其实，她指出了一个重要问题：一部分年轻人的奋斗欲已逐渐减退。

前两天看到一篇文章《不愿上赛道的"马"》。

明姑娘是个勤奋的学生，她在巴黎上课，在东京上课，在北京上课……暑假其他学生出游了，她报短训班，抱着笔记本，端一下眼镜，去上课。

她上课学的东西很散——艺术、人类学、商务管理、市场、收藏、文献学等等。她就像个认真的吸尘器，呼呼地将目力所及的一切，尽数席卷，吞进肚里，也不打饱嗝，接着奔向下一堆知识……

其实，明姑娘到处读书，不是她热爱学习，而是在逃避上班，逃避生活。她说："只有到处读书，才好名正言顺地不去上班，不陷入生活。"

她的父母是尊重知识的，也尊重她。即使辛苦自己，也要攒钱给女儿读书。而她呢，只要还在读书学习，就觉得自己是在做正经事，便可以心安理得，不用回到现实生活中，经历那些柴米油盐酱醋茶的琐碎，避开那些职称评定人际关系处理的复杂。

明姑娘说，她讨厌的不是婚姻、男朋友、父母，她只是讨厌生活这条赛道。

如果不上课了，就要过正常的日子，不可避免地要被纳入一条赛道，日常的一切，都可以拿来比较。到时候，即使她不愿意，也会身不由己地比较。默默算着自己的年龄、自己的成就、自己的收入、自己车的价位、房子的价位、孩子进的学校和将来的成绩……一切都被数字化了。大家都像进了赛道，在各种社交关系里比较着。

相反，在学校里待着，会比较纯粹一些，简单一些。明姑娘说她周围其实有很多这样的人，大家会满足于"又上了什么课，又读了什么书"，彼此激励着，温暖着，就不想出去上班了。

一匹不乐意上赛道的马驹，勤勉地吃着草。马驹的父母满意地看着它，不断推迟它上赛道的时间。而默默吃草的马驹，也假装听不见催它上赛道的倒计时声……

草料虽好，但不能永远吃下去，小马驹总是要上赛道的。好的解决方案大概就是把赛道给拆了，让马驹自由奔跑……但是，谁能拆掉这条赛道呢？谁又有能力拆掉赛道呢？

微信群，其实就是一个小社会，反映着各类在赛道上的选手们的生活。住市中心的，觉得比住郊区的优越；住郊区的，得意于市里空气不如自己；有娃的，言谈间高出没娃的一头；没娃的，又总是爱劝单身狗快点吧；父母还着房贷，咬牙也要让孩子上一级一类幼儿园；孩子上了奥数、英语课外辅导班的家长，羡慕上钢琴、马术、击剑兴趣班的家庭；孩子的竞争、房子的地段、职务的高低……一切都可以拿来晒，拿来比，无形中，比较就成了习惯。

王健林的那句"定个小目标，先赚它一个亿"风行一时，被人们当作娱乐谈资传播。其实，更多的普通人知道，自己离这个小目标很远，娱乐性地围观一下而已。

社会学家郑也夫在《后物欲时代的来临》一书中讲道：这个世界发生了一个从古至今整个人类进化史上都不曾发生的变化，我们可以说，人类眼下遭遇的是两百万年未有之变局，这个变局就是："温饱大体解决了。"

的确，工业化时代的来临，虽然不一定每一个人都是"富二代"，但每一个人都属于"免于饥寒的一代"，从农村到城市，这一点没有太大差别。

生存问题解决了，物质享乐、阶层攀升的欲望水涨船高。但许多人逐渐发现，很多时候，资本决定一切，自己的上升通道其实很有限，总是遇到天花板。

于是，寻找"捷径"，追求"速成"流行起来，勤俭地原始积累过程越短越好，勤奋地努力工作不再受到推崇。创造力虽然关键，但与资本、"圈子"相遇更关键，而能否与资本、"圈子"相遇，几乎与个人的才华、胆量、勇气无关，只与人的先天身份、容貌，还有"爹"

有关。

　　窦文涛的感叹不奇怪，明姑娘的逃避也不奇怪。与此同时，已经在赛道上的马依然奔驰着，尽管谁也不太确定，终点是什么。

　　但是，有一点可以确定：只有奔驰着，才能有诗和远方；只有奔驰着，才能不再前路迷茫……

每个人都有自己的发展时区

过去有句老话，"三百六十行，行行出状元"。如今的社会分工，已远远不止三百六十行，而是 N 多行了。商业大潮下，人们的经营意识，像春天一样不可阻挡。

不管学历高与低，人人都想当经理；不管性别女与男，人人都想当老板；不管资本多与少，人人都想把投资搞。感觉除了军火不能随便经营，似乎没有什么领域和东西是不能经营的了。

前几日，我去看望了曾经给女儿修过长笛的老人。老人住在北京寸土寸金的北二环路边上，有一间自己产权的小铺面，但是生意惨淡，每月收入仅有三千多元。邻居们劝他，你把铺面出租了，每月租金就有近万元，自己还省心省力，干吗非要自己干呢？老人说，我也不是傻子，这点明白账还是会算的。可我如今干的事儿，不仅仅是经营一个小铺面，而是在经营我自己。虽然每个月少了几千块的收入，并没有影响我的生活。但是让我闲下来没事干或者干我不喜欢的事儿，那我肯定受不了。我已经活了八十多岁，知道自己最需要什么。我这个小铺面虽然挣不了什么大钱，但只要说起北京能修长笛的人，大部分人都知道我，这比我一个月多挣几千块钱更有意义。

在当下，老人的做法可能不被一些人理解，但我欣赏老人，尤其是他"经营自己"的观点。

我认识一个小美女，从英国留学回来后，进入一家著名的国际金融机构工作，在外人眼里，这是多么令人羡慕的城市白领啊。但她却放弃了外资企业优厚的工资待遇，跑到一家广播电台当起了音乐编辑，工资收入少多了，可她干得欢欢喜喜，开开心心。有人调侃她是"精神贵族"，不为金钱而"献身"。小美女的回答很精彩："你弹钢琴很美，我弹棉花也很好啊！"

干自己喜欢的事，必然活得快乐，活得充实，这种健康的、积极的人生，才是令人羡慕的人生。

明朝有个皇帝叫朱由校，他喜欢做的事就是锯木、刨木、油漆，木工手艺非常高明。吴宝崖在《旷园杂志》中说，朱由校皇帝曾经造出了一座小宫殿，只有四尺来高，"玲珑巧妙"。他的宫殿里常常堆满了各种木料，打造家具时往往日以继夜，根本不愿意花时间去会见百官臣僚，更不愿意处理军政大事。他所宠信的太监魏忠贤就专门在他木匠活做得起劲时进来奏事，他连听都不愿意听："你去办吧，我知道了！"结果，朝政被奸臣魏忠贤搞得乱七八糟。大明江山虽然葬送在崇祯手上，其实，亡国的根子是在朱由校这里。他如果改行当木匠，说不定会成为鲁班第二。可惜，朱由校虽然是一个聪明的木匠，却是一个糟糕的皇帝。

当一个人不能干自己擅长干的事的时候，有时候葬送的不仅仅是自己，还会是江山。

我认识一位著名书法家，他讲自己的经历，年轻时曾撰文无数，笔耕不辍，然后恭恭敬敬誊清寄往报社。可几年时间并没有一篇文章刊出。有一个报纸的编辑为他这种锲而不舍的执着精神所感动，破例给他回函安慰：

"看得出，你是一个很努力的青年，但我不得不遗憾地告诉你，你的知识面过于狭窄，生活经历也显得相对苍白。但从你多年的来稿中发现，你的钢笔字越来越出色……"

他看完信后茅塞顿开，扬长避短，改练硬笔书法，后来一鸣惊人，在书法界占得了一席之地。

如果你从事的职业，正好能发挥你的特长，那是最好不过的事；如果你在一个岗位上，奋斗多年仍然不能进入角色，仍然感到痛苦，那就果断"调头"，重新规划经营自己吧。

最好的帽子，不是最漂亮的，而是最适合自己的那一顶。

最近有一首英译的小诗我很喜欢，也许对经营自己有一定启发：

有人 22 岁就毕业了，

但等了 5 年才找到好的工作。

有人 25 岁就当上 CEO，

却在 50 岁去世。

也有人 50 岁才当上 CEO，

然后活到 90 岁。

有人依然单身，

同时也有人已婚。

奥巴马 55 岁就退休，

川普 70 岁才开始当总统。

世上每个人都有自己的发展时区。

有些人看似走在你前面，

也有人看似走在你后面。

但其实每个人在自己的时区有自己的步程。

不用嫉妒或嘲笑他们。

他们都在自己的时区里，你也是！

生命就是等待正确的时机。

所以，放轻松。

你没有落后。

你没有领先。

在命运为你安排的属于自己的时区里，一切都准时。

解开语文阅读的"金钥匙"

王静作品阅读训练

提分策略　答题技巧

王　静　著

非卖品

目　录

精神是生命的真正脊梁 ……………………………………（1）

千年"老人" …………………………………………………（7）

人生不过三万天，爱我所爱，行我所行 ………………（13）

这世界，没有一个人可以独自成功 ……………………（18）

人要趋光而行 ………………………………………………（23）

精神是生命的真正脊梁

（1）这是一个发生在第二次世界大战中的故事。

（2）一架盟军飞机由于机械故障，迫降在太平洋上，机上三名飞行员，靠一艘充气救生筏逃生。

（3）在经历了死里逃生的短暂兴奋后，他们陷入了新的困境。随身携带的食物和水最多只能支撑三天，更要命的是，他们没有指南针，没有地图，谁都知道，这在漫无边际的太平洋上，意味着什么。

（4）有限的食物和水很快用完了，求生的本能迫使他们想出各种办法应对所面临的威胁：没有食物，他们钓鱼充饥；没有水，收集雨水解渴。就这样，靠着这种最原始的生存方式，苦苦撑着在海上漂流了一个多月。

（5）时间一天天过去，他们面前依然是无边无际的海水，获救的希望越来越渺茫。

（6）这时，两名飞行员奇怪地发现一名同伴在用手指蘸着海水品尝，并且每隔一段时间就尝上一口。

（7）"可怜的埃里克，如果你实在渴得受不了的话，这里还有一口水。"一个同伴有气无力地说。

（8）埃里克淡淡一笑："不，我在试着寻找生机。"

（9）又是几天过去，一眼望不到边的海水，无情地吞噬着他们求生的信念。身体越来越虚弱了，两个同伴对获救已不抱幻想，精神似乎垮了，等待着死神的降临。只有埃里克依然倔强地重复着那件毫无意义的事。

（10）一天，在尝了海水之后，埃里克兴奋地大叫起来："我们有救了！我们快到陆地了。"

（11）"埃里克，你是不是在说梦话！"

（12）"埃里克，你是不是疯了！"

（13）虚弱的两个同伴伤心地看着他。

（14）"不！不！我没疯，我很清醒。"埃里克激动地说，"从昨天开始，我发现海水的味道没有以前那么咸，开始淡了，一定是河水把它冲淡的缘故。伙计们，我们有救了，附近肯定有陆地！"

（15）终于，一路尝着海水，他们到达了大河的入海口。凭着埃里克不屈的抗争，他们得救了。

（16）在这个世界上，人所处的绝境，在很多情况下，都不是生存的绝境，而是一种精神的绝境；只要你不在精神上垮下来，外界的一切都不能把你击倒！

（17）真正的胜利和最终的胜利都是精神昂扬。

（18）真正的失败和最终的失败都是精神垮塌。

（19）精神啊，那是一个人的立命之本，一个民族的强大之本，一个国家的生存之本。

（20）树活风雨土，人活精气神。

（21）什么都可以没有，决不可以没有精神！

（22）在纪念长征胜利八十周年的时候，有一句解说词："长征是他们的苦难，苦难是他们的光荣。"红军战士遇到人类前所未有的苦难，他们战胜、超越了这些苦难。他们的行为，考验了人类在精神上和肉体上所能忍受的极限。红军战士所经历的苦难，成就了他们永世的光荣，也铸就了共产党人的韧性，使这个党能够战胜前进道路上的困难，再造中华民族的辉煌。

（23）精神就是信仰。

（24）信仰是最大的政治。信仰的力量比山重，比海深。一个人有了信仰，就有了力量。

（25）信仰就是信念。

（26）A　信念是一种高悬在天空中的伟大的东西，即使不可企及，也要坚信不疑。

（27）B　历史的长河，如同一位智慧的长者，以纵横千里的雄姿，向我们展现着一个又一个鲜活的事例——

（28）精神不死，生命永恒！

（29）黄继光、邱少云、董存瑞，这些可爱的战士——他们从不和自己的祖国讲条件，没有任何奢求，决不会因为没有空中支援就放弃进攻，决不会埋怨炮兵火力不够，决不会怪罪没有足够的给养，只要一息尚存，他们就决不放弃自己的阵地……血战长津湖时，他们甚至可以在零下近四十度的气温里整夜潜伏，身上仅仅只有单衣；他们可以在烈火中一动不动；他们中的每个人，都随时准备着拎起炸药包和敌人同归于尽……

（30）二十九岁的舰载机飞行员张超，在训练中牺牲。为了强军梦，青春正盛的生命凋谢了。张超年轻鲜活的生命，为我们书写的是军人的胆气！直面死亡而上的胆气！这不仅仅是英雄的精神，也是每一名中国军人义无反顾的担当，正是这种大无畏的担当牺牲精神，铸成了我们的钢铁长城。

（31）一个血性军人，身上最强悍的装备，就是他随时准备为国捐躯的英雄气概！就是他敢打必胜的战斗精神！

（32）九十三岁的"核潜艇之父"黄旭华，从青丝到白发，把一生献给了核潜艇事业。他的人生，正如深海中的潜艇，无声，但力量无穷。

（33）九十五岁的吴孟超医生，手中一把刀，游刃肝胆精准细致；心中一团火，守着誓言从未熄灭。他就像一只不知疲倦的老马，要把病人一个一个驮过河……

（34）世界上，总有那么一些人，不为功名不贪利禄，只为胸中那一团燃烧的火焰倾其一生。他们的精神，他们的思想，他们的信仰，他们的人格，就是人类头顶的星空和脚踩的大地。

（35）金一南说："人活着，必须要有精神。精神是什么？是内心的力量，内心的光明。内心有力量，精神才有定力。内心有光明，力量才有指引。"

（36）人要有仰望星空的精神高度，也要有根深千尺的精神厚度。或倾一己之力，或践一生之诺。

（37）一个民族最可怕的危机，不是金融危机，不是公共危机，而是这个民族，失去了精神信仰的危机！

（38）精神是生命的真正脊梁！

（39）精神是生命的阳光雨露！

（40）人生，总要走过一段沧桑，才能踏上坚实的路。内心有一盏精神的明灯，就不怕世间的黑暗。那些我们曾经受的苦，担的责，扛的罪，忍的痛，到最后，都会变成绚丽的光，照亮我们未来的生命之路。

阅读训练：

1. 请找出本文的中心论点，并说说有何特点？

2. 文章开头讲述的二战中三名飞行员的逃生过程，有何作用？

3. 阅读文中画横线的 A、B 两个句子，具体说说在结构上起什么作用？

4. 阅读文中画波浪线的两个句子，运用了什么论证方法？有何作用？

5. 除了开头部分，作者又列举了哪些事例？有何作用？

参考答案：

1. 标题即是文章的中心论点：精神是生命的真正脊梁。用比喻修辞，生动形象地阐述了精神的重要性

2. 充当事实论据，引出下文的分析论述，有力地证明了中心论点。

3. 结构上起承上启下的作用。文中说精神就是信仰，信仰就是信念。A句是对前半部分论说的总结。B句引出下文列举的英雄战士和几位军人医生的事例。使文章脉络分明，结构严谨，浑然一体。

4. 对比论证和道理论证。通过对比，突出精神昂扬的重要性，有力证明了中心论点。另外，两个句子独立成段，起强调作用。

5. 作者列举了黄继光等英雄战士和几位军人医生的事例，有力证明了"精神不死，生命永恒"的分论点，进而有力地证明了文章的中心论点。

千年"老人"

（1）来到新疆塔克拉玛干，我们全家专门走了一趟沙漠公路，为的是看胡杨。

（2）为什么要看胡杨？说来话长。爸爸是边防军医，二十世纪六十年代末妈妈带着我随军来到新疆和田的部队野战医院。爸爸一年中有三分之二时间都在喀喇昆仑山上巡医。那时山上不通邮，偶尔有下山的爸爸的战友带回来的家信。一旦大雪封山，有半年时间根本就得不到爸爸的任何消息。突然有一次，听说爸爸要提前下山，全家像过年一样高兴。那天，爸爸是回来了，却是被担架抬出救护车的。记忆中比较深刻的印象是，妈妈拽着担架号啕大哭，懵懵懂懂的我和弟弟看见躺在担架上的爸爸脸色黝黑，嘴唇青紫，脸浮肿得厉害……

（3）后来，爸爸逐渐康复了，他告诉我，是因为在山上感冒引起肺水肿，大雪封山，若不是首长下令派直升机接他下山，可能这条命就没了。那以后，爸爸说的最多的就是要报答组织，上山执行任务更勤了，哪里艰苦就到哪里去。我那时候对爸爸多有埋怨，别人家的孩子学校开运动会或家长会都有爸爸陪，而我却没有。我觉得自己很可怜，就像一棵小树，怎么生长全凭自己。唯一让我兴奋的，是爸爸从山上托人带回来的信，或长或短每次都会专门给我写上一段。<u>A 爸爸经常嘱咐我要学会感恩，要像沙漠胡杨一样坚强坚韧。</u>爸爸说的沙漠胡杨到底是什么样，我并不知道。

（4）参军入伍后，偶然在一本画报上看到一位摄影家拍摄的一组胡杨照片，当时的感觉就是漂亮。

（5）一晃二十多年过去了，我从和田到乌鲁木齐，又从乌鲁木齐到北京。每每在电视上看到新疆的镜头，走进新疆风味的餐馆，便有一种天然的亲切感。心中始终有一个愿望，想回和田看一看第二故乡，看一看父亲形容的坚强坚韧的胡杨。终于，我们全家踏上了回疆的路。

（6）汽车在沙漠公路上疾驰。这条塔里木沙漠公路，是目前世界上在流动沙漠中修建的最长的等级公路，全长522公里，像一条游弋在沙海中的黑色长龙，顺着沙丘起伏蜿蜒。公路两侧，高耸蓝天的井架，排列齐整的钻机，来来往往的车队，还有油田井口喷射的朵朵烈焰，给寂静的沙漠荒原增添了无限的活力生机。昔日的死亡之海，如今已成为造福人类的宝地。

（7）过塔里木河大桥后，荒漠植被渐渐丰茂起来，远远的，可见一些树稀疏地站立在大漠烈日下。同行的老陈介绍：

"看！那就是胡杨。"我迫不及待地跳下车，一股热浪扑面而来，望着眼前这些树，它们有的枝繁叶茂，在烈日的炙烤下，竭尽全力留下一片绿荫。

（8）有的树冠已呈秃裸，但强劲的虬枝仍然直指蓝天，像一只只肌肉饱绽的青铜手臂，展示着沧桑的力与美。A 有的已经枯死，斑驳的树干，发黄的树枝，却呈现出千姿百态的奇特造型，或如卧牛望月，或似奔马腾空，或曲如盘蛇，或弯似雕弓。粗壮的硬似铁骨，细柔的韧若牛筋。

（9）胡杨的跋涉是何等艰辛，又是何等勇敢无畏？它是靠一种特殊的精神，才支撑起生命。有的树干从根部一直旋转到顶，那一定是千年风沙在胡杨身上留下的印痕，它们是死寂沙地的舞者，在旋转着生命，在记录着顽强。令我惊异的是，在一株枯枝下，新的枝条正蓬勃而出，似乎要再一次诠释生与死的生命礼赞！

（10）老陈告诉我，胡杨有很长的生存历史，它和银杏树一样，有植物界"活化石"之称。被维吾尔族人誉为"托克拉克"，意为"最美丽的树"。胡杨也被喻为千年"老人"，活着一千年不死，死了一千年不倒，倒了一千年不朽。

（11）我被深深震撼了！

（12）胡杨，你顶风傲沙、气宇轩昂地矗立于天地之间；你奇特孤绝，伟岸挺拔地存在于天地之间；你顽强坚韧、昂扬不屈地傲立于天地之间。岁月沧桑、四季轮回、风霜雨雪、千磨万击、清高悲壮，你向世人呈现的始终是大气壮阔，从容厚重，那分明是在戈壁荒原上，严酷生存环境中昂扬着的生命旗帜！

（13）你以一种绝美的姿态，在浩瀚的大漠站立成一道绝世的风景。你将自己的根深深扎进贫瘠的沙砾之中，不畏漠风肆虐，不畏烈日炙烤，不担心倾倒，不害怕遗忘。即使是倾倒，虽然身躯横陈于大地，却紧守着生命的年轮，以顽强之躯，刚毅之魂，不屈不挠之性，不亢不卑之气，展示着傲骨。

（14）想一想，我们的人生不也如此吗？多一些苦难磨炼，少一些盛誉赞歌；多一些坎坷艰辛，少一些欲望名利，生命更显悲壮之美、坚毅之美、阳刚之美。

（15）荒漠戈壁中的胡杨是孤寂的，或许会被遗忘，甚至被轻贱，但它从容地接受着阳光，从容地生长着。而从容是多么可贵的品质啊，那是乱云飞渡时的沉着冷静，是物欲横流时的甘愿寂寞，是坎坎坷坷中的刚毅执着，是大起大落中的心平气和。

（16）从容能使人在浮躁中操守恬静，在失去中坚守淡定。一个从容的人，即使没有时髦的装束，显赫的地位，富丽的宅邸，但一定拥有深沉的情思，高尚的情操，醇美的情怀……

（17）B 顷刻间，我似乎明白了当年爸爸的嘱咐。茫茫沙海，绵延荒漠，千年的风沙吹不尽岁月的痕迹，胡杨所演绎的生命哲理告诉我：一个人，只有自强自立，坚强坚韧，才会有属于自己的一片绿洲，才会成为一道独特的风景，才会完成自我生命的救赎。

（18）不见胡杨，不知生命之辉煌！

（19）不见胡杨，不知生命之壮美！

（20）B 如果有谁因为在人生痛苦的旋涡里长久沉浮、反复挣扎而感到难以支撑、力量殆尽，那么，就去看一看胡杨吧！

（21）如果有谁因为挫折和不幸的打击，对生活感到迷茫，对前途感到失望，那么，就去看一看胡杨吧！

（22）如果有谁因为痛恨尘世、厌倦人生而感到生命无助、走投无路，那么，就去看一看胡杨吧！

阅读训练：

1. 结合内容，说说标题为何把胡杨比作"千年老人"，有何作用？

2. 读文中画波浪线 A 句，运用了什么修辞？有何作用？

有的已经枯死，斑驳的树干，发黄的树枝，却呈现出千姿百态的奇特造型，或如卧牛望月，或似奔马腾空，或曲如盘蛇，或弯似雕弓。粗壮的硬似铁骨，细柔的韧若牛筋。

3. 文中说"我被深深震撼了！"请解释"震撼"的含义，并说说作者为什么震撼？

4. 读文中划横线的 A、B 两句，说说两句在结构和内容上有何联系？

5. 读结尾画波浪线的三段话，运用了何种表达方式？有何作用？

参考答案：

1. 标题把"胡杨"比作千年"老人"，生动地写出胡杨沧桑的力与美。标题既是贯穿全文的线索，也是作者歌颂赞美的对象。

2. 比喻、排比、对偶。生动形象地写出胡杨造型的千姿百态，表现胡杨沧桑的力与美，流露作者对胡杨的喜爱和极度的赞美之情。

3. "震撼"是撼动，指心理受到了强大的冲击。作者在塔克拉玛干看见胡杨时，被它们千姿百态的造型和坚毅壮美的精神所折服，又听了老陈对胡杨"活化石"和"千年老人"的介绍，被深深地震撼。

4. 爸爸常年叮嘱我要学会感恩，要像沙漠胡杨一样坚强坚韧。在我没看到胡杨之前，并不能理解这其中的含义。等我去新疆亲眼见了胡杨，被胡杨的壮美所折服，真正了解胡杨的精神。才明白爸爸当年的叮嘱。

这两句话前后照应，见证了胡杨对我的人生影响之大。

5. 议论、抒情。作者用假设的三个排比段，指出假如我们在人生中遇见痛苦、挫折、不幸或者感到生命无助时，一定要学习胡杨的精神。强烈地抒发了对胡杨的赞美之情。

人生不过三万天，爱我所爱，行我所行

（1）一位朋友在著名作家史铁生面前抱怨自己活得太累，史铁生从一本书里抽出一张纸条递给他说："看完这个纸条，你便知道自己是不是活得太累了。"

（2）他接过纸条默默看起来，纸条上写着：

（3）如果早上醒来，你发现自己还自由呼吸，你就比这一天离开人世的一万人更有福气。

（4）如果你从未经历过战争的危险、受折磨的痛苦和忍饥挨饿的艰难……你已经好过世界上五亿人。

（5）如果你的冰箱里有食物，身上有足够的衣服，有屋栖身，你已经比世界上百分之七十的人更富足。

（6）如果你银行户头有存款，钱包里有现金，你已经身居世界上最富有的百分之八的人之列。

（7）如果你的双亲仍然在世，而且他们身体健康，没有什么疾病折磨，你已属于稀少的一群。

（8）如果你能抬起头，带着笑容，内心充满感恩的心情，你是真的幸福——因为世界上大部分人都可以这样做，但是，他们没有。

（9）如果你能握着一个人的手，拥抱他，或者只在他的肩膀上拍一下……你的确有福气——因为你心中充满了爱。

（10）如果你能读到这段文字，那么，你更是拥有双份的福气，你比二十亿不能阅读的人更幸福。

（11）这个朋友读完，静静思忖了一会儿说："我现在还呼吸着，已经比那一万人幸运和富有了，因为我还有生命。虽然我银行里钱不多，但有衣穿，有三餐吃，有房住，已经比这世界上百分之七十的人更富有了。"

（12）史铁生笑了。

（13）后来，朋友读到一篇史铁生的作品，文中有这样一段："生病的经验是一步步懂得满足。发烧了，才知道不发烧的日子多么清爽。咳嗽了，才体会不咳嗽的嗓子多么安详。刚坐上轮椅时，我老想，不能直立行走岂不把人的特点搞丢了？便觉天昏地暗，等又生出褥疮，一连数日只能歪七扭八地躺着，才看见端坐的日子其实多么晴朗。后来又患尿毒症，经常昏昏然不能思想，就更加怀恋起往日时光。终于醒悟：其实每时每刻我们都是幸运的，任何灾难前面都可能再加上一个'更'字。"

（14）A从心底写出这话的人，一定是吃尽了"疾病"的苦头，所以才有这样对"幸福底线"透彻的认识。

（15）再后来，朋友专程去史铁生家，把那张史铁生给他看过的纸条要了去，一直珍藏在身边。他也经常把这段经历讲给其他人听。

（16）C 的确，与其发发英雄牢骚，出出豪壮怨气，不如多想点高兴的事，少思些不如意的事。比如说吧，是楚霸王，就常想破釜沉舟，少想霸王别姬；是关公呢，就常想过五关斩六将，少想走麦城；是曹孟德呢，就常想官渡大捷，少思赤壁惨败；是东坡先生，就常想"千里共婵娟"，少思"高处不胜寒"；是清照女士，就多想"应是绿肥红瘦"，少思"凄凄惨惨戚戚"。总之，想高兴事，屏蔽不开心的事，就不会整天感到累了。你想想，轻松愉快是一天，沮丧哀怨也是一天，为什么不好好待自己呢？民国大才女张允和总结了"幸福三诀"："第一是不要拿自己的错误惩罚自己，第二是不要拿自己的错误惩罚别人，第三是不要拿别人的错误惩罚自己。"这不是阿 Q 的精神胜利法，也不是鸵鸟的埋头战术，而是一种达观的生活态度。

（17）B 日子，就是柴米油盐的平淡；忙碌，就是早出晚归的奔波；心情，就是悲欢离合的苦乐。用心数一数，人生不过三万天，尤其到了知天命的年龄，不必再迎合什么，再顾忌太多，喜欢的就陪伴，讨厌的就远离，开心的就多看，伤心的就不见。掐指算一算，时间跑得比兔子还快，没有多少时间，让我们去浪费，让我们去感叹，让我们去犹豫，让我们去抱怨。抓紧做自己喜欢的事，爱自己喜欢的人吧！

（18）从今天起，给自己的幸福画一条底线，想的美一点，看的淡一点，踩的实一点，学会从最平常的日子、最琐碎的事情里品尝幸福的滋味。心态好，路自宽。珍惜最真的情感，感受最近的幸福，享受最美的心情。有首诗写得好："春有百花秋有月，夏有凉风冬有雪。若无闲事挂心头，便是人间好时节。"

阅读训练：

1. 文章开头部分写朋友和史铁生的对话有何用意？

2. 划横线 A 句，运用了哪种表达方式？有何作用？

3. 找出 C 段的中心句，并说说作者围绕观点做了哪些丰富的联想？

4. 阅读划横线 B 句，运用了什么修辞？流露出一种什么心境？

5. 仔细阅读结尾段，找出最能体现作者幸福底线的句子。(用原句回答)

参考答案：

1. 一位朋友总是抱怨生活太累，读了史铁生的字条豁然开朗，认识到自己的幸运和富有。意在告诫读者要珍惜自己的"幸福底线"，珍惜眼前所拥有的一切。

2. 议论。从史铁生作品中所写的经历引发感慨，赞赏他对"幸福底线"的认识。

3. 第一句是中心句。作者围绕这个观点，以楚霸王、关公等古代名人为例做了丰富的联想，告诫人们无论遭遇何事都要往好处想。又以民国大才女张允和总结的"幸福三诀"，引出达观的生活态度。

4. 排比，流露出一种淡泊、坦然的心境。

5. 学会从最平常的日子、最琐碎的事情里品尝幸福的滋味。（或：珍惜最真的情感，感受最近的幸福，享受最美的心情。）

这世界，没有一个人可以独自成功

（1）有一幅名为《手》的油画，是十五世纪德国著名画家阿尔布雷特·丢勒的作品。那双细长的手指，用力地伸向天空，仿佛要去摘下那曾经有过的美好梦想……

（2）乍一看，这幅画并没有什么奇特之处，但当我了解了这幅画背后的故事时，被深深打动了……

（3）1471 年，丢勒出生在纽伦堡附近的一个小村子。丢勒家里有十八个孩子，父亲是一个银器打造匠人，为了糊口，每天都要在小作坊里劳作十几个小时，有时也出去给邻居们打打零工。

（4）家境窘迫，生活贫困，可是丢勒从小有一个想当艺术家的梦想。他的一个兄长艾伯特，也怀有同样的梦想。兄弟俩都很明白，家里根本出不起学费，也不可能把他们中的任何一个，送到纽伦堡正规的艺术学院去学习。

（5）为了上学，兄弟俩偷偷达成一个"协议"，用掷硬币的方式来决出输赢。谁输了，就到附近的矿区当矿工，用收入供给赢了的兄弟到纽伦堡去学习绘画；学习绘画的兄弟，以后要用卖作品的收入，反过来支持做矿工的兄弟再去上学。当然，如果作品卖不出去，也必须去矿区打工挣钱。

（6）这是一个近乎残酷的选择方式，兄弟俩郑重地掷出了硬币。结果，丢勒赢了。他离开家到纽伦堡去学习艺术，而艾伯特去了矿井挣钱。

（7）在艺术学院里，丢勒十分用功，比别的学生付出了更多的努力，很快，他就引起了人们的关注。他在铜版画、木刻、肖像画、钢笔和铜笔素描、水彩画、木炭画等等门类里，都取得了骄人的进步。

（8）四年的时间一晃就过去了，丢勒临近毕业的时候，他的绘画作品已经可以卖到不错的价钱。

（9）毕业后丢勒立刻回到了家乡。全家人聚餐，祝贺他的毕业。丢勒端起酒杯，起身向他亲爱的兄长艾伯特敬酒。

（10）他眼睛里噙着泪水说："现在，艾伯特，到了该倒过来的时候了，你去纽伦堡实现你的梦想，而我，应该开始支持你了。"全家人都把期盼的目光转向艾伯特。

（11）这时候，大颗大颗的泪水从艾伯特苍白的脸颊流下。他摇着头，哽咽着说："不……不……好兄弟，我不能去纽伦堡了……几年来的矿工生活，让我的手变形了，几乎每根手指都遭到过骨折，而且右手还患上了严重的关节炎，我甚至连酒杯都握不住，更不要说握着画笔在羊皮纸和画布上画线条了。不，亲爱的兄弟，对我来说，已经太迟了……"

（12）许多年后，为了报答艾伯特所做的牺牲，丢勒饱蘸着自己的眼泪和心血，深情地画下了兄长那双历尽艰辛和磨难，几乎已经变形的手……

（13）丢勒的故事告诉我们：这世界上，没有人，永远不会有人能独自取得成功！

（14）今天这个时代，互联网所具有的关联性，从根本上强化了人与人之间的协作。一人独打天下已成为过去，越来越多的工作，需要依靠团队力量、协作机制去完成。团队精神、协作意识、良好的沟通，比任何时候都显得重要。

（15）团队如此，对个人来说，更是如此。一个人活在世上，不是一个孤立的个体，他消耗着很多的社会资源，牵扯着很多亲人、朋友的情感，他始终处在一个社会关系的"互联网"中，用情感连接着四面八方。

（16）我们和周围的人，都是相互依存的。相对于无限广阔的宇宙，个人的生命和感受非常有限，有一种让我们的世界变得更宽阔，更有价值的重要方式就是相互依存，相互分享。这也是生命的一种相濡以沫，互惠共赢，愉悦别人，快乐自己。

（17）"吉拉德法则"告诉我们：一个人一生平均要和二百五十个人发生这样那样的联系，一个人事业上的成功，生活上的顺利，也需要来自大约二百五十个人的帮助。

（18）　A　你站得高，那是因为许多人替你扶过梯子；你走得远，那是因为许多人当了铺路石；你干得顺，那是因为许多人在默默做绿叶。

（19）即使一个人强大到了可以随心所欲地做自己，他也不可能闭门索居地生活。因此，要认真地对待身边的每一个人，多做一些成人之美的事，少做一些为烈火烹油的事。

（20）B 一朵花儿，把自身的芬芳播洒开来，这是一个生命大度的体现。就因为这份播撒，周围的一块土地，一股清泉，一片树林，也轻笼着芬芳，因这芬芳，土地、清泉、树林感受到了花的存在，体会到了花的襟怀，产生了对花的感恩、敬重。

（21）这个世界上，没有一个人可以独自成功。做一朵播洒芬芳的花儿吧，把我们的快乐，把我们的幸福，把我们的温暖，把我们的爱，与人分享。你会发现，你因此会赢得朋友，赢得真心，赢得成功！

阅读训练：

1. 用简洁的语言概括本文的行文思路。

2. 阅读划横线 A 句，运用了什么论证方法，有何作用？

3. 阅读划横线 B 段，作者以一朵花为喻，意在告诉人们一个什么道理？

4. 文章结尾段画波浪线的句子在结构上有何作用？

5. 结合自身生活实际，说说"吉拉德法则"给你带来哪些启示？

参考答案：

1. 由德国画家丢勒的油画作品《手》，引出油画背后感人的故事，引出"这世界上，没有人，永远不会有人能独自取得成功。"中心论点。作者由此联想到互联网的关联性、团队精神和"吉拉德法则"。最后以花为喻，重申观点，号召人们学做一朵播撒芬芳的花，进而赢得成功。

2. 比喻论证，生动形象地写出一个人事业上的成功，一定是得到了众多人的帮助。强调了团队精神和互惠共赢的重要性。

3. 意在告诉我们，要学会把我们的快乐、幸福、温暖和爱与人分享，才能受到感恩和敬重，才能达到互赢。

4. 再次点题，重申作者的观点"这个世界上，没有一个人可以独自成功。"是文章结构严谨，层次分明。

5. 围绕"学习和生活中团队合作精神来谈即可"（结合自身实际略）。

人要趋光而行

（1）俗世万物，人间烟火。

（2）有人的地方，就会有各式各样的追求。有追求灵魂皈依的，有追求精神高贵的，有追求吉祥平安的，有追求健康长寿的，有追求升官发财的，有追求香车美女的，有追求虚荣名利的……

（3）价值观不一样，人与人的追求就不一样。

（4）大千世界，人生百态。每个人都有自己喜欢或不喜欢的权利；每个人也有自己想追求或不想追求的偏好。萝卜白菜，各有所爱。

（5）但有一点是共识，那就是：人要趋光而行。

（6）一个人，在一间没有窗户的黑屋子里，时间长了，是没有时间感，没有方向感的。当一盏灯亮起，一扇窗户打开，人便有了时间概念，有了方向感。那盏灯、那扇窗，就是光明。不管你富贵还是贫穷，位高还是位低，只要你是个正常人，就一定会喜欢待在有光的地方，而不喜欢把自己困在黑屋子里。

（7）看了一本闲书《乘公交车的猫》，讲的是在英国德文郡的普利茅斯，一只叫卡斯珀的猫，每天乘坐当地的三路公共汽车绕城一周，行程达到11英里。当许多人被犯罪、抢劫和失业问题搞得精神疲惫，情绪低落时，卡斯珀为无数上班的乘客带来了快乐，驱逐了人们内心的阴霾。司机们同卡斯珀建立了十分友好的关系，车场内还贴出了告示，让大家关注来到他们车上的这位非常特殊的"乘客"。

（8）这件事经当地媒体报道后，在全英国引起热议，卡斯珀也成了这家公交公司的吉祥物。

（9）2010年初，一辆出租车不幸夺走了卡斯珀的生命，同情和悼念的信件像雪片般从世界各地飞来。很显然，卡斯珀的故事已经打动了全世界无数人的心。

（10）不言而喻，人类的共性，就是向往美好和善良，向往光明和自由。

（11）卡夫卡的作品《地洞笔记》，那只一心修造地洞的生物，眼中只有黑暗，没有光明。在它的世界里，没有神圣，没有纯洁，没有真理，只有野蛮，只有疯狂，只有偏执，所以它总是惶惶不可终日，找不到出路，结果只能越来越阴郁、苦闷、冷淡。

（12）很久以前读过一篇散文，讲的是著名作家汪曾祺夫妇在"文化大革命"落难，被遣送回乡"劳改"。夫妇俩在院子的南墙根种了一些豌豆。待那豌豆开出洁白的花来，汪老很是欣喜，随便找出一张什么纸，心无旁骛地画起了豌豆花。

（13）汪老没有半点落难的凄惶，这种大丈夫般的气定神闲，不仅仅是他眼中有豌豆花，而是心中有光、有大胸怀。

（14）一位新闻前辈说得好："人呐，还是要趋光而行。"

（15）是啊，高原的积雪，既有无边无际纯净心灵的洁白，也有山坳背阴处被风沙遮盖过的脏雪。对脏雪视而不见不现实，但盯着脏雪，甚至夸大其词、以偏概全也不可取。

（16）这么大一个社会，这么多各色想法的人，怎么可能都一样呢？所有的不足、缺点、问题，都需要改良、改进、改革。说一千道一万，两横一竖最关键，就是一个"干"字。每个人都身体力行地干一点点利于社会和谐，利于团结友善的事，星火也可以燎原。如果以"打嘴仗"为习惯，以骂祖先、骂圣贤、骂自己、骂他人的方式去发泄、去指责、去诋毁，那就失去了自信，失去了团结，失去了力量，也失去了尊严。

（17）现实是沉重的，但永远压不倒心中的花朵。

（18）不管一个人有多恨天恨地恨世界，当耐着性子，用友善、用谦逊、用宽容、用冷静来面对这个不完美的社会时，会发现：茂林多枯枝，丰草多落英！这不仅仅是自然规律，也是生活规律。

（19）总有些梦无枝可栖，总有些风不合时宜，正因为如此，才更需要趋光而行。

（20）思想的原野，有了光明的占领，就不会杂草丛生；

（21）心灵的空间，有了阳光的播洒，就不会滋生霉菌。

（22）如今，时代变了，社会变了，人心也变了。什么都可以变，但有些东西需要死死坚守和相信：

（23）光明终能驱散黑暗，美好终能战胜丑恶；

（24）人与人之间相互支撑的温暖温情不能变；

（25）趋光而行，向上、向善、向美的追求不能变！

阅读训练：

1. 阅读前五段，说说作者的观点是怎样提出来的？

2. 联系划横线的几句话，说说标题的作用。

3. 作者为了阐明自己的观点，又举了那几个事例？说说共同点是什么？

4. 联系全文理解"人要趋光而行"中的"光"指什么而言？

5. 如何理解文中"思想的原野，有了光明的占领，就不会杂草丛生；心灵的空间，有了阳光的播洒，就不会滋生霉菌。"这句话的含义？

参考答案：

1. 首先列举了大千世界人们各种不同的追求，指出这是由价值观所决定的。在此基础上提出作者的观点：人要趋光而行。

2. 标题是作者的观点，是文章的中心，也是贯穿行文的线索。

3. 列举了闲书《乘公交车的猫》的故事，卡夫卡的作品《地洞笔记》、汪曾祺"文化大革命"落难时的气定神闲等。这些事例共同印证了一个道理，那就是"人要趋光而行。"

4. "光"用来代指人世间的美好和善良，光明和自由。

5. 这句话用了对偶和拟人修辞。意思是说：只要思想里有了光明，心灵里有了阳光，世界就会多了温暖和善良，多了光明和自由。